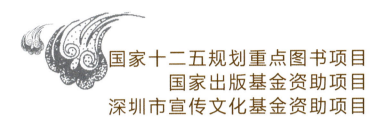

国家十二五规划重点图书项目
国家出版基金资助项目
深圳市宣传文化基金资助项目

国家出版基金项目
NATIONAL PUBLICATION FOUNDATION

傣族英雄史诗

精选本

主编◎西双版纳傣族自治州少数民族研究所

主持翻译◎岩　香

整理◎罗俊新

主审◎刀世勋　祜巴龙庄勐

绘画◎刘首云

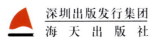

深圳出版发行集团

海天出版社

图书在版编目（ＣＩＰ）数据

《乌莎巴罗》精选本 / 西双版纳傣族自治州少数民族研究所主编.
— 深圳：海天出版社，2012.10
ISBN 978-7-5507-0349-0

Ⅰ. ①乌… Ⅱ. ①西… Ⅲ. ①傣族－英雄史诗－中国 Ⅳ. ①
I222.7

中国版本图书馆CIP数据核字(2012)第006906号

主　　编：西双版纳傣族自治州少数民族研究所
主持翻译：岩　香
翻　　译：刀金平　陆云东　岩　贯　依艳坎　玉丹罕　李传宁
整　　理：罗俊新
主　　审：刀世勋　祜巴龙庄勐
绘　　画：刘首云

乌莎巴罗精选本
Wusha Baluo Jingxuanben

出 品 人：尹昌龙
责任编辑：陈　嫣　秦　海
封面设计：李　杨
责任校对：陈敏宜　黄海燕　张　玫　李小梅
责任技编：陈　炯　蔡梅琴　梁立新
排版制作：深圳市同舟设计制作有限公司

出版发行：海天出版社
地　　址：深圳市彩田南路海天大厦（518033）
网　　址：www.htph.com.cn
订购电话：0755-83460293（批发）　83460397（邮购）
印　　刷：深圳市美嘉美印刷有限公司
版　　次：2012年10月第1版
印　　次：2012年10月第1次印刷
开　　本：787mm×1092mm　1/16
印　　张：23
字　　数：330千
定　　价：38元

格西姑娘勇斗牛魔

金塔楼建在树丫中间

乌莎的美妙歌声在森林回荡

巴罗逐鹿遇乌莎

帕亨达挥师讨伐帕板王

帕板王哭祭亡灵

决战帕板王

十头王命赴黄泉

孔雀公主们在湖中沐浴嬉戏

巴罗迎娶乌莎

佛祖与民众讲经说法

目录

傣族英雄史诗

乌莎巴羅

内容简介

傣族被称为"诗歌的民族"。在傣族的文学史上，叙事长诗在千百年前就十分发达，据傣族古代著名诗人帕拉纳在公元1615年撰写的理论著作《论傣族诗歌的种类》一书记载，在当时傣族叙事长诗就有五百部之多，其中"叙事诗内容较长、故事较多的有五部：《乌莎巴罗》为首，接下来是《粘巴戏顿》，第三是《兰嘎西贺》，第四是《粘响》，第五是《巴塔麻嘎捧尚罗》"。所以，《乌莎巴罗》也被称为傣族第一诗王。

《乌莎巴罗》约成书于傣历354年（即公元992年，北宋年间）。故事讲述的是在古代傣族社会由部落到部落联盟这样一个历史时期，勐①迦湿和勐邦果两个古老王国之间发生的爱情和战争故事。故事从佛祖悟道讲起，述说佛祖如何战胜魔王修炼成佛，由此引出了勐迦湿国的故事。勐迦湿国国王捧麻典，强国兴邦，在一百零一个盟国中树立了绝对威望。后来捧麻典厌倦了帝王生活，把权力移交给了二儿子帕板捧麻典，然后带着王后出家当帕②腊西③，过上与世隔绝的生活。

帕板捧麻典勇猛强悍，号称十头魔王。据说当他被敌人砍去头和手脚后，不但不会死亡，身体被砍去部分还会变出十个头和

①勐：傣语，西双版纳傣族地区旧时的部落或行政区划单位。②帕：傣语，冠在男性名字前面，表示尊称。③腊西：出家到深山老林里的修行者，为南传佛教特有的一种出家方式。

手脚。他接替王位后，野心膨胀，四处游历，耀武扬威，妄图征服天下。勐迦湿的领地不断扩张，帕板捧麻典还掠夺了大量财富。同时，他也做了不少好事：解救了邻国落难王后；征服了为非作歹的宝角牛和海盗。他得到民众的拥护和爱戴。但他恶性膨胀，竟丧心病狂地潜入天庭王宫，对天神之王帕雅因[①]的王后婻[②]苏扎娜进行骗奸，触犯了天规，为最终的灭亡种下了祸根。

另一个古老的文明大国叫勐邦果，国势强大可与勐迦湿相抗衡。勐邦果国王名叫帕亨达，后传位给二儿子丙比桑，丙比桑又传位给儿子巴罗。勐邦果是文明古国的代表，崇尚仁义德行，是实践佛教教义的典范。在巴罗的治理下，盟国间和睦相处，社会稳定繁荣，人民安居乐业。

天神之王帕雅因对人世间明察秋毫，为确保人世间安定和谐，安排天神下凡转世，投胎到勐邦果王国的王后腹中，成为丙比桑国王的大王子巴罗、二王子昆代和公主婻西丽芭都玛，为日后惩治帕板捧麻典埋下伏笔。

巴罗实际上是如来佛的化身，被称为菩萨尊者。他自小跟随伯父帕农到雪山林出家修行，通晓佛教经典，武艺超群，功成名就。他先后迎娶了三位森林仙女和一位孔雀公主为妻子，完成了他的第一段前世姻缘。后还俗回勐邦果继承王位。

勐迦湿国最大富翁韦术塔出家当帕腊西。他在雪山林修行时巧遇前世女儿乌莎，父女俩在深山老林里共同生活。后来乌莎长

4

大成人，韦术塔将女儿送给帕板捧麻典做养女，并定下女儿招夫条件：任何男子要成为乌莎的夫君，必须能将乌莎随身的一张神弓拉开。

在金鹿引导下，巴罗与乌莎一见钟情，坠入情网。巴罗不仅能拉动神弓而且武艺超群，帕板捧麻典因而对巴罗产生戒心，担心他将来威胁到自己的霸主地位。他不惜公然违背招婿条件的承诺，出尔反尔，粗暴干涉巴罗与乌莎的婚事，并企图杀死巴罗。孰料谋杀行动屡遭挫败，帕板为此恼羞成怒，就改用欺骗手段将巴罗与乌莎囚禁在铁牢中。勐邦果派出大臣向帕板捧麻典送礼求情，请他原谅并释放巴罗，竟被帕板捧麻典断然拒绝，终于引发了勐邦果与勐迦湿两大王国之间的战争。

巴罗与乌莎在帕板捧麻典儿子农板的帮助下，逃出铁牢。巴罗率领勐邦果盟军大战勐迦湿盟军，两大王国之间的战争惊天动地，勐迦湿盟军节节败退。战争后期，勐迦湿败局已定。帕板捧麻典众叛亲离，仍一意孤行，宁死不屈。他亲自披挂上阵，要决一死战。巴罗在农板的帮助下，掌握了十头魔王不死的秘密，最终击毙帕板捧麻典，结束了战争。

战争结束后，勐邦果扶持农板继任勐迦湿王位，又答应农板的求婚，将巴罗妹妹嫡西丽芭都玛公主许配给农板做王后。故事的结局是正义战胜邪恶，两大王国联姻建立了友好邦交。从此，傣族社会安定和谐，繁荣昌盛；百姓安居乐业，生活幸福。

《乌莎巴罗》以南传上座部佛教的因果报应思想贯穿始终，

将其作为评判是非的标准，并以此构筑情节，塑造人物，把故事层层引向深入。在高潮迭起、峰回路转的故事情节中，反映了傣族古代社会特定历史时期的社会基本矛盾和发展趋势，演绎了波澜壮阔的历史传奇，展示了古代傣族社会的广阔生活画面，描绘了傣族人民的风情习俗，塑造和讴歌了傣族人民的英雄人物形象，抒发了傣族民众对宗教的信仰和对美好理想的追求，堪称傣族文学史上最具代表性的一部伟大英雄史诗。

主要人物家族世系表

傣族英雄史诗

乌莎巴罗

勐迦湿王国·国王捧麻典板塔阿提哇答伽家族世系表

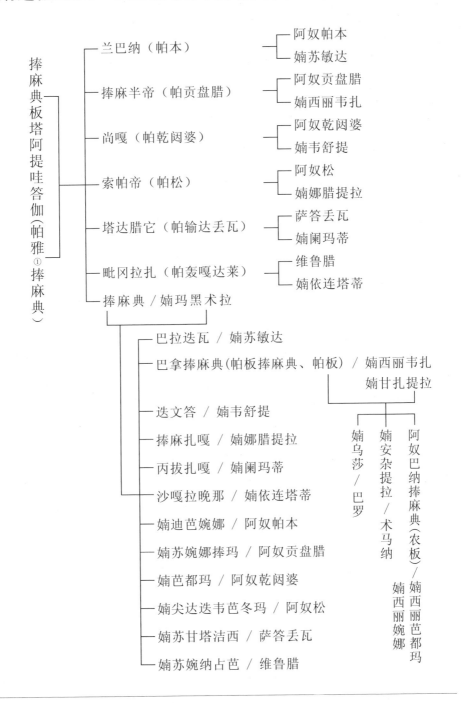

①帕雅：傣语，古时对官员的称谓，大到国王、小到村官都可以称呼帕雅。

勐邦果王国·国王曼塔杜掌伽瓦帝家族世系表

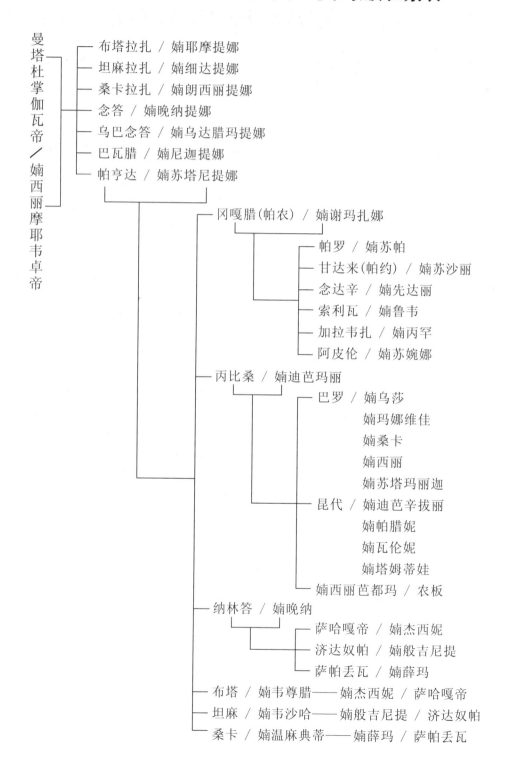

序歌

傣族英雄史诗

听吧，各位父老乡亲，
看吧，山泉水样明亮的眼睛，
我手捧着一部金黄色巨著①，
我要吟唱一部动人的贝叶经②。

它是一个美丽而古老的传说，
就像湄南荒河③有多长说不清，
它是一个稀奇古怪的故事，
就像夜空中闪烁着的星星。

传说就像早晨的彩霞，
给你带来美好的憧憬，
故事像六月天电闪雷鸣④，
令你为之愤怒震惊。

我要讲述这个曲折的故事，
让傣家人把善良和丑恶分清，
我要放声高唱这动听的歌，
驱散罩在人们头顶上的乌云。

这个故事流传久远，
好比一座古老的原始森林，
这个故事内容丰富气势宏大，
男女老少个个都爱听。

相传在很久很久以前，
国与国的界线分明，
如同甘蔗地和水稻田，
有各自生长的土壤和环境。

那时傣族地方有一百零一个国家⑤，
每一个国家都拥有自己的臣民，
每一个国家有一片肥美的坝子，
每一个国家有各自的地域森林。

各国如同长流不断的清泉，
各国的群山高耸入云，
一百零一条清泉汇入湄南荒河，
高耸的大山把各勐坝子围紧。

在这一百零一个国家中，
有的强大如孔雀站立鸡群，
有的弱小似山间泉水细流，
它们相互依存相伴为邻。

强大的国家有辽阔疆域，
肥沃的土地一望无垠，
那里物产丰富瓜果飘香，
庄稼一年三熟没有贫民。

弱小的国家疆域狭窄，
如同小雀栖身大雁群，
它们不敢同大国争强斗胜，
只能像野藤绕树一样向大国靠紧。

---

①金黄色巨著：这里指贝叶经（详见注②）。年代久远的贝叶经颜色发黄，故称金黄色巨著。②贝叶经：傣语叫"坦兰"，狭义单指贝叶刻本佛经，广义包括绵纸经书。贝叶经记载大量的佛经、民间故事、神话和传说等。贝叶是产于热带、亚热带地区的贝多树的叶子，贝多树属棕榈种。贝叶是古代傣族书写文字的载体。③湄南荒河：今澜沧江。④六月天电闪雷鸣：西双版纳分雨季和旱季，傣历六月即阳历的春天，属旱季，滴雨不下。春天的雷声干打雷，即只打雷不下雨，属不正常现象。⑤一百零一个国家：这里说的国家实际上是指勐，即部落或行政区划单位。

傣家人居住在湄南荒河两岸，
河岸上牛肥马壮绿草如茵，
河岸上竹楼像一群展翅孔雀，
河岸上的傣家人相爱相亲。

傣家人对客人如同和煦阳光，
傣家人的心肠像金鹿一样善良，
傣家人如同蚂蚁觅食一样勤劳，
傣家人像菩提树一样受人敬仰。

湄南荒河两岸森林连成片，
湄南荒河两岸宝藏取之不尽，
湄南荒河两岸风光秀丽，
湄南荒河两岸气候温润。

洪海①在田地里辛勤劳碌，
乃怀②在寨子里穿行，
督弄③教帕囡④读书识字，
召勐⑤在宫廷里发号施令。

各国立下许多规矩，
把人群划分为官家和百姓，
官民界线分明世代相传，
召勐洪海前世注定。

丰衣足食国泰民安，
歌舞升平笑脸相迎，
康朗⑥争相著书立说，
把生动故事写成贝叶经。

口述故事绘声绘色，
代代相传永无止境，
寺庙里的壁画也有故事，
颂扬国家强盛和帕召⑦英明。

傣家文化灿烂辉煌，
贝叶经书有千万部数不清，
有故事和长诗还有古歌谣，
每部作品都是智慧的结晶。

在千百部叙事长诗中，
《乌莎巴罗》的故事人们最爱听，
它是傣家人的骄傲，
它倾诉了人世间的所有感情。

《乌莎巴罗》是一部诗王，
它的故事最耐人追寻，
有无数传奇的故事和人物，
神话和传说激动人心。

《乌莎巴罗》故事精彩，
千秋万代流传至今，
故事一代一代传唱，
经久不息深入人心。

哥没有欺骗妹妹，
按照佛经的故事来歌唱，
这就是故事的序歌，
我已经全部唱完。

---

①洪海：傣语，农奴，泛指平民百姓。②乃怀：傣语，生意人。③督弄：傣语，大佛爷（方丈）。④帕囡：傣语，小和尚。⑤召勐：召是傣语中对"王、王子"或地位尊贵的男性的尊称；召勐，通常指国王。⑥康朗：歌手，文化人，傣族知识分子。康朗是"都"（比丘一级）的僧人还俗以后的称呼。⑦帕召：傣语，意为佛祖。

听吧，温暖的春风从身边拂过，
看吧，花蕾已睁开惺忪的眼睛，
星星和月亮也停下脚步，
槟榔树正伸脖翘首静听。

我要放开响亮的喉咙，
我要倾注满腔的热情，
把《乌莎巴罗》之歌吟唱，
唱出傣家人的美好憧憬。

第一章

统领一百零一国
捧麻典势力强大

傣族英雄史诗
乌莎巴罗

ပု ဒိ ၈   ပေုပၒ်ၵြိၵ့်ၺၞ်ၼေ
ၔလၵိၚ္ၒၹၲၱၵ်ၥၵေၼ

听吧，各位父老乡亲，
发髻飘香的侬英①，
我现在要唱的歌啊，
像晴天霹雳震惊天庭。

也震惊撼动深厚大地，
地下的水为之喷涌沸腾，
汇成一片汪洋无边无际，
天庭神仙听后也无比激动。

我要唱的歌啊，
叙述远古的故事，
一代代传唱下来，
从远古流传至今。

这个故事还得从头说起，
讲佛祖悟道前那段经历，
那时有位英俊的小伙子，
他就是一切智②者的后裔。

他从天上下凡投胎人间，
在菩提树下觉悟成佛，
给世人传播美景与希望，
成为人世间救苦救难的榜样。

现在我要从头开始讲，
细细把这个故事叙述，
放声高唱这首动听的歌，
让曲折的故事明白清楚。

有一位德高望重的君主，
住在勐迦湿名叫捧麻典，
他管辖一百零一勐的盟邦，
他是一百零一勐的盟主。

那时有位美丽公主，
住在高高的山顶上，
她的父亲是一位神仙，
神通广大威力无比。

他把花朵般美丽的女儿，
许配给勐迦湿国王捧麻典，
人们称她为嫡玛黑术拉王后，
她感到无比幸福满心欢喜。

她婀娜多姿如画师绘就，
她肤色洁白人靓丽，
她那白里透红的肌肤啊，
如炉中炼出的纯金一般。

她日夜与国王相伴，
如影随形不弃不离，
她在王宫里威望很高，
统领一万六千名宫女。

那位勐迦湿国王捧麻典，
他有七头大象的力气，
他能随意在天空翱翔，
行走时双脚不用着地。

国王擅长挽弓射箭，
百发百中无人可比，
他的那把弓非常沉重，
要上千人才能拉得起。

---

①侬英：傣语，意为妹妹。②一切智：佛教用语，指了知内外一切法相之智。

这把宝弓叫萨哈萨它麻，
是祖传法宝特别神奇，
他每时每刻都带在身上，
连睡觉时也不离不弃。

现在说一说勐迦湿国，
有多达八千四百个大寨子，
另有小寨子八万四千个，
勐迦湿人口众多非常富裕。

勐迦湿土地肥沃气候温和，
稻谷满仓牛羊遍地，
民众丰衣足食生活富裕，
一日三餐无忧无虑。

粮食美酒都有人挑来卖，
做买卖的商贾川流不息，
因为平民百姓生活富足，
商贾做生意赚钱很容易。

赶摆①的人群熙熙攘攘，
商人们都很会做生意，
他们低买高卖赚大钱，
脸上总是笑嘻嘻。

当地的头人积攒了很多钱财，
他们不断把赶摆的集市扩张，
还建起了宏大堂皇的楼房，
楼房上盖着琉璃瓦闪闪发光。

楼房紧连着亭台楼阁，
楼阁上的瓦片如鱼鳞一般，
楼房的庭院种着果木，
把楼房遮挡得若隐若现。

当微风吹过来的时候，
屋顶的琉璃瓦隐约可见，
阁楼的屋檐挂着风铃，
风铃迎风摇摆响个不停。

风铃声音清脆悦耳，
听起来恍若仙境，
邻里之间从不吵架，
和睦相处亲密无间。

哥将完整地叙述这个故事，
故事像滔滔的江水，
流过磐石和山川，
流进每个听众的心灵。

再说宽阔的迦湿城，
宏伟壮观繁荣空前，
除了宫殿和众多房屋，
城外无数寨子紧紧相连。

寨子里建了很多竹楼，
每栋竹楼造型很美观，
竹楼像矗立的金孔雀，
在绿荫丛中煞是好看。

其中有四个寨子特别大，
它们都有各自的赶摆场，
四个大寨分布在王城的四周，
如同守护着佛祖的四大金刚。

赫赫有名的四大富翁，
镇守在迦湿城的四方，
他们有钱有势有威望，
防守迦湿城固若金汤。

---

①赶摆：赶集。

他们每年都向国王进贡，
给捧麻典敬献金银珠宝，
敬献的金银数量有规矩，
是黄金一万两和白银十万两。

这些规矩都是约定俗成，
不需要捧麻典下令分摊，
管辖下的富翁们都懂规矩，
彼此心照不宣都不敢违反。

除了四大富翁以外，
大寨子里还有不少中富豪，
中富豪共有八万四千名，
每人都管辖小富人一千名。

这八万四千名中富豪，
每年也得向捧麻典进贡，
敬献的数量也十分可观，
是五千两黄金五万两白银。

对小富人也有规矩，
每年也得向捧麻典进贡，
进贡的数量四大寨子都一样，
是一万两白银和一千两黄金。

还有六万位帕雅，
全都住在迦湿城里，
他们都是王族血亲，
也要向捧麻典进贡。

这是老辈人定下的勐规，
传世习俗谁也不敢违抗，
再加上一百零一个附属国，
附属国进贡的数量更可观。

国王每年收到的财富，
用十天十夜也算不完，
国库里财物堆得满满，
装满了无数大柜小箱。

王家的王亲国戚不少，
王室的血脉代代相传，
如菩提树的枝丫根须，
越传越多围着国王转。

王宫还有很多大臣将军，
全都是国王的左膀右臂，
听从国王的派遣使唤，
守护着王国不受侵犯。

这些大臣将军有六万，
全部配备坐骑大象，
战马只是供小官用，
小官也有一百多万。

他们跟随着国王，
一刻也不敢松懈，
兵将们武艺精湛，
箭箭中靶不简单。

士兵数量多如星星，
在册就有一百一十八阿呵①，
他们有的守护王城，
有的被派去守边卡。

国王贴身护卫有十八位，
都是些刀枪不入的勇士；
他们对捧麻典非常忠诚，
日夜守候在国王的身旁。

---

①阿呵：傣语，阿呵塔撒尼的简称。数量词，大致相当于10^{45}，泛指数量众多。

他们都是国王得力助手，
他们都是勐迦湿的栋梁，
如果有谁需要他们帮助，
他们都会出手帮忙。

他们还身兼将领之职，
每人统领一阿呵士兵，
不论出征还是当护卫，
都是国王的得力干将。

还有四位有名大臣，
在这里也要说端详，
四位大臣智慧超群，
精通天文历法和占星术。

他们都是国家的重臣，
管理国家分工明细，
各自属下还有四百官吏，
处理国家事务从不偷闲。

捧麻典手下还有其他助手，
这里要说的是八位司祭官，
处理国家事务也举足轻重，
担负国家祭祀和占卜事项。

这八位司祭官是国王的谋士，
精通各种天文历法和占星术，
时刻准备为捧麻典出谋划策，
能推算世态演变和凶吉预兆。

各勐民众都来投靠，
礼品贡品源源不断，
按规矩他只收金银，
其他礼品一概退还。

每个下属勐都懂规矩，
每年进贡百亿不多不少，

这些规矩早已约定俗成，
向国王进贡顺理成章。

一百零一勐头人都清楚，
不用别人提醒心照不宣，
他们都会提前做好准备，
时候一到就照规矩办。

各勐进贡金银堆积如山，
国王和王室肯定用不完，
接下来我再详细做介绍，
国王对这些金银怎么办。

当钱财贡品入库之后，
国王还要再进行分配，
国王将金银分为四份，
分给相关人员从不混乱。

一份收入国库储备，
以备饥荒或用于打仗，
一份分给王亲国戚，
他们从不种田没有食粮。

王族人数众多，
整个王族有六万家，
他们都需要国家供养，
荣华富贵不同寻常。

一份分给大臣官员做俸禄，
他们都要养家糊口，
还有国师谋士及文书人员，
都要领取俸禄作为生活来源。

一份分给大将领和军队，
他们保卫国家守卫边关，
军队出生入死劳苦功高，
广大士兵也得领取俸禄。

王宫卫队守护着国王，
也享受俸禄领取银两，
国王对他们待遇不薄，
他们尽忠尽职不负众望。

美丽的勐迦湿王城，
是国家的首都繁华异常，
王城外筑有护城河，
还有高大的城堡矗立在四周。

城堡是王城的要塞，
地势险要非同一般，
王国花费巨资修建，
非常牢固而且壮观。

华丽的王宫在王城中央，
六万位帕雅住在王宫四周，
还有侍从的家眷及杂役，
这些人住在王族宫殿旁。

宫外第三层建了不少客栈，
供来访宾客休息沐浴纳凉，
这一层还住着大户人家，
他们的竹楼比民众的雅观。

第四层是军队的驻地，
他们肩负着特殊使命，
负责守卫王城的安宁，
随时听从国王的派遣。

王城军队有十八阿呵，
兵将们个个都身强力壮，
将军经常组织训练，
随时准备迎击敌人来犯。

城墙连接四个城堡，
一气呵成连绵不断，
城墙用大石砌成非常牢固，
远远看去气派非凡。

城墙非常厚实高大，
从上到下分为八层，
每层的高度为两庹①，
将近两个人一样高。

加上墙顶最末端，
城门高达二十庹，
人站在地面往上看，
望久了脖子会发酸。

城墙石头缝用糯米浆黏结，
非常结实用火炮也炸不开，
城门上方开有许多炮眼，
里面装着大炮瞄准外边。

四道城门也装备着大炮，
抵御外来入侵显示力量，
在城墙四角的墙头顶端，
各建一座塔楼瞭望远方。

在四由旬②宽的王城四面，
开有四道城门为进出通道，
每道城门都有士兵守卫，
还配有专门的门卫官。

王城外面的护城河，
长满了水草和莲花，
气味芳香流水潺潺，
莲花下面的水里养着鱼虾。

---

①庹：长度单位，一庹就是成年人双臂左右平伸时两手之间的距离，约合五尺。②由旬：古印度计里程单位，一由旬为一日行军的里程，约为十六公里。

勐迦湿国非常强大，
有数以亿计的兵将，
士兵都配备有战马，
将领配备高头战象。

有专门的象兵部队，
管理着千万头战象，
他们对战象精心养护，
还训练大象能够打仗。

象兵们每人手持象钩，
随身带着弓弩和象鞭，
象兵训练战象奔跑卧倒，
学会回避飞箭和长矛。

有专门的骑兵部队，
管理着亿万匹战马，
这些战马膘肥体壮，
既能奔跑也很听话。

骑兵都配有马鞭，
用来训练战马，
那些训练有素的战马，
叫它卧倒绝对不敢站立。

还有专门的车兵部队，
管理着百万部车辆，
这些车辆全部是战车，
车兵们都坐在战车上。

车兵整天与战车为伴，
每人手里都握着旗幡，
还带着弓弩护身，
他们训练有素随时准备打仗。

打仗时骑兵和战象冲在前，
后面跟着步兵，

步兵数量庞大，
他们身披盔甲全副武装。

勐迦湿军力很强大，
名声在外威震四方，
配有许多精良装备，
哥一下子也说不完。

下面哥的话题要转向，
讲述国王的家族世系，
讲述捧麻典国王的威望，
他在民众眼里高不可攀。

他德高望重一言九鼎，
决定的事没人敢违抗，
他有一头高大的白象，
名叫谐达衮杂腊贡巴。

大象由他的亲戚照料，
这些亲戚细心养护，
人数多达五百名，
他们各有侧重分工明细。

有的专门到山上去割草，
挑选大象最爱吃的草料，
有的人专门替大象洗澡，
洗澡水要到深山里去挑。

选取又清又甜的山泉水，
一担担挑回来倒进澡池里，
山泉水里还要加上香草，
出浴的白象散发着芳香。

有的专门清扫大象粪便，
象房天天要用清水冲洗，
象房日夜有人站岗放哨，
还配有负责的专职官员。

他们还用金银为白象装饰，
给大象戴上金银做的耳环，
象背上放着松软的坐垫，
大象披金戴银高贵无比。

捧麻典骑着白象出巡，
黑象见到会惊恐躲避，
躲避不及的赶紧跪下，
白象身份高贵趾高气扬。

白象的吼声非常响亮，
就像犀鸟的叫声一样，
每当白象吼叫的时候，
黑象们都会心惊胆战。

它们全都下跪打哆嗦，
它们懂规矩知道贵贱，
只要见到白象走过来，
黑象就会远远躲开。

正是由于这样的原因，
捧麻典对白象更加爱惜，
派了五百位亲戚照料，
把大白象当做心肝宝贝。

捧麻典有过人的本领，
他有七头大象的力量，
还有神奇法宝随身，
他是天下第一强将。

他的神弓很大很重，
要一千人才拉得动，
但他却像提根扁担，
随手拉开非常轻松。

他还有喷火燃烧的神咒，
喷出的火焰铺天盖地，
烧掉森林庄稼和房屋，
还能把整条河水烧干。

捧麻典的父亲也是个圣人，
名叫捧麻典板塔阿提哇答伽，
父亲继承了勐迦湿王权，
年迈后就把权力下传。

捧麻典国王有六位兄长，
他们都先后继承了王权，
都享受过君王的荣华富贵，
一直延续到捧麻典身上。

他的六位哥哥都是国王，
威震天下个个都是好样，
第一位兄长名叫兰巴纳，
他的寿命比兄弟们都长。

他活到了一百万岁，
死后转世名叫帕本王，
管辖着一个王国，
在马耳山①的山顶上。

第二位名叫捧麻半帝，
死后转世名叫帕贡盘腊，
管辖着一个王国，
在善见山的山顶上。

第三位名叫尚嘎，
死后转世名叫帕乾闼婆，
管辖着一个王国，
在持地山的山顶上。

①马耳山：佛教用语，在须弥山之外有七重金山，马耳山为七金山之一。其他六山为善见山、
持地山、障碍山、持轴山、担木山、双持山。

第四位名叫索帕帝，
死后转世名叫帕松，
管辖着一个王国，
在障碍山的山顶上。

第五位名叫塔达腊它，
死后转世名叫帕输达丢瓦，
管辖着一个王国，
在持轴山的山顶上。

第六位名叫毗冈拉扎，
死后转世名叫帕轰嘎达莱，
管辖着一个王国，
在担木山的山顶上。

后来他们繁衍出六万位帕雅，
都是这六位大王的儿孙后代，
他们都是王族的后人，
和捧麻典一样风光。

他们都有同一王族血统，
王族生生不息王权代代相传，
一百零一国的王宫主人，
都是这六位大王的儿孙。

他们知道自己的前世今生，
和捧麻典一样有王族血缘，
兄弟之间互敬互爱，
从来没有发生不和睦现象。

国与国之间没有任何界线，
连寨与寨之间也不分彼此，
傣家人都是同一个祖宗，
大家和睦相处相敬相爱。

第二章

神仙预兆王后梦
天仙下凡做子女

လူ ၵ် ၂ ၺ္ၘဘု ်ေၵ္ၟိမိဘုဿ�017

ဖေဝေၵ္ၟိပေ္ၘ္ာ၁ေပုတ္တ

捧麻典管理着泱泱大国，
勐迦湿王宫富丽堂皇，
国王有很多家奴服侍，
还有一万六千名宫女。

勐里有六万位帕雅，
还有十万位大臣高官，
此外还有许多富翁，
司祭官人数也很可观。

他们每天都一起来上朝，
朝拜捧麻典祝愿平安，
他们祝愿王后永远美丽，
祝国王和王后寿比南山。

勐迦湿王后嫡玛黑术拉，
她统领一万六千名宫女，
住在二十层的阁楼里，
高高在上显示身份高贵。

王后二十一岁那年，
命运有了新的转机，
这年忉利天①有位男天神，
要下凡投胎到人间。

天神接受旨意后下凡，
投胎到嫡玛黑术拉王后腹中，
天神行事不会有声响，
此时王后正进入梦乡。

梦见有位天上的神仙，
带着三千士兵，
把王后团团包围起来，
王后在中间无法动弹。

王后这个梦非常奇妙，
好像自己没睡在床上，
仿佛进入另一个世界，
一个美丽辽阔的地方。

神仙送给她一颗美丽珠子，
珠子颜色湛蓝大如乌鸦蛋，
还送给一把闪亮锋利的宝剑，
两样宝物从未见过非常珍稀。

王后接受两样宝物，
就从梦中惊醒，
她疑惑不解心头不安，
这究竟会是什么预兆？

王后急忙把夜间的梦境，
告诉了夫君捧麻典，
她要夫君帮助解释，
解开梦境中的谜团。

国王听后心生疑惑，
他也无法做出判断，
只好传来司祭官们，
要他们立即进行推算。

国王把王后的梦境告诉他们，
问昨夜王后的梦是什么预兆，
司祭官们听后赶紧推算，
他们轻车熟路不慌不忙。

①忉利天：佛教用语，欲界六天之第二层天。

根据做梦的日期和时辰，
结合王后生辰详细推算，
司祭官们应用呼啦①知识，
把得出的结论禀报国王：

"有位威力强大的天神，
已经从天上下凡，
他来到人间投胎，
已进入王后腹中。

"即将成为未来的王子，
这是勐迦湿好运的预兆，
他是一位天神的化身，
他将有天神般的威力。

"他将给勐迦湿带来福音，
会使勐迦湿更加强大，
这就是梦境全部起因，
奴仆们没有半点遗漏。"

国王听了司祭官禀报，
脸上闪烁着愉悦容光，
他吩咐大臣和女仆们，
对王后加倍护理。

又要求一万六千名宫女，
照料王后要像呵护花朵一般，
王后已经怀着天神转世的儿子，
每时每刻都要细心照看。

王后受到精心照料，
日常起居平安无恙，
到了怀胎十月的时候，
王后的肚子已明显隆起。

这天王后突然产生一个想法，
想去王宫外走走看看，
她就去禀报国王捧麻典，
请国王同意她的请求。

英明的捧麻典国王听后，
理解王后已经快要临产，
她的意思是离开王宫，
提早住进分娩的产房。

他随即批准王后的请求，
命令随从和大臣做准备，
为王后安排新的卧室，
迎接神圣的王子降临。

王后产房准备妥当之后，
请捧麻典国王前往察看，
捧麻典国王看后感到满意，
下令备车让王后环绕王城行礼。

随从很快备好一辆华丽马车，
车上为王后铺好松软的蒲团，
马车来到王后的卧室前，
将王后扶上豪华的车辆。

王后坐在铺好蒲团的马车上，
宫女们前呼后拥跟在两旁，
上万名宫女成群结队，
缓缓前行浩浩荡荡。

宫女侍从们簇拥着王后，
车夫赶着马车不紧不慢，
马车离开王宫走向东城门，
穿过王城繁华的街道。

---

①呼啦：傣语，傣族天文历法、占星术等方面的知识。

他们向右绕城敬拜了一圈，
把这个特大喜事告示天下，
让王家和民众共同分享，
最后又回到东门外面。

接着他们又继续绕行，
按原来的路线又绕一圈，
按照捧麻典国王的旨意，
绕行三圈后才礼毕。

最后马车顺着城边走去，
马车驶向新落成的产房，
边走边观赏那沿途美景，
终于来到城郊一个坡地上。

这里是新建产房的所在地，
周围绿树成荫风光秀丽，
新建产房也像王宫一样，
使王后不觉得有异样。

宫女们搀扶王后下车，
慢慢走进崭新的产房，
产房里装饰精致华丽，
床垫铺设舒适又柔软。

王后进入新落成的产房，
仿佛住在王宫里一样，
她非常满意心情舒畅，
她感激国王想得周全。

产房里各种设施齐全，
等待美丽的王后临产，
王后进入产房后不久，
就顺利生下了一位王子。

那些年轻美丽的宫女们，
都在为王后和小王子奔忙，
宫女们打来了圣洁的清水，
倒入价值十万两黄金的金盆里。

水里放入芬芳的香料，
为刚出生的王子沐浴，
所有该做的事都做完，
王后的心情无比舒畅。

守候在产房门外的国王，
接到侍从禀报心里亮堂，
国王立即下令准备回宫，
侍从们听后又开始奔忙。

车夫赶来豪华的马车，
宫女搀扶王后走出产房，
捧麻典笑着迎上前去，
王后高兴得像吃了蜜糖。

国王带着王后和小王子，
无比高兴地回到王宫，
那些年轻美丽的宫女，
将红被盖在王子身上。

捧麻典为了照顾好小王子，
特意挑选出六十四名奶妈，
这些奶妈都有健康的身体，
没有任何罪孽世代清白。

她们不高不矮不胖不瘦，
而且乳房丰硕饱满，
每个奶妈都刚生了孩子，
有甘甜的乳汁可供喂养。

捧麻典给奶妈下达旨意，
吩咐她们搬进王宫居住，
要求精心照料好小王子，
对她们将来会有好奖赏。

在小王子出生的同时，
六万位帕雅也生小男孩，
六万个小孩与王子同生辰，
一时间整个王族人丁兴旺。

这也是王族的一件特大喜事，
国王也为他们派去六万名奶妈，
去照料与王子同时出生的孩子，
让六万个孩子和王子一块成长。

王子长大后需要侍卫官，
这都是天神的特意安排，
六万个小孩与小王子关系密切，
都享受到特殊的恩宠。

当小王子满月的时候，
在一个风清月朗的晚上，
小王子正在甜甜入睡，
一把宝剑出现在他身旁。

同时还有一颗蓝色的宝石，
正像王后梦里见到的一样，
王族长老们为此议论纷纷，
王后的奇梦灵验非同一般。

用神赐的宝物来给小王子取名，
因为和王后的梦境一模一样，
有神物来与小王子相伴，
就能保王子永世平安无恙。

捧麻典认为这个提议有道理，
叫来王族长老和司祭官商量，

大家在一块七嘴八舌出主意，
给小王子取名叫做巴拉迭瓦。

巴拉迭瓦的聪明无人能比，
出类拔萃举世无双，
他长到三岁的时候，
力气已经超过大人。

他的力气能敌过两头大象，
人们见后都交口称誉，
他全身没有任何瑕疵，
他的头发乌黑发亮。

他佩着宝剑穿着仙鞋，
腾飞上天像雄鹰飞翔，
他会使用各种刀枪武器，
舞刀弄枪令人眼花缭乱。

他使用棍棒无所不能，
玩弓箭能把靶心射穿，
大臣们看后目瞪口呆，
百姓们见后众口夸奖。

大家对王子非常崇拜，
赞美之声到处传扬，
敬佩他的武艺高强，
称赞他是国家栋梁。

他不仅有高超的武艺，
传奇身世也令人惊叹，
他是天神转世下凡投胎，
神仙和凡人就是不一样。

王后看到眼里喜在心头，
她对王子更加疼爱呵护，
王后视王子如掌上明珠，
把王子当成了宝贝心肝。

当王后二十四岁的时候，
又有一个奇迹发生，
忉利天上有位男天神，
也到了一千仙岁。

天神寿终之后离开天庭，
来到人间准备投胎转世，
他选定的亲生母亲，
正是嫡玛黑术拉王后。

于是王后感觉身体不适，
全身疼痛难耐，
晚上她又做了个梦，
梦见天上的神仙下凡。

同上次的梦境相似，
也是送给她几种宝器，
有神弓仙鞋和宝剑，
王后接受后从梦中惊醒。

王后把梦境告诉捧麻典，
认为同上次的一模一样，
国王听后又感到很诧异，
要尽快弄清楚梦境预兆。

他召来了司祭官们，
司祭官听后已心中有数，
他们很快就得出结论，
随即禀报给捧麻典国王。

国王听说王后又怀孕，
他不禁心花怒放，
他下令大臣和女仆们，
小心翼翼把王后照看。

王后自己也十分谨慎小心，
怀胎十月便产下一名男孩，

捧麻典为照顾自己的王儿，
又特意在全国挑选出奶妈。

一切都同生大王子时一样，
六万位帕雅家也生小孩，
六万个小孩与王子同生辰，
他们全都是王子的小伙伴。

等到这些小孩长大后，
就是王子的侍卫官，
这是家族的特大喜事，
全是上天恩赐特意安排。

时间像流水一样流逝，
奶妈对王子细心哺育，
王子在幸福中不断成长，
转眼间王子已长到八个月。

此时天神又出手相助，
赐给小王子随身宝物，
有神弓仙鞋和宝剑，
悄悄摆放在王子床边。

有了大王子的先例，
国王和王后心照不宣，
他们深知这是天神恩赐，
是王族积德回报不必惊慌。

他们按照上次的做法，
对宝物细心研究掂量，
召集王族长老为王子取名，
为二王子取名叫巴拿捧麻典。

巴拿捧麻典三岁时，
身体长得非常健壮，
他已经像个小伙子，
超出正常孩子状况。

王子开始佩带宝剑，
穿上仙鞋到处奔跑，
还会拉弓射箭追捕猎物，
响声震得须弥山①都摇晃。

响声惊天动地沸沸扬扬，
还惊吓了海底下的龙王，
龙王不知发生什么事情，
慌不择路四处闯荡。

森林中的树木也受影响，
不见刮风下雨哪来声响？
而且声音之大从未有过，
一切都被震得摇摇晃晃。

森林的野兽也莫名其妙，
惊慌失措只好各自逃散，
本来想找个避难的场所，
但跑来跑去到处都一样。

民众百姓也好生诧异，
都跑下竹楼四处张望，
人人都心中惧怕，
互相询问为什么会这样。

当知道是二王子拉弓的声响，
大家这才转忧为喜交口称誉，
勐迦湿的臣民们为此很开心，
二王子的威名四处传扬。

人们敬佩二王子威力无比，
将来征服天下没有敌手，
还说王族祖宗积德有福气，
勐迦湿后继有人永远富强。

好福气还在王族中继续流转，
二王子出生第二年又福星高照，
那时嫡玛黑术拉王后二十六岁，
三王子出生取名叫做迭文答。

继续讲述嫡玛黑术拉王后，
在她二十七岁时又发生奇迹，
王后又生下一位王子，
取名叫做捧麻扎嘎。

再说嫡玛黑术拉王后，
有福运相助不同凡响；
在她二十八岁的时候，
福气又降临她的身上。

王后又生了个男婴，
国王又添英俊王子；
大家经过商讨之后，
为王子取名为丙拔扎嘎。

奇迹一个接一个发生，
当王后二十九岁那年，
又一位英俊的王子顺产，
为他取名沙嘎拉晚那。

六位王子兄弟，
先后来到人间；
成为捧麻典王子，
都在王宫里成长。

他们生活在宫殿里，
幸福欢乐无忧无虑；
勐迦湿美丽富饶，
是人世间最好的地方。

---

①须弥山：古印度神话中的高山名，为诸山之王。又译妙高山。

其实王后的美梦还没完，
这个故事还要往下讲，
要继续讲述王后的福气，
讲述王族繁衍后代。

在王后三十岁的时候，
又做了一个奇异的梦，
梦见天堂的繁荣景象，
一朵仙界花朵从天而降。

她随手接住那朵鲜花，
鲜花散发出芳香，
她手捧着美丽的鲜花，
随即惊醒美梦中断。

王后将梦境告诉捧麻典，
捧麻典国王听后笑开颜，
他派人去叫来司祭官们，
让他们为王后解开谜团。

司祭官们经过反复推算，
禀报国王又有喜事降临，
将有位美丽如花的仙女，
投胎进入王后腹中。

这回王后怀的是个女儿，
将生下一位美丽的公主，
捧麻典听后更加高兴，
他已有六个儿子正缺女孩。

王后怀胎十月期满，
果然生下一位公主，
根据公主的生辰八字，
为她取名叫做迪芭婉娜。

嫡玛黑术拉王后喜事不断，
三十岁后接连生下五位公主，
二公主名字叫做苏婉娜捧玛，
和三公主芭都玛都像荷花样。

四公主名叫尖达迭韦芭冬玛，
五公主名叫做嫡苏甘塔洁西，
六公主取名叫嫡苏婉纳占芭，
六位公主就像六朵灿烂鲜花。

第三章

积德行善得好报

勐邦果发达兴旺

ၼႂ် ၵိ ၃   ၵိုဖြုကွၢ်ပုꩺသၢၼ်ႏ

ꧯꩡ်ꧣႃꩠ်ႃႜၣ်ၸိုႜꩣꩠ်ႃꩢꩾꧠꩠ်ꩣꩠႆ

帕雅因是天神之王，
大地生灵全由他管，
他经常外出巡游，
那天他巡游到了南赡部洲。

在南赡部洲的东北方，
有个大国叫勐邦果，
它由二十个大勐组成，
属国还有一百零一个。

二十个勐和附属的一百零一个勐，
组成了一个伟大王国，
被尊称为勐邦果摩诃拉扎塔尼①，
这就是勐邦果王国。

勐邦果靠近大海，
天下商船往来频繁，
它是海上交通要道，
来往船只必须停泊它的海港。

这个王国生意非常兴旺，
同外邦的许多国家都有交往，
它还不断扩大自己的领地，
同下属五个岛国接触最频繁。

五个岛国是昂古拉岛和罗麻岛，
基利岛和些腊岛，
还有一个叫细点达岛，
同勐邦果的交往从不间断。

帕雅因走过了很多地方，
然后又到其他洲去巡视，
他看到一望无际的大地，
他还看到大海没有边缘。

在海上他看见许多大帆船，
往来航运非常繁忙，
帕雅因每到一处都停下来，
凡有人生活的地方都要察看。

做生意的老板都很有钱，
每人每年上缴税赋三万万，
有停泊港口的地方，
还有名目繁多的税赋项目。

国家通常把税收分三份，
一份留国王的家族分享，
一份给各勐的头人，
一份给新加盟的友邦。

沿海国家大都很富有，
人民生活优于内陆地方，
帕雅因对沿海国家很是赞赏，
称沿海国家是黄金海岸。

每个国王居住的王城，
面积都很大而且较平坦，
有的肉眼望不到边沿，
足有五百由旬宽。

还有的国王居住的宫殿，
盖着琉璃瓦围着高墙，
宫殿的大圆柱又粗又直，
七个人拉起手才能围绕一圈。

①摩诃拉扎塔尼：巴利语，意为伟大的王国。

高墙全用大石头垒砌，
足有三十庹高不可攀，
高墙保卫着国家君王，
国王住在里面很安全。

国王身边有千万个文武大臣，
其中权力最大的有六位高官，
这是根据《王家谱》的记载，
《六万大官员》的书里都有讲。

说到成千上万的大臣，
个个都有自己的才能，
国王身边的文人墨客，
精通天文地理日月星辰。

官员还划分若干等级，
第五等级属五六品官，
他们都有自己的职责，
是治国的第五道防线。

而管理各寨子的头人，
是治国的第六道防线，
他们充当国王的耳目，
就像纵横交错的网。

国王豢养大批的军队，
那是国家权力的命根，
国家的安宁全靠他们，
没有他们百姓不得平安。

国家的军队不只驻在城里，
有的还分散驻在乡下村庄，
他们随时与王城大臣联系，
发现有人捣乱就禀报国王。

再说勐邦果有四大富翁，
他们各有百万亿的财产，
他们担负起养兵的任务，
他们深知国泰才能民安。

百姓辛勤创造财富，
也向国王缴纳税赋，
国家只有积累资金，
才能养兵抵御外敌。

国家的兴旺或衰落，
同人民的命运相关，
那里的臣民通情达理，
能自觉协助国家保江山。

勐邦果为什么会富强？
主要受佛祖戒律影响，
国王遵从佛祖教诲爱民如子，
百姓因此把国王当父母官。

万能的佛祖啊，
他的教导深入人心，
佛经典籍有八万四千册，
每一册都闪耀灿烂光芒。

傣家人全民信奉佛教，
把佛教视为行动向导，
人们都懂得因果报应，
期盼来世生活更美满。

勐邦果国力强盛人民富裕，
国王名叫曼塔杜掌伽瓦帝，
他的力气很大能敌过长鼻子大象。
他打败了四大部洲①的对手。

---

①四大部洲：佛教传说中世人的居所，指东胜身洲（又译东胜神洲）、南赡部洲、西牛货洲
（又译西牛贺洲）、北俱卢洲。

他是实践佛经教义的典范，
他不仅用五戒八戒要求自己，
还用戒律教育文武百官，
把亿万家财奉献给佛祖。

全勐的官员和百姓，
都以国王为榜样，
他们对国王无限忠心，
共同保卫国家的平安。

战乱和灾荒远离他们，
人民的生活幸福美满，
其他勐无法相比，
他们都投去羡慕的目光。

王后名叫嫡西丽摩耶韦卓帝，
是色究竟天①梵天②神的女儿，
父亲居住在天上最高层，
是梵天神的神王。

曼塔杜掌伽瓦帝和丈人原是亲戚，
祖宗数代前都是同一父王，
他们是王族传下来的后代，
家族有仆人和奴婢千千万。

宫女就有一万六千名，
照顾王家生活听从使唤，
外人看到他们的家境，
都会投去羡慕的目光。

曼塔杜掌伽瓦帝育有七个王子，
他们都是天神下凡转世，

国王把他们视为掌上明珠，
都当做宝贝心肝。

大王子名叫布塔拉扎，
他如同一棵出土金笋逗人喜欢，
他长到七岁时，
个头高大英俊健壮。

到了十六岁那年，
已经长成了大人的模样，
父母为他娶了个漂亮妻子，
名叫嫡耶摩提娜。

王子娶亲成家之后，
父亲让他治理勐捧麻宛帝，
年轻的国王和王后，
从此登上宝座金床。

二王子名叫坦麻拉扎，
娶了宝石般的嫡细达提娜，
国王让他去治理勐甘那宛帝，
当上那里的傣家人的国王。

三王子名叫桑卡拉扎，
妻子名叫朗西丽提娜，
国王让年轻的夫妻俩，
到勐金达宛帝当国王和王后。

四王子名叫念答，
妻子名叫晚纳提娜，
奉命治理勐毗宰亚宛帝，
做那个国家年轻的国王。

---

① 色究竟天：佛教用语，色界十八天之一，为色界天之最顶，故名色究竟。② 梵天：佛教用语，色界之初禅天名。因此天无欲界的淫欲，寂静清净，故名梵天。

五王子名叫乌巴念答，
妻子名叫乌达腊玛提娜，
奉命治理勐丙东宛帝，
做勐丙东宛帝的国王。

六王子名叫巴瓦腊，
妻子名叫尼迦提娜，
奉命治理勐阿那林答捧，
做勐阿那林答捧的国王。

七王子名叫帕亨达，
妻子名叫苏塔尼提娜，
奉命治理勐兴罕宛帝，
做勐兴罕宛帝的国王。

七位王子娶了七位仙女，
个个美丽聪颖贤惠端庄，
王子的婚事全是外公操心，
梵天神王给外孙当红娘。

他让天庭的七位仙女下凡，
许配给七个外孙做妻子，
这是梵天神王的良苦用心，
他要让王族后裔代代相传。

曼塔杜掌伽瓦帝年事已高，
他活到九千万岁时离开人世，
转世在色究竟天梵天层，
也做了一位梵天神。

布塔拉扎和嫡耶摩提娜，
被十万位官员接回到故国，

从勐捧麻宛帝回到勐邦果，
继承父位成为勐邦果国王。
他们八万岁时死去，
转世到色究竟天梵天层，
也成了梵天神，
两人年寿长达八万四千劫①。

布塔拉扎和嫡耶摩提娜死后，
十万官员到勐甘那宛帝，
迎回坦麻拉扎和嫡细达提娜，
成为勐邦果的大君王和王后。

坦麻拉扎和嫡细达提娜共理朝政，
一道治理勐邦果一万年，
死后转世在善见天②上，
年寿长达四万二千劫。

坦麻拉扎和嫡细达提娜死后，
十万位官员到勐金达宛帝，
迎回桑卡拉扎和嫡朗西丽提娜，
成为勐邦果的大君王和王后。

桑卡拉扎和嫡朗西丽提娜共理朝政，
共同治理勐邦果一万年，
死后转世到善见天上，
年寿长达六万三千劫。

桑卡拉扎和嫡朗西丽提娜死后，
十万位官员到勐毗宰亚宛帝，
迎回念答和嫡晚纳提娜，
成为勐邦果的大君王和王后。

---

①劫：梵语"劫簸"的简称，指通常用年月日所不能计算的极长时间。②善见天：佛教用语，色界第四禅中第二天。

念答和婻晚纳提娜共理朝政，
夫妻俩治理勐邦果五千年，
死后转世到无烦天①里做毗湿奴，
年寿长达三万三千劫。

念答和婻晚纳提娜死后，
大臣官员们到勐丙东宛帝，
迎回乌巴念答和婻乌达腊玛提娜，
成为勐邦果的大君王和王后。

乌巴念答和王后共理朝政，
共同治理勐邦果三千年，
死后转世到阿维哈天层里做帕勇麻捧，
年寿长达三万劫。

乌巴念答和婻乌达腊玛提娜死后，
大臣官员们到勐阿那林答捧，
迎回巴瓦腊和婻尼迦提娜，
成为勐邦果的大君王和王后。

巴瓦腊和婻尼迦提娜共理朝政，
共同治理勐邦果一千年，
死后转世到阿维哈天层做帕瓦伦纳，
年寿长达一万劫。

巴瓦腊和婻尼迦提娜死后，
大臣官员们到勐兴罕宛帝，
迎回帕亨达和婻苏塔尼提娜，
成为勐邦果的大君王和王后。

---

①无烦天：佛教用语，第四禅中第五天。

第四章

帕亨达人丁兴旺
堂兄妹喜结良缘

傣族英雄史诗

乌莎巴罗

ၵၭ ၒၱ ၄ ၵြၓိတ္တၵ်ၵ်ၟၣၚ်ၕဟ္�102

လ္ၵၵ်လ္ၵၵၚ်ၕ၀ဿ်ၟၵၓံၮၟ၇

听吧，各位父老乡亲，
阿哥将为你们接着歌唱，
歌唱帕亨达和王后的故事，
歌唱勐邦果的新篇章。

回到勐邦果的帕亨达，
勤政爱民治国有方，
他深受臣民的爱戴，
治理勐邦果近六百万年。

美丽的嫡苏塔尼提娜，
回到勐邦果已经两年，
她住在二十层塔楼上，
生活安逸幸福美满。

一天夜晚，
嫡苏塔尼提娜做了个梦，
只见无数的农作工具，
在她面前翻转浮现。

奇怪的梦在她脑子里萦绕，
让嫡苏塔尼提娜惶恐不安，
天刚一亮王后就急忙起床，
她把奇怪的梦境告诉国王。

听了王后诉说离奇梦境，
帕亨达立刻传下命令，
派人召来婆罗门司祭官们，
让他们为王后解开谜团。

众婆罗门经过反复算卦，
终于得出了精确结论，

他们立即进宫去回话，
把结果禀报帕亨达国王：

"这个梦是个美好预示，
有位多福的天神来投胎，
已经进入了王后的腹中，
大王将有位杰出的王子。"

帕亨达听后喜出望外，
赏赐了众婆罗门，
赏品有金银和各种食物，
又要求宫女们侍候好王后。

十月怀胎期满的一个夜晚，
王后生下一位可爱的男婴，
宫女忙用香水为王子洗身，
有的急忙去禀报帕亨达国王。

帕亨达高兴万分，
庆幸自己当了父王，
他赏赐金银给宫女，
还挑选了六十四名奶妈。

挑选奶妈非常讲究，
都是脱离四种罪孽的女人，
她们不高不矮不胖不瘦，
个个长得标致端正。

王子满月这一天，
亲友们齐聚王宫；
来为王子取名字，
经过商量取名冈嘎腊。

天庭上的帕那罗延那，
知道侄子满月的消息，
便带着仙鞋神弓和宝剑，
送给侄子作为防身礼物。

就在王子出生的同一天，
勐中的六万位帕雅家里，
同时生下了六万个男婴，
他们都是天神下凡投胎。

长大后都是王子的侍卫官，
帕亨达又挑选了奶妈，
去照顾那些帕雅的孩子，
他们与王子的未来相关。

冈嘎腊刚学会走路，
一天晚上王后又做梦，
这个梦同样很奇怪，
王后梦见自己抱着一大块黄金。

嫡苏塔尼提娜王后诚惶诚恐，
不知道会是什么预兆，
第二天天刚亮，
她就把梦境告诉了国王。

不明所以的帕亨达，
召来婆罗门司祭官们，
众婆罗门算了又算，
向帕亨达跪拜道：

"奴的主啊，尊敬的大王，
这个预兆非常吉祥，
又有一位多福的天神，
投胎到王后的腹中。"

帕亨达听后高兴万分，
立即挑选合适的宫女，
让她们陪伴王后身边，
照料好王后的生活。

时间过去了十个月，
王后又生下个男孩，

宫女们为孩子接生，
用香水给孩子沐浴。

王子刚刚满月的那一天，
庆贺的亲友们纷至沓来，
给王子取名字叫丙比桑，
大家心情舒畅喜笑颜开。

天上的帕那罗延那得知喜讯，
侄子满月时也从天宫赶来，
他带着仙鞋神弓和宝剑，
作为礼物送给丙比桑。

就在丙比桑出生的那天啊，
六万位帕雅家里也传喜讯，
同时生下了六万个小男孩，
他们都是天上的神仙投胎。

他们将成为丙比桑的随从，
他们也是国家未来的栋梁，
帕亨达又挑选了大批奶妈，
哺育六万个小男孩。

丙比桑刚学会蹒跚走路，
王后又在一个深夜做梦，
又是十月怀胎期满，
王后又生下一个儿子。

王子满月那天，
亲友们都聚集到宫殿，
给王子取了响亮的名字，
王子的名字叫纳林答。

接下来的几年呀，
美丽的王后美梦不断，
又生下了三个儿子，
王族人丁更加兴旺。

三个王子都取了好名字，
四王子名叫布塔，
五王子名叫坦麻，
六王子名叫桑卡。

大王子冈嘎腊年满十六岁时，
他力气很大体魄健壮，
国王给他娶了一位美丽的公主，
这位公主就是嫡谢玛扎娜姑娘。

冈嘎腊结婚后遵从父命，
到勐萨满达做了国王，
他与妻子共同治理国家，
后来百姓都叫他帕农。

二王子丙比桑年满十六岁时，
他的神力超过三头大象，
丙比桑长得英俊潇洒，
练就的武艺很高强。

看到丙比桑长大成才，
天神之王帕雅因喜在心头，
他要为丙比桑王子做红娘，
为他挑选合意的美丽姑娘。

他于是想起帕那罗延那，
因为他有个美丽的公主，
他把帕那罗延那找来商量，
说出为丙比桑婆亲的心愿。

帕雅因的话一言九鼎，
帕那罗延那不敢不听，
他立即带上女儿下凡，
去找帕亨达国王。

他按照帕雅因天王的旨意，
让丙比桑和嫡迪芭玛丽成亲，

为他们举行盛大的婚礼，
并让丙比桑留在帕亨达身边。

其实帕雅因考虑更长远，
他要让勐邦果更加富强，
他要为人世间和平做打算，
只是还没同帕亨达明讲。

再说三王子纳林答也满十六岁，
也有三头大象的神力，
纳林答已经长大成人，
年轻英俊美名天下扬。

父亲为他娶了嫡晚纳公主，
是帕雅因达尚伽的女儿，
亲家也是六万位帕雅中一员，
婚后去了勐故萨宛帝当国王。

四王子布塔也满十六岁，
他也有三头大象的神力，
他还精通各种法术和武艺，
他的名气早已传遍全国。

父亲为他娶了嫡韦尊腊公主，
她是帕雅阿桑开亚的女儿，
亲家是六万位帕雅中一员，
王族的血脉代代相传。

父亲也没让他们留在身边，
让他们去治理勐田亚宛帝，
那个国家很有名气，
物产丰富有无数金银财宝。

五王子坦麻也年满十六岁，
他也有三头大象的神力，
父亲帕亨达也为他成亲，
迎娶嫡韦沙哈公主为妻。

公主父亲名叫帕雅些那伽，
都是王族血统成为亲家，
婚后夫妻两人相亲相爱，
共同治理勐捧麻宛帝。

六王子桑卡年满十六岁的时候，
他的神力也相当于三头大象，
帕亨达同样为他娶了老婆，
妻子是婻温麻典蒂。

婻温麻典蒂也是一位公主，
父亲名叫帕雅咖敏答，
也是六万位帕雅中一员，
婚后同去治理勐韦沙腊宛帝。

现在要打开陈旧贝叶经，
叙述很久很久以前的事情，
哥要从遥远的源头说起，
才能理顺故事的脉络关系。

勐迦湿的国王捧麻典，
在他前面有几位兄长，
他们死后都转世，
投胎在六座高山上为王。

每座山都成为独立的王国，
都是阿修罗①种的夜叉②，
他们日夜巡逻守护着领地，
防备外来的任何侵犯。

且说捧麻典的长兄，
死后转生名叫帕本，
住在马耳山的山顶上，
建有城堡占山为王。

他身边有两个儿女，
儿子名叫阿奴帕本，
女儿名叫苏敏达，
同捧麻典孩子年龄相仿。

二哥死后转生名叫帕贡盘腊，
住在善见山的山顶上，
他有个儿子名叫阿奴贡盘腊，
还有一个女儿名叫西丽韦扎。

三哥死后转生名叫帕乾闼婆，
住在持地山的山顶上，
他有个儿子名叫阿奴乾闼婆，
还有一个女儿名叫韦舒提。

四哥死后转生名叫帕松，
住在障碍山的山顶上，
他有一个儿子名叫阿奴松，
还有个女儿名叫娜腊提拉。

五哥死后转生名叫帕输达丢瓦，
住在高高的持轴山的山顶上，
他有个儿子名叫萨答丢瓦，
还有个女儿名叫阑玛蒂。

六哥死后转生名叫帕轰嘎达莱，
住在担木山的山顶上，
他有一个儿子名叫维鲁腊，
还有一个女儿名叫依连塔蒂。

六位兄长共有十二个儿女，
同捧麻典的孩子年纪相近，
孩子们慢慢长大成人，
很快到了成家立业的年龄。

---

①阿修罗：梵文音译，意为"不端正"。佛经说，阿修罗男身形丑恶，阿修罗女端庄美貌。
②夜叉：古印度神话中的妖怪，有三种：一是地夜叉，二是虚空夜叉，三是天夜叉。

当他们的儿女年满十六岁时，
六位君王都想念最小的弟弟，
就带着他们的子女同行，
离开七金山来到人世间。

捧麻典国王接到禀报，
已经早有准备，
他心里无比高兴，
在宫殿里等候六位兄长。

当捧麻典见到六位兄长，
他喜形于色容光焕发，
又召唤六万位帕雅；
要他们进宫来服侍嘉宾。

前来服侍的大臣有数万，
还有无数仆人来回奔忙，
大家都来拜见国王的王兄，
向六位大王问候和祝福。

王子和公主们都很兴奋，
不知亲人究竟什么模样，
兄妹立即相约前来拜见，
见到伯父们齐齐下跪叩拜。

嫡玛黑术拉也前来叩拜，
拜见以帕本为首的六位兄长，
他们都是自己丈夫的亲哥哥，
身为弟媳心情愉快舒畅。

七兄弟相聚格外亲切欢喜，
洪福广大的捧麻典更加开心，
他带领六万位帕雅和大臣们，
向兄长们行跪合十礼。

话说拜见仪式结束后，
帕本王把王弟们叫到身边，
他扫视了跟前的弟弟，
庄严的表情意味深长：

"请听我说，各位兄弟，
我们这个家族源远流长，
这个家族已经有无数代，
如江河奔流永远割不断。

"王族血脉要保持纯洁，
堂表后代互相联姻是必然，
现在孩子长大应该行动，
让我们的后代结对成双。

"为嫡苏敏达灌顶①加冕，
让她做巴拉迭瓦妻子，
为嫡西丽韦扎灌顶加冕，
让她做巴拿捧麻典妻子。

"为嫡韦舒提灌顶加冕，
让她做迭文答的妻子，
为嫡娜腊提拉灌顶加冕，
让她做捧麻扎嘎的妻子。

"为嫡阑玛蒂灌顶加冕，
让她做丙拔扎嘎的妻子，
为嫡依连塔蒂灌顶加冕，
让她做沙嘎拉晚那的妻子。

"为嫡迪芭婉娜灌顶加冕，
让她做阿奴帕本的妻子，
为嫡苏婉娜捧玛灌顶加冕，
让她做阿奴贡盘腊的妻子。

---

①灌顶：以水洒于头顶，寓意灌之以智慧和福气，表示祝福，是傣族古代社会中用于王室
继位、婚庆和佛教的一种仪式。

"为嫡芭都玛灌顶加冕，
让她做阿奴乾闷婆的妻子，
为嫡尖达迭韦芭冬玛灌顶加冕，
让她做阿奴松王子的妻子。

"为嫡苏甘塔洁西灌顶加冕，
让她做萨答丢瓦的妻子，
为嫡苏婉纳占芭灌顶加冕，
让她做维鲁腊王子的妻子。"

他一口气将心事讲完，
他认为这样做最妥当，
让堂兄堂妹进行婚配，
让六兄弟的孩子配对成双。

五位王弟和捧麻典，
细心听帕本大哥讲，
觉得帕本说得有道理，
也符合他们的愿望。

捧麻典随即召来众大臣，
下旨筹办孩子们的婚事，
他要求婚礼要办得特别隆重，
官员要全力以赴不得懈怠。

他还叫人到各个寨子，
召集全国所有的工匠，
人数不得少于三万，
为孩子们建造结婚新房。

新房要围绕王宫周围建造，
十二座宫殿要盖得一模一样，
要为孩子们举行加冕仪式，
把他们送进结婚新房。

经过两个月紧张建造，
十二座宫殿终于落成，

每座宫殿都有七层高，
高矮大小都一模一样。

宫殿还镶嵌珠宝和金箔，
金光闪烁甚为壮观，
宫殿周围还种上果树，
可供主人观赏和纳凉。

竣工的宫殿华丽美观，
十二座宫殿之间距离相同，
十二座宫殿像画师绘就，
金碧辉煌全都一样。

新宫殿全部验收合格，
捧麻典亲自给国王们写贝叶书信，
把大喜事通知一百零一勐国王，
信中语气恳切热情洋溢。

一百零一勐的国王，
收到捧麻典书信感到意外，
仙人结婚世上并不多见，
仔细阅读觉得非同一般。

国王召大臣们一块商议，
让大家出谋献策畅所欲言，
这是压倒一切的头等大事，
要好好准备做得非常风光。

勐迦湿国王捧麻典，
接受了众王的礼物，
他向国王们表示道谢，
愿国王们幸福吉祥！

国王们听后都很高兴，
捧麻典满意他们开心，
一个个都如释重负，
齐声回应捧麻典国王。

勐迦湿捧麻典大王也很忙，
为十二对王子公主灌顶加冕，
这是孩子们的婚庆大事，
他要办得隆重风光。

他召来精通占卜的大师，
还有熟悉呼啦知识的司祭官，
让他们推算良辰吉日，
这是头一件大事。

婆罗门司祭官得令后，
就从生辰八字起推算；
得出结果确实无误之后，
才向捧麻典大王叩拜道：

"奴等尊敬的君主啊，
经过奴等反复推算，
选定灌顶加冕的最好日子，
在下弦月①出现的第八天。

捧麻典听完司祭官的禀告，
命令臣官领人着手筹办；
火速建造一座宫殿，
用于婚礼和灌顶加冕。

灌顶加冕的殿堂已建好，
那是举行大型婚礼的地方，
王子和公主们的婚礼准备就绪，
就等待吉日到来举行庆典。

到了选定的吉日，
人们从全国各地赶来，
都聚集到勐迦湿王城，
参加王子公主们的婚礼。

大街小巷挤满了人，
王城里人声鼎沸锣鼓喧天，
十二对王子公主的婚礼庆典，
把勐迦湿变成了欢乐的海洋。

七位帕雅容光焕发，
大臣官员们跟随后面，
婆罗门也跟着进入，
众多富翁也来捧场。

王子和公主们灌顶加冕完毕，
都集中带到捧麻典的王殿里，
他们按顺序坐在蒲团上，
静候婚礼的下一项仪式进行。

接下来的仪式更加精彩，
由婆罗门大师献上祝词，
精通呼啦的婆罗门大师，
祝词吉祥寓意深远。

婆罗门的祝词朗诵完毕，
结婚仪式接着进入下一项，
国王和长者起身，
给新婚夫妻拴线②祝福。

接下来接受宾客送贺礼，
最前面的是六万位帕雅，
紧接着是臣官和婆罗门，
最后是富翁和商人。

宾客将大象和马匹，
金银和各种礼品，
敬献给二十四位王族后代，
敬献给十二对新娘新郎。

①下弦月：傣历将每个月初一到十五的月相称为上弦月，把每月十六到三十的月相称为下弦月。
②拴线：傣族在祝贺结婚或新生婴儿时举行的一种仪式。通常由年长的人将丝线拴在被祝贺的人手上，表示吉祥，又寓意为"拴魂"。

婚礼仪式完成后，
侍臣带着他们到各自的宫殿，
还给每位王子留下侍从，
这些侍从是美女六千名。

所有的王子都安置好后，
捧麻典想到更大的事情，
他认为庄稼不培育不会长，
待在王宫里的王子永远长不大。

想要让王子们能够成才，
必须让他们去经受锻炼，
让每位王子去治理一个勐，
他们才懂得怎样治国安邦。

让他们去感受王者滋味，
享受荣华富贵做人上人，
捧麻典反复琢磨拿定主意，
向几位王兄把计划摊开。

让大王子巴拉迭瓦，
去勐萨嘎拉当国王；
又安排巴拿捧麻典王子，
将来继位勐迦湿国王。

让迭文答去治理勐达嘎，
到那里当国王管辖一方；
让英俊威武的捧麻扎嘎，
到边远的勐阿连亚当国王。

让丙拔扎嘎和阑玛蒂，
去治理勐巴萨；
让沙嘎拉晚那去勐帝朗嘎，
要把那里治理得繁荣富强。

勐迦湿国王捧麻典，
心系各个管辖的地方，

给各位王子分封领地，
由大臣官员领旨操办。

他还给各国的大臣写书信，
让他们理解他的良苦用心，
让各国带领士兵和臣民前来，
迎接六位王子上任当国王。

他还昭告天下臣民，
让所有人都知晓，
省得日后节外生枝，
为王子上任扫清障碍。

六个勐的大臣官员们，
接到国王的书信，
他们非常愉快和高兴，
纷纷表示欢迎新的国王。

六对国王和王后离开勐迦湿，
跟随迎接队伍前行，
他们翻山越岭穿过森林，
不久到了各自的国家。

话说捧麻典的六位公主，
跟着下山的六位伯父王；
跟随各自的丈夫回国，
回到各自管辖的神山。

傣族英雄史诗

乌莎巴罗

ꞈ ꩦ ꩦ   ꩦꩦꩦꩦꩦꩦꩦꩦꩦꩦꩦ

ꩦꩦꩦꩦꩦꩦꩦꩦꩦ

现在哥要把故事继续往下讲，
讲巴拿捧麻典巡游的故事，
就是捧麻典的第二个儿子，
他后来名叫帕板捧麻典。

勐迦湿国王让帕板留在身边，
一同治理勐迦湿王国，
享受君王的荣华富贵，
管理一百零一国盟邦。

帕板捧麻典聪明能干，
没有辜负父王的期望，
他操心国家大事，
记挂国民的平安。

他心想人间这么大，
情况复杂世事难料，
会不会存在危险的敌人，
可能对国家进行侵犯？

于是他就穿上仙鞋，
带着神弓佩上宝剑，
他腾空而起高高飞翔，
到世间各处周游巡视。

他每到达一个城寨的上空，
都要敲击弓弦发出响亮声音，
对地面的人们发出警示，
地面的人们都抬头仰望。

当他见到人们走出家门，
就放开嗓门对他们叫唤，
然后再观察地面的动静，
看人们究竟有什么反应。

"下面的人给老子听着，
你们是否服从本王管辖？
你们如果不肯投降的话，
绝对没有好下场！"

他说罢开始拉弓，
向空中射出箭，
那箭的声音非常响亮，
就像十万钧雷霆一样。

城里的王官①和百姓，
听到帕板捧麻典的吼声，
都不约而同地抬起头，
惊奇地向空中仰望。

看到帕板捧麻典站在空中，
人们顿时被吓得毛骨悚然，
接着人们又听到射箭的响声，
都感到无比惊慌。

人们吓得双腿跪地，
双手合十高举头顶，
不停向空中跪拜磕头，
向帕板捧麻典求饶：

"尊敬的大王啊，
奴等哪敢不投降，
恭请大王从空中下来吧，
下来做我们的大王吧！"

①王官：傣族古时把有王族血统当官的人，称为王官。

帕板捧麻典从空中下来，
昂首阔步走进王宫，
然后坐在铺好的蒲团上，
目不斜视接受官员跪拜。

帕板捧麻典征服了他们，
面前跪拜着俯首称臣的国王和官员，
他对国王和大臣们训话之后，
就离开王宫跃入空中。

他在空中继续飞行，
又飞到了别的地方，
他每到一处都这样做，
所到之处没人敢反抗。

有一个勐名叫梭莱亚，
国王名叫苏帕蒂沙，
他治理着勐梭莱亚国，
享受着当君王的风光。

国王有一个美丽的王后，
王后名叫嫡巴帕瓦利，
他们有一个美貌的女儿，
女儿名叫嫡甘扎提拉。

他们过着幸福安康的日子，
生活惬意从来没有烦恼，
正当他们无忧无虑之时，
突然发生意想不到的情况。

正在飞行的帕板捧麻典，
来到了他们勐的天空上，
他停在勐梭莱亚王城上空，
俯首对勐梭莱亚王城察看。

他向王城里大声喊话，
那声音如惊雷般响亮，

他又敲打随身的弓弦，
那响声更加震耳欲聋。

他们听到弓弦的响声，
都非常惊恐慌张，
他们纷纷朝天上看去，
才发现空中的帕板。

帕板捧麻典站在空中，
相貌威严如神灵一般，
他虎视眈眈注视地面，
让人见到后心惊胆战。

苏帕蒂沙国王无可奈何，
大臣和百姓也不知怎么办，
他们被迫高举双手叩拜，
齐声恭请帕板捧麻典。

帕板捧麻典从空中下来，
昂首阔步走进王宫殿堂，
帕雅苏帕蒂沙连忙叩拜，
把他请到王宫里宝座上。

大臣官员们忙铺好蒲团，
帕板捧麻典就坐在上方，
坐定后他扫视所有的人，
目空一切高高在上。

国王苏帕蒂沙已吓得脚软，
大臣官员们也都战栗不安，
他们都拜倒在帕板的脚下，
俯首称臣不敢有半点反抗。

帕板捧麻典得意洋洋，
知道他已经震慑对方，
他又扫视了所有大臣，
才漫不经心地回答：

"听着，你们这些官员，
我是大臣官员们的首领，
我的名字叫帕板捧麻典，
我家就住在勐迦湿王城。

"我的父亲名叫捧麻典，
他是一位大国君王，
是一百零一国的首领，
没有哪个国家敢反抗。"

帕雅苏帕蒂沙听了这些话，
心里感到非常高兴，
立即召集全体大臣官员，
向帕板捧麻典叩拜。

国王向帕板敬献各种佳肴，
还有无数金银珠宝，
还奉献女儿婻甘扎提拉，
以及众多的美女听使唤。

帕板捧麻典接受他的贡品，
在众美女侍候下开心娱乐，
他吃喝玩乐尽情享受，
王宫里日夜歌舞升平。

七天的五欲①满足之后，
帕板就退还金银珠宝，
还有婻甘扎提拉等美女，
并对帕雅苏帕蒂沙说道：

"尊敬的苏帕蒂沙国王，
我退还所有的财物和珠宝，
还有众美女以及您的公主，
希望您能够理解不必猜疑。

"现在我准备告辞，
我的理想还未实现，
就像潺潺流水没有尽头，
我还要到其它地方去看。"

他又向婻甘扎提拉辞行，
对美丽公主情意绵绵，
他有点舍不得离开她，
但为了理想只能说再见。

婻甘扎提拉听说后很心酸，
她舍不得帕板捧麻典离开，
她想永远守在他身旁，
就语重心长地加以挽留。

帕板捧麻典听了公主诉说，
也感到有道理非常心酸，
他很爱婻甘扎提拉公主，
内心舍不得丢下她不管。

国王苏帕蒂沙得知他的心意，
对帕板同女儿的婚事很赞成，
随即叫人找来婆罗门司祭官，
要他们尽快推算出吉日良辰。

选定的吉日来到，
数万的臣民们听到鼓声，
大家从四面八方相约而来，
庆祝婻甘扎提拉加冕成婚。

公主做了帕板捧麻典王妃，
身份顿时不同一般，
父王为她增派宫女，
宫女的人数多达两万名。

---

① 五欲：佛教用语，指色、声、香、味、触五境生起的欲望。

她的父王母后心花怒放，
大臣官员们也喜笑颜开，
还有婆罗门亲戚和富翁，
都一起为新婚夫妻增光。

帕板捧麻典和婻甘扎提拉成婚，
共同生活了一年，
有一天帕板捧麻典想家，
心里头有些不安。

他想念他的父王母后，
思念他的百姓和臣官，
因为他离家已经很久，
想离开爱妻返回家乡。

帕板捧麻典显得心烦，
就与婻甘扎提拉商量，
把心里话告诉妻子，
想得到她的支持体谅。

婻甘扎提拉听了之后，
觉得他的话合情合理，
她赞成丈夫的做法，
心里亮堂通情达理。

帕板捧麻典满口答应，
还说大丈夫会信守诺言，
不会让妹妹在这里久等，
很快就会来接妹返家乡。

得到婻甘扎提拉同意之后，
他再把心事禀报岳丈和丈母娘，
还要告知王族的所有亲戚，
以及所有百姓和臣官。

帕板捧麻典得到岳父允许，
便开始准备回去的行装，

他穿上飞行的仙鞋，
飞到空中返回勐迦湿故乡。

帕板捧麻典在空中飞行，
很快回到勐迦湿王城，
婻西丽韦扎听到禀报，
就连忙跑来迎接夫君。

相貌美丽的妻子，
在家已思念他多时，
见到自己的丈夫回来，
心里有说不出的欢喜。

帕板捧麻典回到王宫里，
见到久别的妻子笑嘻嘻，
他稍事歇息之后，
向父母禀报娶妻的艳遇。

捧麻典听后很高兴，
对儿子的话仔细想，
要因达巴去组织迎亲队伍，
把公主带回来当王子新娘。

因达巴得令之后，
立即敲击大鼓召集士兵；
组成一支三十万大军，
准备启程去勐梭莱亚。

国王苏帕蒂沙得到消息，
顿时满面笑容心花怒放，
勐迦湿是大国高不可攀，
能同勐迦湿联姻是前世造化。

当他得知勐迦湿派来使臣，
连声夸耀帕板捧麻典大王，
说他确实是个了不起的王子，
庆幸自己能有这样的女婿。

因达巴和三十万将士，
终于来到勐梭莱亚王城外，
他们在城边的大棚里住下，
休息三天后才进宫提亲。

帕雅因达巴率领随从臣官，
带着礼品和国王书信，
到了苏帕蒂沙的王宫里，
向苏帕蒂沙呈上国王书信和礼品。

因达巴不失大国风范，
不愧是勐迦湿的大官，
他先向苏帕蒂沙鞠躬行礼，
然后不紧不慢地说：

"尊敬的大王啊，
小臣是勐迦湿的特使，
祝愿贵国繁荣昌盛，
祝愿大王幸福吉祥！

"小臣到这里来，
不为别的什么事，
专程前来送聘礼，
来同贵国联姻结亲。

"国王派我们前来，
带着他的书信，
还有丰厚的礼品，
专程来献给大王。

"并请求大王准许我们，
迎接婻甘扎提拉公主，
带回勐迦湿去做王妃，
成为帕板王子妃娘娘。

帕雅苏帕蒂沙听了之后，
早已激动万分满面笑容，

他不慌不忙地向来宾还礼，
然后又彬彬有礼地回答道：

"谢谢因达巴特使，
欢迎您远道来到敝国，
您按习俗前来迎亲，
本王无比高兴。

"现在贵国派各位贵宾前来，
带着礼品迎娶婻甘扎提拉，
本王理所当然要大力支持，
请贵宾们把公主带走吧。"

苏帕蒂沙国王把经过说完，
心里头还有些不安，
他舍不得宝贝女儿离去，
便伤感地对女儿讲：

"你已经长大成人，
到勐迦湿后要懂礼貌，
要听公公婆婆的话，
要孝敬公公婆婆。"

婻甘扎提拉听了父王的话，
禁不住一阵辛酸泪落两行，
她对父王无限感激，
但心里又无比眷念亲爹娘。

她接过父亲赠送的物品，
把自己好好打扮，
她原本就容貌姣美，
经打扮更如同仙女一般。

大臣们也向贵宾送礼品，
各种礼品应有尽有，
包括成群的大象和马匹，
礼品价值有四万万。

国王还派了十万随从，
护送女儿出嫁远方，
因为去勐迦湿路途遥远，
途中要经过森林大山。

临别前公主忐忑不安，
她同父母亲情割不断，
深知此行远离故土，
离别后再相见很难。

她带着侍女走进王宫，
去拜别她的父王母后，
感谢养育她的父母亲，
向父母亲做忏悔道歉。

父王苏帕蒂沙就在跟前，
母后嫦巴帕瓦利也在一旁，
他们听女儿的忏悔，
用手抚摸着女儿原谅她的过失。

忏悔和道歉结束之后，
大臣官员们准备起程，
他们带着嫦甘扎提拉公主，
还有两万名宫女。

侍卫扶公主坐上象鞍，
象兵手提象钩骑上象颈，
士兵和百姓们骑上骏马，
大部队浩浩荡荡出发。

队伍惊飞了树上鸟雀，
野兽也吓得到处乱跑，
队伍扬起的灰尘飞舞，
笼罩了整个天空大地。

那些送行的老百姓，
前面引路不辞辛劳，

队伍经过一个月的跋涉，
才进入勐迦湿地界。

哥的故事还要继续往下讲，
嫦甘扎提拉的故事还没完，
上节说勐梭莱亚国王嫁女，
答应了勐迦湿使臣的请求。

送女儿嫦甘扎提拉出嫁，
去当帕板捧麻典的新娘；
勐迦湿的客人离开之后，
捧麻典为王子准备娶亲。

他吩咐众大臣着手行动，
准备了各种名贵的衣服，
还有项链手镯金银首饰，
这都是娶儿媳必备之物。

到选定好的吉日那天，
捧麻典国王兴奋异常，
他要尽到做父亲的责任，
为嫦甘扎提拉举行加冕典礼。

让嫦甘扎提拉成为儿媳妇，
成为帕板捧麻典的王子妃，
捧麻典国王非常爱惜儿媳，
给嫦甘扎提拉增派了宫女。

嫦甘扎提拉得到国王器重，
感到心满意足无比荣幸，
她与帕板捧麻典同床共枕，
夫妻俩非常恩爱甜如蜜糖。

嫦甘扎提拉与丈夫如胶似漆，
年满十八岁时生活有了转机，
一天晚上她正睡得深沉，
黎明时做了个奇怪的梦。

她梦见一块金子从天而降，
金子正好落到了她的身旁，
她伸出手捡起那块金子，
就从梦中惊醒。

她感到梦境非常奇怪，
就将帕板捧麻典摇醒，
她把梦境告诉了夫君，
希望能解开梦中谜团。

帕板捧麻典听了叙说，
觉得这个梦非同一般，
帕板捧麻典要司祭官们推算，
把妻子的梦境弄清楚。

根据王妃的生辰八字，
经过反复仔细推算，
终于得出了王妃梦境结论，
大家脸上都现出欣喜容光。

解开婻甘扎提拉梦境之后，
司祭官们一刻也不敢延误，
忙走进王宫跪拜帕板王子，
禀告了众婆罗门推算情况：

"奴等尊贵的大王啊，
王妃的梦是个吉祥预兆，
将有一位男天神前来投胎，
进入王妃腹中等候降生。"

帕板捧麻典听了这个消息，
顿时喜上眉梢心花怒放，
知道妻子即将生下王子，
他帕板也即将成为父王。

婻甘扎提拉怀孕之后，
行动谨慎怕惊动胎儿，

怀孕十月很快期满，
在王宫生下一位王子。

年轻的宫女们为她接生，
用金盆装满芬芳的香水，
为刚出生的王子洗浴净身，
把小王子洗得干干净净。

帕板捧麻典喜得王子，
高兴劲无法用言语形容，
他为儿子安排了奶妈，
奶妈都经过精挑细选。

王子出生满月后，
请来家族的长老给孩子取名字，
按照王子生辰八字，
给王子取名阿奴巴纳捧麻典。

在阿奴巴纳捧麻典出生的时候，
有六万个小男孩同时降临人间，
他们是六万位帕雅家里的孩子，
全都住在王城与王宫相距不远。

故事还在继续向前发展，
婻甘扎提拉好运还没完，
当她到了十九岁的时候，
又生下一个美貌的女儿。

小公主出生一个月之后，
帕板捧麻典为女儿取名；
按照小公主的生辰八字，
为她取名婻安杂提拉。

时间如河水一样奔跑流逝，
阿奴巴纳捧麻典已长大，
到他长到十六岁的时候，
已是非常英俊的小伙子。

那时有一位美丽的少女，
名叫婻西丽婉娜，
她是帕雅因达巴的女儿，
与阿奴巴纳捧麻典年龄相仿。

西丽婉娜到了十六岁，
相貌姣美楚楚动人，
帕板叫人上门提亲，
因达巴自然满口答应。

那时还有一位英俊王子，
小伙子名叫术马纳，
他是帕板捧麻典家族中人，
属于六万位帕雅中的一位。

他也住在勐迦湿王城里，
博得帕板捧麻典的喜欢，
他于是将女儿许配给他，
婻安杂提拉做了术马纳妻子。

她做了六万名宫女的首领，
同王嫂的地位不相上下，
她办事精明能干，
王族长辈对她很满意。

第六章

帕雅因派仙下凡
帕巴罗降生人间

ဠ သာ ပ န္တွ
傣族英雄史诗
乌莎巴罗

ပု ဋ် ၆

ဣ္စဗ္ဗေတော့်ဖေၐ္ၐလ္ၵ်ကွေ့
ကြပဠ္ၐ်လ္ၵ်ကွေ့သ်ၐၟၟ

帕雅因时刻关注着人间，
关注着安宁的勐邦果，
他要看到勐邦果强大，
便下凡去同帕亨达商量。

他先问帕亨达对勐邦果的打算，
再问帕亨达最看好哪一位儿子？
帕亨达爽快地回答帕雅因，
说他最看好二儿子丙比桑。

帕雅因与帕亨达想法一样，
帕亨达为此便向丙比桑传位，
自己退到勐达腊迦国，
这个勐同属联邦也很重要。

帕雅因决定安排几位天神，
下凡到勐邦果投胎转世，
去帮助勐邦果发展壮大，
完成自己的心愿。

他转到了兜率天①，
在那里找了好长时间，
他找到了三位仙寿将尽的神仙，
他对三位神仙仔细查看。

帕雅因经过详细考察，
对三位神仙非常满意，
他对三位神仙寄予厚望，
就毕恭毕敬地说道：

"三位尊贵的长老，
有一事要同你们商量，
因为你们的仙寿将尽，
到了重新转世的时候。

"很快就是你们下凡的时刻，
请你们到人间的勐邦果，
投胎到嫡迪芭玛丽王后腹中，
去完成你们的重新转世。"

三位神仙听后很高兴，
接受了帕雅因的建议，
三位神仙欣然领命，
帕雅因为此心花怒放。

就在这个时候，
嫡迪芭玛丽还在香甜入睡，
她突然做了一个梦，
她梦见天上来了位神仙。

神仙手里拿着鲜花，
飘飘然下凡到人间，
神仙把鲜花从空中撒下，
撒遍了整个勐邦果。

王后从睡梦中惊醒，
她躺在床上把梦境回想，
天不亮她就摇醒丈夫，
把稀奇梦境告诉丙比桑。

丙比桑听后感到困惑，
为什么会出现这种梦幻？
他立刻传来婆罗门司祭官，
让他们为王后解开谜团。

---

①兜率天：佛教用语，是欲界六天中第四层天。

博识的婆罗门认真推算，
结论出来心里豁然开朗，
算出王后的梦兆后，
高兴地禀告国王：

"尊贵的大君王啊，
王后的梦是美好预兆，
有个神圣的天神已经降临，
投胎到王后的腹中。"

听了婆罗门的解说，
丙比桑高兴万分，
他立即召来一万六千名宫女，
照看怀孕的嫡迪芭玛丽王后。

吉祥的日子来到，
王后登上华丽的马车，
在众多侍从的护卫下，
走到王城的东门外面。

马车顺着王城边右行，
开始绕着王城转圈，
疼爱妻子的丙比桑，
伴随在嫡迪芭玛丽身边。

绕城环行的嫡迪芭玛丽，
乘车回到了东门外，
这时她感到身体不适，
腹中突然一阵阵疼痛。

这可急坏了随行侍女，
一个个急得手忙脚乱，
有的去产房准备物品，
有的搀扶着王后慢行。

一阵响亮的哭声，
回荡在新盖好的产房，

一位杰出的王子，
降生到了人世间。

刚刚降生的男婴哟，
身上散发出阵阵清香，
香气慢慢扩散，
弥漫了整个产房。

香气传遍整个勐邦果，
男女老少全都闻到，
人们都感到很惊奇，
仿佛整个天地变了样。

父亲丙比桑也感到奇怪，
立即派了信使前往勐达腊迦，
禀告父王帕亨达，
述说了男婴的神奇现象。

帕亨达得知孙子出世，
他喜在心里笑在脸上，
对孙子身上的神奇现象，
帕亨达也感到惊奇万分。

此前他已听过禀报，
他联想到儿媳的梦境，
他想肯定同梦境有关，
是一位圣者前来投胎。

他立刻带上随从，
乘坐韦难达昆杂拉神象，
从城中蜂拥而出，
一路不停往前赶。

城中的丙比桑听到禀报，
得知父亲已到达勐邦果，
立即率领大臣和百姓，
把父王迎进自己的王宫。

就在王子刚满月的时候，
庆贺的亲友们纷纷赶来，
聚集在丙比桑的宫殿，
他们给小王子取名巴罗。

就在巴罗出生的这一天，
六万位帕雅家也添新丁，
他们同时生下六万个小男孩，
将来都是巴罗的随从。

巴罗出生的消息，
迅速传到天界，
神仙们都带了宝物，
纷纷下凡送给巴罗。

帕那罗延那得知消息，
他的心情特别激动，
带了仙鞋神弓和宝剑，
送给外孙将来防身使用。

梵天神帕摆送来礼物，
他送给巴罗一颗神眼石，
这颗宝石价值连城，
神奇法力无可比拟。

只要含着这颗宝石，
跃上天空到处观看，
无论白天黑夜，
人间的东西看得一清二楚。

梵天神帕巴郎麻埃舜送来礼物，
他送给巴罗一颗宝石，
有了这颗神奇宝石，
你想要什么就会有什么。

如果想要金银珠宝，
只要把它抛上天空，

金银珠宝就像雨点般落下，
掉落在你指定的地方。

梵天神帕勇麻捧送来礼物，
他送给巴罗一颗宝石，
这颗神奇的宝石呀，
含在嘴里人就会发生变化。

这种变化跟随你的意念，
丑男人会变英俊，
丑女人会变漂亮，
愚蠢的人会变得聪明。

梵天神帕瓦伦纳送来礼物，
他送给巴罗一颗宝石，
这颗神奇的宝石呀，
会变出许多东西。

只要把宝石往空中一抛，
所需要的各种东西，
就会从空中落下来，
甚至想要大象它也会跑到你跟前。

梵天神毗湿奴送来礼物，
他送给巴罗一颗宝石，
这颗神奇的宝石呀，
它能帮助人医治病痛。

不管是耳聋眼瞎的人，
还是患有疑难杂症的病人，
只要含一下这颗宝石，
所有疾病都会痊愈。

老王爷帕亨达，
非常喜欢自己的孙子巴罗，
总是抱着他不停地亲额头，
被孙子弄湿衣衫也乐呵呵。

他在勐邦果住了三个月，
留给巴罗很多金银珠宝，
爷爷是留给他长大后送人，
这也是当爷爷的一份心意。

帕亨达交代完事情之后，
就向儿子和儿媳告别，
骑上韦难达昆杂拉神象，
返回到勐达腊迦王城。

听吧，各位男女老少，
年轻的小伙子和姑娘，
阿哥将为你们接着歌唱，
歌唱两位神仙下凡的故事。

当巴罗刚刚学会走路，
一位天神下凡投胎到王后腹中。
王后生下一个男孩，
众王亲为王子取名昆代。

昆代刚刚学会走路的时候，
一位天神又投胎到王后腹中。
王后顺利生下一个女孩，
亲戚们给她取名西丽芭都玛。

三兄妹渐渐长大，
哥哥长得英俊潇洒，
妹妹长得清秀美丽，
在勐邦果出类拔萃。

巴罗年满十四岁时，
很像神王帕雅因模样，
人们说他不像凡人，
具备五美①之人的形象。

他的手臂圆润光滑像金子，
手指和脚趾长短适中，
他的嘴唇又平又薄，
闭起来只见一条线。

黑红色牙齿紧凑密实，
就像无患子②的籽一样，
巴罗的头发乌黑闪亮，
谁见了都觉得很美。

黑色的眉毛，
就像微弯的弩弓，
圆润的脖颈，
不粗不细非常恰当。

喉结很平不尖不凸，
胸膛很宽腰部粗圆，
他的胯骨朝两边分开，
双腿呈圆形不粗不细。

大腿从上到下很好看，
很均衡地渐渐变细，
肌肉非常结实，
像成熟的芭蕉花一样。

他走动时呈八字形，
步伐稳健身姿潇洒，
像大象行走那样沉稳，
又如猛虎下山那样有力。

他说话时面带微笑，
声音悦耳动听，
无论男人还是女人，
都喜欢与他交往。

---

①五美：即眼美、脖美、唇美、牙美、肢体美。

②无患子：俗称"肥皂果"，其籽黑里透红，果肉可做肥皂。

三兄妹长得十分相像，
身材大小相差无几，
兄妹三人都有共同之处，
都具有五美之人形象。

兄妹三人都很懂礼貌，
对任何人都彬彬有礼，
兄妹间相敬如宾，
兄妹间相亲相爱。

他们常常穿上仙鞋，
身上佩带着仙剑，
手握萨哈萨它麻神弓，
飞上高空中去玩耍。

他们得到的宝石，
都是天上神仙赠送，
都像贝多罗籽一样大，
颗颗都神奇无比。

嫡西丽芭都玛有匹神马，
神奇如同魔术一样，
公主只要轻轻呼唤，
神马就会立即飞奔而来。

巴罗和弟妹三人，
非常珍惜宝物，
随时带在身上，
不会让宝物丢失。

听吧，各位父老乡亲，
阿哥将为你们继续歌唱，
歌唱帕亨达的故事，
歌唱老王爷的菩萨心肠。

话说慈祥的帕亨达，
非常想念远方的孙儿们，

一段时间不见就心痒痒，
为此他心中想：

"我的三个孙儿女，
相貌都长得很相像，
只要见到其中一个呀，
就等于见到三个。

"我应该让昆代住在我这里，
这样我就可以减少好多牵挂，
我就不用经常往勐邦果跑，
省去来回奔波的麻烦。"

帕亨达想好之后，
提笔给儿子写信，
信使马上出发，
星夜奔向勐邦果。

看完父王的信件，
丙比桑对信使道：
"父王喜爱孙儿女，
胜过喜爱自己儿子。

"手心手背都是肉，
父王的爱心可以理解，
就由父王去做主吧，
当儿子的肯定答应。

孝顺的丙比桑，
立刻传来大臣官，
让他们去准备大象，
然后把三兄妹叫来。

他向三兄妹讲明原因，
说王爷很挂念他们，
让他们去陪伴王爷，
免得王爷牵挂伤了身体。

三个孩子都懂事，
他们也惦记爷爷，
他们答应立即起程，
到王爷那里去住。

见到三个孙儿女都来，
帕亨达和王后眉开眼笑，
老夫妻俩高兴得合不拢嘴巴，
抱着孙儿孙女舍不得放下。

高兴万分的帕亨达，
为他三个可爱的孙儿女，
举行了隆重的拴线仪式，
这是傣家人的传统习惯。

送礼的人非常多，
有六万位帕雅和众多臣官[①]，
有婆罗门和富商等有钱人，
他们送来许多金银财物。

他们为三兄妹拴线祝福后，
就把带来的各种礼品送上，
送的金银财物多得数不清，
在王宫大殿里堆放成山。

很多前来祝福的人，
过去没见过三兄妹，
看到兄妹三人都很惊奇，
个个赞叹又感慨。

看到人们惊叹的神情，
听到人们对孙儿女的赞誉，
帕亨达乐开了怀，
他很得意地对丙比桑说道：

"丙比桑啊，父亲要求你，
把昆代留在父亲身边，
父亲看到了孙儿昆代，
就像见到他们三兄妹。"

父王对孙儿女的慈爱，
丙比桑暖在心头，
表示理解父亲意思，
绝对服从父亲安排。

听到消息的帕摆，
带着一位仙女前来，
他来到了勐达腊迦，
要把仙女许配给昆代。

仙女名叫婻迪芭辛拔丽，
样子长得美丽又端庄，
许配给昆代做妻子，
自然是好事一桩。

帕亨达非常高兴，
向六万位帕雅传令，
让他们即刻做准备，
为昆代和仙女加冕。

隆重的加冕仪式结束，
丙比桑决定返回，
他辞别了父王和母后，
还有各位王族的长老。

他带着大王子和公主，
即巴罗和婻西丽芭都玛，
还有众多的随从，
回到勐邦果王城。

---

① 臣官：傣族古时把无王族血统当官的人，称为臣官。

第七章

帕农修行求清净
巴罗出家当腊西

ပှ ် မ ် ၇   ဟံ ့ဒျသိ ရျ ၌ ပ ဟ ္ ၵ ် ပ ်ဖျ ဓ

ပါ ၺ ိ တ ၃ ၵ ၌ ့ဘ ္ ုၵ ပ ့ ၵ

勐迦湿国王是捧麻典，
他手握权柄高高在上，
统领着这片广阔大地，
是至尊的金殿白象王①。

当他年龄高达三千岁时，
寿命的终点已经不远，
这位至高无上的大君主，
有一天他这样想：

"如今我年事已高，
身体已经明显衰老，
我总有一天会去世，
应积攒功德留给后代。

"我应该放弃所有财富和权力，
出家修行做帕腊西行僧人之道，
到深山里持守五戒和八戒，
不断修行慈无量心②。"

捧麻典拿定了主意之后，
认为应把想法告知亲人，
告知朝廷的所有大臣们，
免得到时大家感到突然。

大臣领旨后立即行动，
动作迅速不敢懈怠，

所有人都集中到王宫，
士兵只能站在广场上。

他们静听国王训话，
谁也不敢胡思乱想，
翘首以待望着国王，
捧麻典此时才开腔：

"各位王族宗亲啊，
我的年龄已有三千岁了，
疾患和病痛缠身，
我已经接近死亡的边缘。

"本王经过深思熟虑，
应该全身心积攒功德，
决定出家到森林里做腊西，
静心修行实现理想。

"我走之后你们要和睦相处，
有事相互商量不允许起内讧，
我决定让帕板捧麻典继承王位，
让他成为勐迦湿新国王。"

以帕板捧麻典为首的王子，
还有大臣官员们齐齐跪拜，
对国王的决定都不敢违抗，
帕板只好对国王捧麻典说：

"英明的父王陛下，
最负声誉的大君王，
父王的圣旨铿锵有力，
儿臣和官员一定遵从。

---

①金殿白象王：傣族古代把掌握最高权力的君主或国王，称为乘坐白象的至高尊者，或者称为
金殿白象王。②慈无量心：佛教用语，即慈、悲、喜、舍四无量心之一。

"如果父王您要出家做腊西，
这个主意不能改，
那您就放心地去修行，
祝您心想事成吉祥平安。

"儿臣保证管理好国家，
不让父王有丝毫牵挂，
请父王安心去修行吧，
愿父王早日实现心愿！"

国王听了儿子的话，
感到莫大安慰，
没有了后顾之忧，
可以实现自己的理想。

捧麻典又来到王后的寝宫。
他准备向她话别，
结束夫妻生涯，
祝福她吉祥平安。

他用坚定口气对王后说：
"我的好王后啊，
我年纪已满三千岁，
接近死亡的边缘。

"我要行善积攒功德，
来世能够转生上天堂，
或重新转世回人间，
不会受到痛苦煎熬。

"帕板捧麻典承继王位，
不会让本王失望，
你可以无忧无虑地生活，
安安心心地住在王宫里。"

嫡玛黑术拉眼含泪水，
把夫君的离别话语听完，
她已抑制不住内心悲伤，
说话声音颤抖：

"大王要出家当腊西，
这个奴没有什么意见，
奴要跟随大王一起去，
奴也要出家去做腊西尼①。"

捧麻典听了王后的话，
觉得她说得很有道理，
就允许王后随同出家，
去过自食其力的生活。

国王捧麻典还有想法，
他走之前要把财产分配，
他担心日后产生纠纷，
闹得到处沸沸扬扬。

财务官按照捧麻典旨意，
每人分得六十万两金银，
大家感激国王的心意，
大家佩服国王的毅力。

勐迦湿的老国王捧麻典，
把一切该做的事做完，
同嫡玛黑术拉一起，
离开富丽堂皇的王宫殿堂。

他向帕板和王族们告别，
向六万帕雅和大臣辞行，
向将士和百姓们说再见，
为出家修行处理最后的事项。

---

①腊西尼：女性野外修行者。

此时的帕板捧麻典心情沉重，
意识到父王离家已无可挽回，
所有的宫女和仆人非常伤心，
都为老国王和老王后送行。

伤心泪水顿时喷涌而出，
泪水如湄南荒河水奔流，
老国王的出家震撼全国，
举国上下臣民为之悲伤。

老国王和老王后见此状况，
好言相劝叫大家不必悲伤，
劝大家消除心中的痛苦，
劝大家合力建设好家乡。

然后把剩下的八十亿的财产，
包括金银和衣物，
还有食物和农具，
送给那些穷苦的人家。

让他们每人都得到一份，
养家糊口不会受饥寒，
这是他最后一个心愿，
是一个出家人的慈悲心肠。

老国王和老王后辞别众人，
带着砍刀铲子和衣衫，
还有锄头凿子和锥子，
离开勐迦湿城走进深山。

他们来到修行地喜林苑，
在这里出家当腊西和腊西尼，
他们每天早晚坚持不懈，
修行布施波罗蜜①。

帕板捧麻典记挂父王母后，
派人到喜林苑为父母建造僧房②，
僧房里有静修室和起居室，
室外还有恬静的散步长廊。

还为父母挖了一眼水井，
供父母饮水使用，
还在僧房旁建了两座凉亭，
供父母念经劳累之后休息。

凉亭里还放了个大水缸，
还有钵盂水壶糯米和盐，
还备好槟榔和药物，
所有生活用品一应俱全。

老国王和老王后出家后，
捧麻典改名叫摩诃达巴腊西，
嫦玛黑术拉改名叫达巴腊西尼，
改名是出家人的规矩。

两人到山林后分房而居，
各自住在自己的僧房里，
两人严格按出家人要求，
戒除色欲和杀生吃荤习惯。

他们过上自食其力生活，
靠野果薯类充饥肠，
达巴腊西尼上山采野果，
然后摘下树叶铺在地上。

将采来的野果摆在上面，
树叶当饭桌两人一起用餐，
他俩认真遵循教规，
在喜林苑里持守五戒八戒。

---

①波罗蜜：佛教用语，到彼岸之意。②僧房：佛教信徒修行居住的房舍。

他俩不断修行慈无量心，
天天如此从不间断，
他们每天只进一次食，
清苦过日子不留恋往日时光。

他们就这样不断地修行，
始终如一常年坚持，
福气助他们走向成功之路，
功德越积越多感动了上天。

不久就修得了世间禅①，
能够在空中自由飞翔，
他俩一直活到九百万岁，
他俩的美名在民间流传。

回过头再讲帕巴罗的故事，
讲巴罗小时候的时光，
他们兄妹三个长得很神气，
他们兄妹三个勇敢又善良。

他们驾着彩云飞来飞去，
有时到勐达腊迦去探望，
同爷爷和奶奶小住几天，
有时又去父王那里游玩。

有时到盟国找朋友聊天，
和他们谈论世事话家常，
凡是他们亲友的所在国，
都留下他们的足迹。

有一次巴罗到爷爷家，
爷爷问他要不要找小姑娘，
帕巴罗听了爷爷这么讲，
小脸蛋顿时通红心发慌，

帕巴罗人小志气高，
他没有心思谈婚恋，
他心里想的是干大事，
从来不讲儿女情长。

王家的叔伯和舅姨们，
纷纷上门提亲试探，
提亲的人几乎踏破王宫门槛，
但到头来都失望返回。

听吧，哥要讲到乘象大王，
讲到威名远扬的帕农，
每天成群的大臣来觐见，
巨大的财富他用不完。

虽然烦恼事情从不近身，
虽然无忧无虑高高在上，
他却厌恶世间的无常，
他的心里另有所想。

帕农下定决心，
因此他对妻子讲：
"我的爱妻啊，
这个世道很不平安。

"我有责任稳定这个人世，
我要出家到雪山林中修行，
我要告别我心爱的孩儿，
告别我宝石般的王后。

"你安心在家里照顾父母，
还有六个可爱的儿郎，
我要安排儿子们照顾你，
同时守卫我们的家园。"

---

①世间禅：三种禅定之一，即色界和无色界的禅定。

王后听了夫君的话，
拉着丈夫衣角死也不放，
王后哭得死去活来，
她不让丈夫出家当腊西。

妻子的话动人心弦，
妻子的话令帕农心酸，
他安抚着妻子，
他轻声细语对妻子讲：

"我最心爱的王后啊，
你的心情我能理解，
我此去不是抛弃你，
我要让人世间稳定平安。

"你别因为我走就难过，
不要哭泣也不要悲伤，
要像过去一样过日子，
幸福的时光还有很长。"

妻子的心快要破碎，
如同煮沸的水一样滚烫，
她在伤心地流泪哭泣，
在呼唤丈夫改变主张。

帕农看到这种场面，
禁不住也泪水潸然，
他虽然可怜这些女人，
却不忘自己是男子汉。

众多的王宫臣官，
听说国王要出家当腊西，
立即快马加鞭赶来，
有的跑去告诉国王的几个儿郎。

这时帕农的大儿子，
他在另一个国家当国王，

听到父王要出家，
心里紧张忐忑不安。

帕农王有六个儿子，
都在各自国家当王，
老大名叫帕罗，
老二名叫甘达来。

老三名叫念达辛，
老四名叫索利瓦，
还有老五加拉韦扎和老六阿皮伦，
从四面八方赶来劝父王。

他们苦苦哀求父亲，
希望他不去当腊西，
他们对出家的决定不理解，
认为他吃错药神志不正常。

帕农对儿子的劝说很理解，
但是他的意志坚定不移，
为了安慰他的六个儿子，
他把自己的心事向他们讲：

"我想做一个彻底解脱的腊西，
专心探索怎样排除人生苦难，
这就是为父的全部心事，
这就是为父的崇高志向。

"我的六个可爱的孩儿啊，
你们都很善良，
你们要照看好家园，
你们要照顾好母后娘娘。"

帕农向孩子们表露心迹，
又转过头来对大臣们交心，
他也理解大臣们的心意，
他感谢大臣们良苦用心。

帕农讲了自己志向，
在场的人个个茫然，
他们想再继续挽留，
但全都变成失望。

王后和孩子只好低下头，
低声哭泣别无他想，
挽留帕农王宣告无效，
他们用泪水送别帕农王。

帕农前往勐达腊迦，
去告别年迈的父王和母后，
帕农向父王母后跪拜忏悔，
请求父母恩准他去当腊西。

他的父亲是勐邦果老国王，
见到儿子铁了心无话好讲，
只好同意儿子请求，
人各有志不好勉强。

父王恩准令儿子高兴，
也许这是他命中注定，
父王最后还为儿子祈祷，
祝他心想事成实现理想。

国王要求帕农出家后要回来，
最多不要超过一年半载，
就像串亲戚和拜访朋友，
回来把父母亲看望。

就在这个时候，
巴罗闯了进来，
他是帕农的侄儿，
此时他正在爷爷处玩。

巴罗对伯父的行为很赞同，
他想跟伯父一道去当腊西，

他把自己的想法对爷爷讲，
帕亨达爽快地答应了孙儿的请求。

帕农回到勐萨满达，
向妻儿做最后辞别，
就和巴罗一起动身，
帕农心情无比愉悦。

帕农和巴罗带着生活必需品，
有拐杖凿子锥子皮垫和钵盂，
伯侄俩离开了勐萨满达，
来到大弟丙比桑的勐邦果。

帕雅丙比桑答应巴罗出家，
但要求他一年后回家看望，
免得家中的父母牵挂，
要他理解父母的心愿。

巴罗非常高兴，
跟着帕农走出王宫，
他们走进茫茫林海，
到达原始的雪山林。

�801 သသၢ ၆ ၼ္ၼ
傣族英雄史诗

乌莎巴罗

လု ၆ ႔ ၊ ၊ ၊ၵ္ၵၸ္ၸ ၊ႁ္ၼ ၊မ္ၼ၊ၵ္ၵၒ္ၵၵ္ၵၺ္ၵၵ္ၵ

ႀ္ၼၵ္ၵၥ္ၵၛ္ၵ၊ၵ္ၵၺ္ၵၵ္ၵ၊ၵ္ၵ

相传在勐晚那先兰国土上，
有六年整没有下过一场雨，
天干地旱人们都没有水喝，
庄稼全部干枯大地无生机。

很多人在灾难中饿死，
尸横遍野非常凄惨，
没死的就逃荒别处，
国内民众无限悲伤。

在灾难深重的国度里，
有这样一个小弱女，
她和千万国民同命运，
她名字叫做婻帕腊尼。

女孩出生在贫苦的家庭，
父母都已经死去，
家里一无所有，
一个人无依无靠。

苦海无边姑娘无法活命，
婻帕腊尼的生存成问题，
这年她刚满十五岁，
青春年华如花似玉。

她逃离故乡走进森林，
希望能找到一线生机，
在森林里她盲目行走，
寻找野生瓜果来充饥。

就这样她顽强活了下来，
半个月的日子很快过去，

这些日子她走了无数山路，
究竟身在何处自己也想不起。

有一天她走到一个平缓山坡，
她又渴又累就躺在一棵大树底下，
这棵树长得又高又大，
就像一幢高大的楼宇。

她在那里好好睡了一觉，
不管白天黑夜不愿离去，
饿了她爬上树采野果，
累了就在树下面休息。

姑娘还采食树周围的野菜，
用树枝挖地下可吃的东西，
她还在树底下生火煮食物，
同大树朝夕相处形影不离。

姑娘在树下住了一个半月，
有一天她的生活出现奇迹，
一只很大的公猴来到那里，
从此给她的生活增添生机。

公猴看到姑娘非常漂亮，
独自一人在树底下叹气，
还看到她孤独一人觅食，
像野人一般用野果充饥。

公猴看到小女孩很痛苦，
觉得她孤零零可怜兮兮，
公猴因此生发怜悯之心，
想做点事情来逗她欢喜。

从此公猴每天为她找来野果，
还有野菜薯类等能吃的东西，
姑娘对公猴的出现很高兴，
对它送的食物也来者不拒。

姑娘爱吃的水果它想法找来，
公猴的热情使姑娘非常感激，
人猴相处彼此成为好朋友，
他们经常在一起吃喝休息。

姑娘还煮野菜给公猴吃，
公猴吃后感到香甜无比，
人猴相处久了，
那公猴也渐渐懂得人意。

后来公猴去找来稚嫩的茅草，
垫在地上给姑娘睡觉休息，
松软的床令姑娘睡得香甜，
公猴的体贴她心中感激。

公猴给姑娘带来了舒心快乐，
同公猴在一起她整天笑嘻嘻，
她慢慢地爱上了公猴，
想嫁给公猴结为夫妻。

她把心事告诉了公猴，
公猴听后心里欢喜，
他俩经过一番准备，
以大树为媒结为夫妻。

从此他俩出双入对，
日子过得非常甜蜜，
公猴非常体贴妻子，
从来不对她发脾气。

公猴每天早出晚归觅食，
姑娘就一个人守在家里，
公猴爬树找来鸟蛋，
下河中抓来大鱼。

公猴找来许多山珍野味，
姑娘煮的菜肴香甜无比，

姑娘无微不至照顾丈夫，
公猴十分勤快疼惜爱妻。

嫡帕腊尼嫁给公猴过了一年多，
有一天姑娘告诉丈夫肚里有喜，
夫妻俩于是更加恩爱，
又唱又跳欢天喜地。

当姑娘怀孕七个月的时候，
晴朗的天空突然风云起，
一场灾难即将降临，
可怜那姑娘还蒙在鼓里。

在森林的另一个角落，
那里是一块不祥之地，
住着个叫韦图腊的夜叉，
他无恶不作从头坏到脚。

那夜叉觅食来到森林这边，
看到美丽的姑娘嫡帕腊尼，
他垂涎姑娘的美貌，
那贪婪的眼睛色迷迷。

夜叉心里萌生了邪念，
想霸占嫡帕腊尼为妻，
夜叉躲在森林里痴想，
想一把将姑娘搂在怀里。

他知道姑娘已有猴丈夫，
要得到姑娘还得用心机，
他深知强扭的瓜不会甜，
取得姑娘喜欢才是明智之举。

夜叉于是心生毒计，
想除掉公猴用来充饥，
他得知公猴的去处，
抡起大木棒将公猴打死。

他张开血口将公猴吃掉，
然后揩揩嘴巴躺下休息，
他又跑回那棵大树背面，
去做那见不得人的把戏。

再说姑娘在家等猴丈夫回来，
一等再等三天时间过去，
她吃不下睡不着天天等待，
可惜看不到丈夫回来的身影。

她意识到情况不妙，
丈夫可能出了问题，
她深切怀念猴丈夫，
泪水涟涟痛哭流涕。

她再次陷入悲痛之中，
没人陪伴她孤苦无依，
丈夫再也不能照顾她，
她的生活全部靠自理。

狡猾的夜叉见时机已到，
他摇身变成个小兄弟，
他嬉皮笑脸来到大树下，
假惺惺地关心嫡帕腊尼。

"请问大姐有何伤心事，
干吗总见你哭哭啼啼，
莫非你丈夫出了远门，
还是有不开心事纠缠着你？

"喜新厌旧所有男人都一样，
天下的男人没一个好东西，
可能你丈夫已另有所爱，
可能你丈夫已经厌烦你。"

姑娘发现面前的小伙子，
样子长得英俊又懂道理，

她弄不清夜叉的真面目，
还以为他出自一片好意。

于是她把心中话儿讲出来，
把事情的来龙去脉道仔细，
夜叉装得非常同情认真听，
最后还假装出痛心和惋惜。

"我亲爱的姑娘啊，
你的美貌天下无比，
我第一次见到你后，
哥哥就爱你入了迷。

"你的不幸已无可挽回，
请你不必再伤心哭泣，
你丈夫已死我只好告诉你，
你千万保重不要损伤身体。

"在这茫茫林海里，
猎人经常走来走去，
我亲眼看到有个猎人打死你猴哥，
他把你的猴哥打死后又拉去剥皮。

"猎人把猴肉拿回家去当美食，
你的猴丈夫啊早已在锅里，
你猴哥死了不能复生，
你也不必为此而生气。

"没有丈夫实在孤独，
就让哥哥来陪伴你，
我会像猴哥那样照顾你，
希望我俩能够结为夫妻。"

夜叉的样子很诚恳，
姑娘经不住他的甜言蜜语，
她不再盼望猴丈夫能回来，
于是答应嫁给他为妻。

夜叉险恶又狡诈，
得到姑娘后又继续演戏，
他整日奔波觅食，
无微不至照顾嫦帕腊尼。

这时在茫茫的林海里，
有个帕腊西叫韦麻拉，
他有高超的法术和火眼金睛，
能识别出夜叉的真相。

帕腊西在雪山林里到处游玩，
他见到大树下的嫦帕腊尼，
他一眼就看出姑娘遭苦难，
为嫦帕腊尼受欺骗很惋惜。

"哦，受苦受难的姑娘，
好人坏人你要分清，
你这个丈夫不是人，
他是夜叉在欺骗你。

"你的前夫是他所杀，
又装成好人在演戏，
他吃了你的猴丈夫，
又骗你嫁给他为妻。

"你已经怀有你前夫的孩子，
他现在不吃你有他的动机，
等你生下你猴丈夫的儿子，
再将你母子一道吃进肚里。"

嫦帕腊尼听了帕腊西一席话，
如梦初醒一时却没了主意，
她心上像压着一块大石头，
她六神无主不知怎样处理。

她双手合十跪下，
向帕腊西磕头跪拜，

请求帕腊西救她一命，
给未出世的孩子一线生机：

"精通经书的仙王啊，
我要感谢你的好意，
请求你想法搭救我一命，
我要在你福荫下活下去。"

帕腊西听了姑娘求救的话，
非常同情她的遭遇，
他立即带着嫦帕腊尼姑娘，
踩着云朵飞奔而去。

帕腊西到达他修行的僧房，
才深深地松了一口气，
他帮她盖了一间草棚，
让她在那里居住休息。

帕腊西又拿来食物，
有瓜果木薯和香芋，
姑娘饱饱地吃一顿，
对帕腊西千恩万谢。

帕腊西把她看成亲生女儿，
生活上照顾得很仔细，
她感受到亲人的温暖，
怀孕的肚子一天天隆起。

再说那个作恶多端的夜叉，
觅食归来找不到嫦帕腊尼，
夜叉找了三天三夜，
终于弄清嫦帕腊尼的去向。

他怒气冲冲地飞上天，
来到韦麻拉腊西住地，
那里离夜叉住地有五千由旬，
他一眼就看见草房里的嫦帕腊尼。

可是夜叉无法接近她，
草房四周有一圈法力，
他无法靠近房子只能干瞪眼，
他放开嗓门花言巧语：

"帕腊尼呀，你太糊涂了，
你为什么忘记夫妻情义，
你就忍心把我丢下，
你忘记我是多么爱你？

"帕腊尼啊，你太轻信了，
你中了那老头的奸计，
他想拆散我们夫妻俩，
他编造的话全无道理。

"来呀，我心爱的妹妹，
我这一生不能没有你，
来呀，快跟哥哥回去，
我俩夫妻生活最甜蜜。"

嫦帕腊尼姑娘听后火冒三丈，
可惜她性格温柔不会发脾气，
嫦帕腊尼再也不会受骗上当，
她已经把夜叉的本质看透。

"你还厚脸皮找上门来，
你是个夜叉我要撕下你的人皮，
你不要再装模作样欺骗我，
你快点收起你的鬼把戏。

"我的丈夫是被你杀害，
你这个恶魔是我的仇敌，
你根本不配当我的丈夫，
我俩更谈不上什么恩爱夫妻。

"撕下你慈悲的假面具，
收起你骗人的甜言蜜语，

我已后悔对你的信任，
我已不是以前的嫦帕腊尼。

"我庆幸摆脱你的魔掌，
我已做了韦麻拉腊西的干女儿，
我要同韦麻拉腊西朝夕相处，
今后什么地方都不会去。"

夜叉听了嫦帕腊尼的一番话，
喉咙里像塞着石头喘不过气，
铁证如山他无法抵赖，
眼睁睁听嫦帕腊尼揭他老底。

既然真相她全知晓，
再待下去已没意义，
夜叉想不出新的花招，
只好悻悻飞回老巢去。

夜叉被辱骂离开后，
嫦帕腊尼总算松口气，
她在养父的关照下，
生活过得无忧无虑。

时间又过去三个月，
她的怀孕已经到期，
嫦帕腊尼顺利生产，
她生下一个小男孩。

刚生下来的小男孩，
活蹦乱跳很有生命力，
他既有嫦帕腊尼的美貌，
又有猴子的灵气。

韦麻拉腊西烧好热水，
递给养女把婴儿清洗，
僧房里没有其他帮手，
忙坏了当外公的帕腊西。

孩子很快长到七个月，
帕腊西忙着为外孙取名字，
他认真翻阅经书测字推算，
贺腊满这个名字他最满意。

这是一个吉祥的名字，
预示着他将来能出人头地，
小男孩一天天长大，
八岁时身体强壮力大无比。

他既聪明又很机灵，
有一头大象的力气，
他还能够腾云驾雾，
翻个跟斗十万八千里。

他会上山寻找野果挖木薯，
拿回家给母亲和外公充饥，
从此一家三口不愁吃和穿，
家庭重担猴儿一肩挑起。

他还去捉鸟雀烧烤给母亲吃，
背上挎包飞到坝子去偷大米；
孩子从小不学好，
急坏了韦麻拉腊西。

养子不教父之过，
当外公的万万不能依，
他于是叫来贺腊满，
耐心给他讲道理：

"偷别人的稻谷很不好，
缺德行为不能再继续，
你要用心读经拜佛，
行善积德才能长志气。

"不学邪恶做好人，
五戒八戒要牢记，

从小你要走正道，
长大后才有出息。

"捕鸟杀生的行为也不好，
今后不能伤害有生命的东西，
经书上称杀生为阿巴那，
这是佛祖教导第一条戒律。

"第二条戒律叫阿迪那，
粮食要靠自己劳动去获取，
不属于自己的东西不能要，
偷盗行窃的行为要中止。

"第三条戒律叫嘎米苏密沙，
别人家的妻子不能去调戏，
同别人的老婆偷情是罪孽，
这种罪名一辈子也洗不去。

"第四条戒律叫木沙瓦达，
说谎的人也不是好东西，
骗别人钱财自己图享乐，
到头来骗人终归害自己。

"骗人终归会被揭穿，
到最后你会威风扫地，
死后还会被丢进烫水锅，
所以说骗人没有好结局。

"第五条戒律叫苏腊米里亚，
对酒水也要特别注意，
酒是粮食所酿造，
它浪费粮食不是好东西。

"酿酒要捂在坛里发酵，
喝多了还会伤身体，
酒醉还会惹麻烦，
神志不清害人又害己。

"以上五条是戒律，
你一定要牢牢记，
因果报应会到来，
你要严格要求自己。"

帕腊西对他耐心教导，
使他明白好多道理，
他以前不知什么叫犯罪，
更不知经书上有戒律。

他决心改过自新，
再也不做缺德事，
今后好好走正道，
绝不惹外公生气。

第九章

妖怪佳儿娶美女
天神动怒惩元凶

傣族英雄史诗

乌莎巴罗

ယင်္ကပ်မိလူကဆျိုနို

ဆဗ္ဗ ခွဲဉ်ယက္ကဘွဏ

听吧，美丽无比的妹妹啊，
你像湄南荒河中沉底的金沙，
哥哥的故事还没有讲完，
哥哥还要继续讲下去。

话说在茫茫林海的另一边，
有一对妖怪夫妻与世无争，
那里是一个宽广的大岛屿，
他们就生活在岸边的森林里。

那对妖怪夫妻居住在岛上，
究竟生活多少年无法计算，
男妖名叫灭卡达腊，
女妖名叫苏塔雅。

他俩生育有一个男孩，
容貌英俊仪表堂堂，
孩子名字叫术尼塔贡满，
妖怪夫妻把他视为宝贝心肝。

世上生活难得十全十美，
孩子降生给他们带来心烦，
那孩子模样好看却不听话，
他一生下来就不挨近亲娘。

他不吃妖怪母亲的奶水，
任凭你怎么逗他也不买账，
为了孩子不被活活饿死，
夫妻俩寻找其他食物喂养。

他们采摘果子挖来木薯，
把它们煮熟加工捣烂，

孩子吃着这些食物，
津津有味特别香甜。

这孩子性格孤僻，
对肉食从来不沾，
他宁饿三天三夜也不进肉食，
夫妻俩束手无策一筹莫展。

妖怪父母只好顺其自然，
用木薯芋头做一日三餐，
月换星移过了七年整，
术尼塔贡满健康成长。

他说起话来滔滔不绝，
分析是非有条有理，
办事周到有条不紊，
有经验的大人也比不上。

父母心里偷偷高兴，
意识到儿子非同一般，
长大以后必成大器，
他们决心大力培养。

孩子的饮食是个谜，
不吃肉类究竟为哪般？
父母只好去问儿子，
叫他把原因说端详：

术尼塔贡满听到父母问话，
想要开口却十分为难，
但是父母问话不答也不行，
只好斗胆把心里话细谈：

"我的父母双亲啊，
你们是我的亲爹娘，
你们是孩儿的长辈，
你们过的桥比我走的路还长。

"你们懂的道理非常多，
本轮不到晚辈说短长，
既然父母要我说，
讲得不对请原谅。

"动物都有生命，
它们同人类一样，
所不同的是不会说话，
无法表达痛苦和忧伤。

"马鹿和麂子被猎杀，
你说它们会怎么想？
会咒骂人类心狠毒，
残害生灵丧尽天良。

"孩儿一想到这些就心酸，
哪还敢将它充饥肠？
一见到肉食就吃不下，
这是孩儿真正的思想。

"孩儿生怕留下罪孽，
连母亲的乳汁也不敢沾，
孩儿虽小也懂道理，
请父母能尊重我的理想。"

妖怪听后很是震惊，
想不到亲骨肉竟敢背叛，
但出于对孩子的溺爱，
没有发火反把好话讲：

"孩子是母亲身上掉下的肉，
你不是捡来也并非收养，
你的生活习惯应学父母亲，
吃鱼吃肉应像我们一样。"

术尼塔贡满听后微微笑，
父母的观点他很反感，

人各有志不要强求，
他进一步把心事讲：

"我是父母所生没有错，
我的想法请父母再掂量，
儿怕留下罪孽没好结果，
吃没生命的东西心里无负担。"

妖怪夫妇明白儿子的心事，
他说得有道理便没再发难，
虽然对儿子还是不理解，
又没有理由把他的心扭转。

妖怪夫妻只好作罢，
继续采野果和薯类当粮食，
他们还采来芭蕉和山药，
尽可能去寻找五谷杂粮。

凡是没有生命的植物，
他们的儿子都喜欢，
山上的野果熟了十多次，
术尼塔贡满长成男子汉。

他自己能上山寻找食物，
生活自理不用父母操心，
他还学会种植包谷山药，
不用为觅食天天去爬山。

他后来独自外出行动，
一个人在森林里闯荡，
最后他走到僧房附近，
偶然发现婻帕腊尼姑娘。

两人初次见面一见钟情，
他们非常开心无所不谈，
婻帕腊尼把他带去见养父，
他向帕腊西施礼落落大方：

"尊敬的帕腊西老人家啊，
您的美名在林海里传扬，
现在晚辈来到您的跟前，
有件事情想同您商量。

"晚辈今年已满十六岁，
我非常喜欢嫡帕腊尼姑娘。
我愿意献出我的全部爱心，
把嫡帕腊尼和她的孩子抚养。

"我要精心照顾她母子俩，
风雨同舟共患难，
我们三人一道孝敬您，
让您晚年幸福寿比高山。"

这个满腹经纶的帕腊西，
被术尼塔贡满的真诚感染，
为确保婚事万无一失，
他进一步把小青年试探：

"有件事我得告诉你，
她一生命运坎坷多灾多难，
她曾经结过婚还有个孩子，
她已经不是黄花姑娘。

"她的孩子贺腊满已经十岁，
她的年龄也比你大许多，
这些问题你要想清楚，
这是事实不可逆转。

"你倘若娶嫡帕腊尼为妻，
要像我对她母子一样，
对妻子不能随意打骂，
当后爹要有好的心肠。

"你还得像我一样守戒到底，
五戒八戒牢记心间，

如果你能答应我的要求，
我就把女儿嫁给你。"

年轻英俊的术尼塔贡满，
对帕腊西的话并不反感，
他认为老人家的话有道理，
再次表明不违背他的心愿。

术尼塔贡满坦诚相见，
帕腊西从心底里喜欢，
看来女儿再婚是时候，
帕腊西于是当机立断。

帕腊西终于点头答应，
对女儿婚事着手操办，
他首先为他俩洒滴圣水，
把术尼塔贡满妖气洗光。

接着养父为他俩举行仪式，
把丝线拴在他俩的手腕上，
从此他们成为正式夫妻，
他俩无比高兴心花怒放。

术尼塔贡满带着爱妻儿子，
在帕腊西僧房附近把家安，
他们生活甜蜜和睦相处，
以佛祖戒律为行为规范。

年满十岁的贺腊满，
在继父抚养下健康成长，
他从小就学习劳动做事，
跟随大人上山采摘野果。

他们采摘食物孝敬帕腊西，
祖孙三代欢聚一堂，
帕腊西安心修行积德，
小两口相敬如宾从不吵架。

贺腊满十分喜爱大自然，
他在旷野里欢度童年时光，
在雪山林里留下他细小脚印，
在雪山林里有他的笑声回荡。

再说术尼塔贡满的父母亲，
见不到儿子心里不安，
老两口走进森林到处寻找，
始终见不到儿子的踪影。

他们继续耐心寻觅，
从森林的这端找到另一端，
最后终于找到心爱的儿子，
见到儿子住在帕腊西僧房旁。

他们得知儿子已经成亲，
还见到儿媳媡帕腊尼姑娘，
他们也见到了儿媳的儿子，
父母心情有些伤感：

"术尼塔贡满儿啊，
我们的宝贝心肝，
你为什么抛弃了双亲，
来到这么遥远的地方？

"你已经离开海岛多日，
令父母在家牵肠挂肚，
你这孩子真不懂事，
娶媳妇也不先同父母谈。"

术尼塔贡满对父母毕恭毕敬，
认为父母的批评很恰当，
他娶亲之事非常仓促，
便细心解释请二老原谅：

"孩儿非常喜欢媡帕腊尼，
媡帕腊尼是个好姑娘，

我俩结为夫妻非常幸福，
我能娶媡帕腊尼十分理想。"

妖怪父母听了儿子叙说，
顿时心里头豁然开朗，
看到这对夫妻相亲相爱，
也就原谅儿子自作主张：

"儿子啊，你不必伤感，
你俩结为夫妻我们赞成，
父母不会怪罪你的决定，
愿你俩的婚姻地久天长。

"不过父母有一个要求，
你应该带着媳妇把家还，
这是我们家历来的规矩，
不回家会使父母亲心酸。

"父母还要赠送礼物，
是祖传留下的宝藏，
我们只有你这个独生子，
家产不留给你往哪放？"

术尼塔贡满尊重父母的意见，
把回家的事同妻子和养父商量，
得到妻子的同意和养父支持，
决定带着妻子回家一趟。

经过几天的辛苦跋涉，
他们终于来到大海岸，
来到了风光旖旎的岛屿，
走进妖怪父母居住的地方。

父母把他们带进树林中，
来到一个又深又宽的溶洞旁，
他们走进宽敞的大溶洞，
里面金光闪烁一片明亮。

术尼塔贡满首次进溶洞，
第一次领略这迷人景象，
他情不自禁睁大了眼睛，
发现眼前全是珍珠宝藏。

父母说这些都留给他们，
子孙后代八辈子用不完，
作为术尼塔贡满结婚礼物，
全都是他们家族的祖传。

术尼塔贡满收下父母礼物，
对父母的心意没有推让，
父母又为他们举行仪式，
为新婚的夫妻把丝线拴。

术尼塔贡满跟父母住了三天，
又搬进大溶洞生活一段时间，
父母还拿出祖传宝药，
这又是他们的稀世宝藏。

父母送给家传宝物后，
父亲还有绝技高招相传，
他要教给儿子神秘法术，
给他防身自卫不被人侵犯。

父母还为儿子平安祈祷，
父母用手搭在孩儿头上，
轻轻向儿子洒滴了圣水，
祝贺他们新婚幸福美满。

两个孩子向父母行跪合十礼，
依依不舍向父母辞行，
然后带着父母送的礼物，
一块返回雪山林。

他们走了三天又三夜，
回到了阔别多日的地方，

见到了仁慈的养父，
见到可爱的儿子贺腊满。

术尼塔贡满非常懂礼节，
先向养父帕腊西问候请安，
他们向帕腊西行跪合十礼，
把此行经过详细对他谈。

他还拿出父母送的礼物，
那是珍珠宝贝成千上万，
把宝贝摆在老人家面前，
让帕腊西和儿子共同观赏。

术尼塔贡满回来没有休息，
马不停蹄建盖新楼房，
他砍来木料和竹子，
新盖的楼房舒适漂亮。

术尼塔贡满带着爱妻和儿子，
住进宽敞明亮的新楼房，
他们尽情享受勤劳果实，
他们全家和睦心情舒畅。

现在故事的话锋要转向，
我要讲韦图腊魔鬼的凶残，
自从得知婻帕腊尼再婚，
魔鬼妒火中烧心里不安。

魔鬼把婻帕腊尼当成前妻，
来到术尼塔贡满夫妇居住的地方，
魔鬼大吵大闹还口出狂言，
他对术尼塔贡满大喊：

"你这个胆大包天的小子，
你竟敢抢走婻帕腊尼姑娘，
你把妻子归还我不怪罪你，
你若不听劝告就没好下场。"

术尼塔贡满听了魔鬼狂言，
牙齿咬得咯咯响，
他早已知道魔鬼底细，
容不得他如此嚣张：

"你这恶贯满盈的刽子手，
快点收起你的伎俩，
你杀了人家的丈夫，
如今还来撒野逞凶狂。

"我劝你快点走开，
想抢我的妻子没好下场，
你应懂得有来无回是何意，
到时候你无处躲也无处藏。"

双方相互对骂不相让，
你一言我一语对着骂娘，
对骂了半天分不出输赢，
只好各自回去把救兵搬。

术尼塔贡满把消息禀报父王，
气得老父亲火冒三丈，
若有谁敢欺侮他儿子，
一定把他剁成肉酱。

老妖王调来三万妖兵，
带上神弓全副武装，
连夜赶赴儿子住地，
全面戒备保护儿子平安。

韦图腊也匆匆赶去找哥哥，
谎报事情歪曲真相，
布塔魔王听到弟弟禀报，
气得咬牙切齿怒发冲冠。

布塔魔王立即行动，
调来三万妖兵妖将，

他们日夜兼程赶路，
大兵压境到达雪山林。

双方在草房前面对峙，
谁也不怕对方的力量，
战斗一触即发，
雪山林的气氛非常紧张。

术尼塔贡满让父亲放心，
他一定能够打赢这一仗，
他要父王照顾好母亲，
免得他惦记把精力分散。

威武勇敢的术尼塔贡满，
全副武装冲锋上战场，
他身披盔甲挎上宝剑，
一跃而起飞上云端。

他英勇杀魔显神威，
杀得魔鬼魂飞魄散，
死的死来伤的伤，
一时间死尸遍山梁。

术尼塔贡满这边士气高昂，
擂鼓助威喊声震天响，
敌军兵败如山倒，
纷纷举手缴械投降。

韦图腊不甘心失败，
冲上去再受重创，
术尼塔贡满一鼓作气，
杀得敌军哭爹喊娘。

术尼塔贡满打胜仗的原因，
有儿子贺腊满帮大忙，
贺腊满使用神弓宝剑，
杀起敌人来就像切瓜瓢。

术尼塔贡满虽然打胜仗，
他的士兵也有伤亡，
两军对打非常激烈，
平静的雪山林变成战场。

贺腊满挥动宝剑英勇无比，
他要为生父报仇雪恨，
他好像一个成熟的大汉子，
显示出强大的力量。

被他杀死的敌人不计其数，
他射一箭敌人就人仰马翻，
妖军没有一个是他的对手，
妖军见到他就心惊胆战。

韦图腊的阴谋眼看被识破，
但他还妄想继续反抗，
他急忙躲藏到密林里，
贺腊满的兵紧追不放。

眼看贺腊满冲杀过来，
为保存性命他狗急跳墙，
他一跃逃往天上，
要到天庭禀报天神。

韦图腊的居心不良，
他想借助天神力量，
请天神出面制止战争，
以保存他的残兵败将。

"大事不好了天神，
大地正在爆发战争，
森林被大片烧毁破坏，
正在遭受毁灭性灾难。"

天神听后频频点头，
他立即起程下凡，

天神一到森林上空，
就下令地面的人停战。

地面的妖兵们看到天神驾到，
一个个都瘫软像棉花一样，
他们疲乏不堪瘫倒在地，
不得不停战放下了刀枪。

天神并不是个糊涂官，
双方停战后他了解情况，
他要分清是非曲直，
把引发战争的祸首审判。

"你们都有各自地盘，
为何在此打仗？
打起仗来没好结果，
大片森林遭受灾难。"

见大家都闷声不吭气，
术尼塔贡满的父亲只好把话讲，
他把战争的来龙去脉，
向天神细说端详：

"起因都是为了一个女人，
她是我儿媳婻帕腊尼，
韦图腊想抢占为妻子，
我们不同意便爆发大战。"

天神听完了禀报，
他指责韦图腊是个魔鬼，
是这场战争的罪魁祸首，
宣判处死韦图腊。

众妖欢欣鼓舞，
都称赞天神处事有方，
处治恶魔天下才能太平，
人世间才会普照阳光。

天神最后劝告大伙儿回家，
不准再惹是生非找麻烦，
和和睦睦各过各的日子，
天下太平才能国泰民安。

众妖都听天神的话，
纷纷起程离开战场，
各自返回各自森林里，
心平气和冤仇消散。

术尼塔贡满和贺腊满父子俩，
赢了官司又打了胜仗，
他们高高兴兴回到住地，
同帕腊西把天伦之乐共享。

大家受到这场战争的启迪，
更觉得佛祖的教义意味深长，
他们更加严格按五戒八戒去做，
永远走正道不做损人的勾当。

这段故事到此为止，
更精彩故事我要接着唱，
这故事经书里有记载，
它的名字叫做魔鬼之战。

第十章

牛王肆虐逞凶狂
格西姑娘斗凶顽

 လှူ ဒိ ၁ဝ ၍ဘျ်ောဆ္ဒွေ�650ဘျဧ၌ဟဿဘျၚ်:
ၔ္ဒ်ေ၉သိံၜိတ်ဴၒ္၍ဘျ၀ါ

听吧，如鲜花般美丽的姑娘，
现在我要吟唱一首新歌，
它讲的是关于宝角牛的故事，
这故事复杂如弯曲的江河。

这宝角牛的父亲长有三只金角，
它横行霸道犯下滔天罪恶，
这故事源于远古时代，
究竟有多少年经书里没说。

相传那金角牛是牛魔大王，
它的角像黄金一样闪耀光芒，
它是一头剽悍的公水牛，
它发淫威时众母牛会吓破胆。

公牛性情暴躁蛮横不讲理，
强行把五百头母牛霸占为妻，
五百头母牛整天围着它转，
供它寻欢作乐还要被它管。

母牛生产时它会密切监视，
如果生公牛它就发大火，
它会用蹄子将牛犊活活踩死，
牛犊一离开母体就不让成活。

如果母牛生下雌牛犊，
它会上前呵护唱赞歌，
等到小母牛长大后，
又变成它的小老婆。

它整天不停地淫乱为非作歹，
它的老婆与日俱增越来越多，

谁不顺从它就用金角猛挑，
母牛们忍气吞声无可奈何。

后来有一头母牛，
四只蹄子像翡翠玉石一样光亮，
它已怀有身孕深感忧虑，
担心生头公仔被踩成肉酱。

它的肚子一天天隆起，
公牛的目光在它身上打转，
看到公牛那凶狠的眼神，
母牛心里更加忐忑不安。

它想保护小牛的生命，
它想让小生命能成活，
它决定躲开公牛生孩子，
不忍心亲骨肉遭残害。

大母牛于是逃进大森林，
去寻找隐蔽的场所，
它突然发现一条小溪流，
仿佛像一条金水河。

溪水流进一个大溶洞，
金水从溶洞缓缓流过，
溶洞内流光溢彩，
好像熊熊燃烧的烈火。

大母牛往溶洞里走去，
奇异的景象越来越多，
它发现洞内有大量奇珍异宝，
有许多华丽的绸缎和金帛。

从此母牛住在溶洞不离去，
后来生下头公牛犊十分活泼，
牛犊头上长着宝角力气大，
宝角可以把高山铲成平坡。

石头山被它的宝角一挑，
巨石粉碎满天飞落，
这头宝角牛真奇怪，
宝角每天摩擦也不会破。

宝角牛一天天长大，
有一天它突然问妈妈：
"为什么我们住在这地方，
为什么我从来没见过阿爸？"

牛妈妈将不幸往事对儿子讲，
宝角牛听后气得火冒三丈，
它说自己已长大要去报仇，
要到牛群里找金角牛算账。

牛妈妈也很想报仇雪恨，
但它不敢贸然答应，
它担心儿子年纪尚小，
经验不足会把命丧。

"孩子啊，这绝对不行，
你那狠毒的阿爸会要你的命，
你千万不可以轻举妄动，
一定要捺着性子细思量。

"现在你的前面有棵橄榄树，
上面结满橄榄如星星一般，
你用这树上的果实，
练习你动作的机灵和敏捷。

"你用力去碰撞橄榄树，
果实掉下时你用角去接住，
要做到准确无误万无一失，
不让果实砸着头往水里钻。

"你的动作要非常敏捷，
否则别去同你爸对抗，

你就耐心好好练习，
水到渠成不要匆忙。"

宝角牛按阿妈的要求做，
天天去把橄榄树碰撞，
树上掉下的果实用角接住，
再用力甩到河岸上。

宝角牛接完果实又来问阿妈，
牛妈妈见到儿子从心底里喜欢，
它于是带着儿子下了石头山，
到坝子草地上找金角牛算账。

它们来到坝子上一看，
那情景同以前没两样，
金角牛管制着众母牛，
继续作威作福肆无忌惮。

金角牛见到了宝角牛，
两眼露出凶狠的目光，
它一个箭步冲上前去，
想一角让小公牛把命丧。

眼看金角牛就要挑着小公牛，
宝角牛却显得不慌不忙，
它很有礼貌地向金角牛作揖，
先礼后兵将肺腑之言对它讲：

"阿爸，我是你的儿子，
请你看在父子的名分上，
我求你不要再作孽，
不要为非作歹骨肉相残。"

小公牛好心好意地劝告，
并未打动金角牛的心肠，
它一心想独霸所有母牛，
根本没把亲生骨肉放心上。

它依然凶狠地冲上前去，
想一蹄把小公牛踩进泥潭，
它扬起锋利的牛角，
想把小公牛的肚皮挑穿。

看到金角牛的凶狠样，
宝角牛不慌不忙来迎战，
它装成若无其事的样子，
根本看不出有半点紧张。

两头牛都有高强的本领，
彼此之间互不相让，
它们于是展开角斗，
父子俩头对头猛力相撞。

父子俩一进一退展开搏斗，
碰撞声令众母牛心惊胆战，
两头公牛互相拼命扭打，
从草地滚进烂泥潭。

它们从坝子打到山脚边，
从山顶又打到坝子草地，
从太阳高照打到日头西落，
又从黑夜打到天空发亮。

宝角牛一鼓作气再作战，
老公牛显得疲惫不堪，
小公牛把老公牛的角扭住，
老公牛一下子无法动弹。

老公牛只好往后退，
退进丛林借树抵挡，
小公牛乘胜追击，
老公牛左躲右闪。

蛇藤叶被碰撞纷纷掉落，
小公牛迅速用宝角接住，

蛇藤叶堆满宝角牛的头，
小公牛顿时浑身有力量。

蛇藤叶大显神威，
小公牛越斗越强，
神力帮助宝角牛，
金角牛斗败逃窜。

金角牛终于掉进水沟，
小公牛没有紧追不放，
金角牛在沟里不停喘气，
稍事休息后又恢复体力。

它脚一蹬跃出水沟，
继续与小公牛对抗，
它用角猛挑儿子，
又用头对它猛撞。

父子俩整整搏斗三天三夜，
三天三夜坝子上不见阳光，
金角牛终于体力不支，
被小公牛推倒四蹄朝上。

看啊，金角牛的舌头，
伸出嘴外好长好长，
看啊，金角牛的眼睛，
睁得圆圆闭不上。

老公牛躺在地上直喘粗气，
不一会它断了气无法动弹，
坝子上响起母牛的欢呼声，
庆贺牛儿斗败牛爹打胜仗。

母牛们围在一块议论，
夸奖宝角牛技艺高强，
母牛们围在一块议论，
把宝角牛的神力夸奖。

大家认为宝角牛有蛇藤叶助力，
确保精力旺盛永不疲倦，
蛇藤叶是圣物，
它的神力之大无法估量。

傣家人用蛇藤水洗头祈祷，
神威倍增令敌人丧胆，
能增强力气愈战愈勇，
能化险为夷消除灾难。

原来只懂得用蛇藤水洗头清洁，
殊不知它还有如此神威力量，
母牛们增长见识感慨万千，
这种习惯傣家人代代相传。

自从宝角牛击败了金角牛，
牛群自由交配健康发展，
吃尽苦头的母牛们啊，
自然生息为人类作贡献。

战胜父亲的宝角牛，
成了牛群的首领，
它从不伤害任何一头牛，
不论生下是雌是雄。

在宝角牛的统领下，
牛群一天天壮大，
它们悠闲地吃草，
它们在一起玩耍。

它们走进坝子村寨，
帮助农民种地耕田，
牛群从五百头发展到一千头，
成为农民犁田耕地的主力。

农民有耕牛帮忙，
耕作起来方便省力气，

庄稼年年喜丰收，
农民同耕牛结成好伙伴。

随着耕牛迅速增多，
草儿不够吃庄稼遭殃，
农民于是又犯愁，
这样下去怎么办？

人们经过反复考虑，
统一了减少耕牛的意见，
人们要屠杀耕牛当肉食，
便纷纷找来刀斧和棍棒。

耕牛知道要被屠杀，
咒骂人类丧尽天良，
它们成群结队聚在一起，
要同人类拼死决战。

耕牛见到人就拼命追赶用角挑，
不管老人小孩还是小伙子和姑娘，
有一次耕牛挑死了国王的女儿，
这个悲惨的事件轰动全傣乡。

一时间牛成为人的大敌，
谈牛色变的说法不夸张，
疯狂的水牛力气特别大，
人们见到后都惊恐万状。

牛群在宝角牛的带领下，
威风凛凛没人敢正面看，
牛群把庄稼踩得稀巴烂，
整个傣乡一片荒凉。

人们从此不敢再出门槛，
粮食失收生活困难，
那个地方名字叫勐空沙，
国王站立城头仰天长叹：

"不知哪里能找到英雄汉，
有回天之力而且勇敢，
把所有的牛害都消除，
确保傣家人永世平安。"

老国王不得已只好宣布，
公开悬赏奖励黄金万两，
奖励能除掉牛害的有功者，
不管是平民百姓还是大官。

这时有个美丽的小姑娘，
她头戴花朵秀发如缎，
姑娘名叫婻格西，
她性格文静举止很大方。

她看到成千上万的百姓遭殃，
她看到勐空沙即将国破人亡，
她看到田野里一片荒芜，
她看到水牛把稻苗吃光。

她心如刀绞，
她忐忑不安，
她决心拯救百姓，
自己牺牲又何妨。

她准备去斗牛除害，
她没有带助手和刀枪，
她从城里走到城外，
独自一人在野外张望。

水牛见到她就奔跑过来，
想一蹄把这弱女子踩烂，
姑娘伸出两只细嫩的手，
上前死死扭住牛角不放。

水牛角咯咯作响像要脱落，
痛得那水牛哞哞叫嚷，

水牛角钩破姑娘上衣，
露出嫩白的肌肤和乳房。

水牛接着猛刺姑娘，
姑娘一步也不退让，
她紧抓牛角朝上扭，
笔直的牛角被扭弯。

远古的牛角都笔直，
自此变形不再恢复原状，
牛角为什么会变弯，
全因为婻格西姑娘的力量。

角被扭弯的水牛更加气愤，
又冲过来想把她肚皮挑穿，
姑娘一个人斗不过大水牛，
又再次抓住牛角不放松。

水牛把姑娘的衣服全挑烂，
将她活活踩死在草地上，
美丽的婻格西满脸鲜血，
躺在草地上像睡莲一样安详。

宝角牛自此才罢休，
带着牛群奔上山冈，
在山里专门啃食茅草，
不再到水田里毁稻秧。

人们看到姑娘已经牺牲，
把她抬回村寨为她沐浴净身，
人们把最美的鲜花献给她，
用最漂亮的花布给她包上。

村里为她举行隆重葬礼，
恸哭声惊动天上的神王，
神王派神仙把她接上天堂，
让她过上神仙的日子。

这故事至此告一段落，
讲了人牛分合的情况，
讲了牛角变弯的缘由，
这故事记载在贝叶经上。

听吧，花蕾一样鲜艳的姑娘，
嫡格西的故事还没有讲完，
她为勐空沙人民献出了生命，
她的牺牲精神人们永世不忘。

水牛虽然把嫡格西挑死，
姑娘的事迹却永远流传，
全勐的人为她伤心恸哭，
她的形象活在人们心上。

傣家妇女原来很软弱，
自此以后变得很坚强，
她们像男人一样下地干活，
男人能做的事她们也能干。

为了纪念嫡格西姑娘，
傣家女子都仿效她穿的衣裳，
大领口上衣露半截胸脯，
显示出女子的健美和强壮。

嫡格西牺牲的情景人们永不忘，
她像只美丽的金孔雀展翅翱翔，
她的灵魂纯洁如清清的山泉水，
她的音容笑貌永留人们的心房。

嫡格西轻轻地飞到天庭，
天神也被她的精神感染，
为她举行盛大欢迎宴会，
将她的事迹大力颂扬。

人们把她的故事写进经书，
供后人世世代代传扬，

她的故事流传至今，
感动听众千千万万。

如果按照佛经的记载，
宝角牛的故事还没完，
上面讲的只是一部分，
我要接着继续往下唱。

话说宝角牛逃进深山，
仍然十分骄横和凶残，
它带领牛群住进山沟里，
把大片森林践踏得不成样。

森林里乌烟瘴气，
宝角牛四处破坏，
连神仙休闲游玩的花园，
它也毫不客气照样摧残。

观世音菩萨从天上往下俯瞰，
对它的行为很反感，
呵斥它不许搞破坏，
它我行我素不服管。

"你这个没教养的畜生，
你忘记你父亲的下场，
你实在太骄横太霸道，
同你父亲的秉性一样。

"你要记住强中更有强中手，
收拾你的人很快就会出场，
他的名字叫做帕板捧麻典，
他专治你们这类大坏蛋。"

宝角牛听了天神的话，
自以为是全不放心上，
父亲的教训它不吸取，
一脉相承劣性更膨胀。

宝角牛走到勐迦湿王城外，
大摇大摆趾高气扬，
它大声向城里发话，
向城头的大臣挑战：

"喂，你们给我听着，
我是大名鼎鼎的宝角牛王，
如果你们的帕板有真本领，
就叫他出来同我比比看。"

大臣听到宝角牛的喊话，
觉得口气太大不可思议，
这头牛脑子可能有问题，
竟敢向帕板捧麻典来挑战。

帕板捧麻典听到大臣的禀报，
顿时眼冒金星火冒三丈，
他立即穿上仙鞋佩上宝剑，
准备出城看宝角牛什么模样。

他腾云驾雾飞上天空，
"哗"的一声降落在地面上，
他一把扭住宝角牛的角，
先发制人给它点厉害看。

帕板使出全身力气，
宝角牛却像没事一样，
宝角牛企图挣脱帕板的双手，
帕板死死扭住不放。

双方足抵地面来回转动，
相持整整一天半，
帕板捧麻典突然松手飞上天，
接着拔出宝剑刺向对方。

宝角牛快速躲避，
不让利剑刺在自己身上，

帕板又一次飞跃而起，
迅速骑在宝角牛背上。

他随即抽出利剑向前刺，
打算刺入宝角牛的脖颈，
孰料宝角牛跳跃狂奔，
把帕板从背上摔下转危为安。

宝角牛不让利剑刺中身体，
它又转身用牛角去挑对方，
锋利的牛角刺破帕板的脚皮，
帕板气得把牙齿咬得咯咯响。

宝角牛的动作非常敏捷，
打起架来势不可当，
帕板只好利用空中优势，
才能同宝角牛周旋较量。

帕板于是又跃上天空，
想用弓箭来对付宝角牛，
他迅速上箭拉满弓弦，
"嗖"的一声将箭射向对方。

他原本想用箭射它的牛角，
想不到宝角牛又快速躲闪，
他连射几箭都未射中，
帕板感到纳闷又无暇多想。

帕板几次喷出火龙，
强大火龙烧到牛身上，
宝角牛抵挡不住，
它扬起四蹄准备逃走。

没想到火龙夹着浓烟，
遮住牛的眼睛辨不明方向，
帕板接着拔出神奇的宝剑，
一剑刺中宝角牛的脖颈。

宝角牛脖子被捅穿个洞，
鲜血喷出像涌泉一样，
宝角牛眼看势头不妙，
只好拔腿逃离战场。

帕板捧麻典紧紧跟上，
顺着牛的血迹追击不放，
一直追到一个溶洞口，
发现牛血往洞里流淌。

他闯进洞里漆黑不见五指，
一时无法辨明路线和方向，
他只好喷出火龙照亮溶洞，
才发现宝角牛已躺在地上。

他看到宝角牛不再动弹，
看那样子好像死去一样，
他于是长长松了一口气，
不料宝角牛突然爬起扑向帕板王。

帕板继续用火龙射向牛眼，
宝角牛用角抛石头砸向帕板王，
抛出的大石来势非常凶猛，
帕板捧麻典用宝剑抵挡。

宝角牛想置帕板于死地，
帕板想将牛烧成黑木炭，
宝角牛又用巨石砸帕板，
帕板又奋力用宝剑抵挡。

一来一往又打了无数次，
谁也不肯罢手认输退让，
帕板再次用宝剑猛刺，
终于把牛头刺成两半。

罪大恶极的宝角牛，
挣扎一会不再动弹，

它死在它出生长大的溶洞里，
它短暂的一生至此总算走完。

第十一章

贪婪淫欲埋祸根
天后蒙羞搞报复

ပုံ ၅ ၁၁ ငလာဘတက္က၁ဏ၁ပေုပၥ္

က္ကုဇူ ဓ္ဓေ ွဒ္ဓ တံုပင္ဖဒဆ

听吧，父老乡亲，
我的歌还没唱完，
忉利天的故事更精彩，
阿哥将为你们继续歌唱。

在美丽的忉利天，
住着天王帕雅因，
他每年都要举行大聚会，
每次盛会举行七天时间。

帕雅因的王宫宽大无比，
那里住着四千五百万仙女，
这些仙女都是他的宫女，
她们的名字太多不容易记。

嫡苏扎娜和嫡苏坦麻，
嫡苏念达和嫡苏及达，
这四位是帕雅因的王后王妃，
是天王最宠爱的妻子。

她们分别住在四个王宫中，
东西南北各占据一方，
嫡苏扎娜王后住在北宫，
她的宫殿高达二十层。

大王妃嫡苏坦麻住在南宫，
二王妃嫡苏念达住在西宫，
还有三王妃嫡苏及达呀，
就住在东边的王宫里。

威严的帕雅因有情有义，
非常宠爱他的四个爱妻，

他找来众多的宫女陪伴，
寸步不离服侍四个爱妻。

威严的帕雅因是天王，
他坐在高高的宝座上，
他期盼着七天的盛典，
终于这天的日期已到。

他立刻传来天神韦术甘麻，
命令他快快击鼓，
通知两层天里的神仙们，
到喜林苑参加七天的盛典。

喜林苑里人头攒动，
帕雅因宣布盛典开始，
顿时鼓乐齐鸣轻歌曼舞，
盛典的帷幕就此拉开。

伴随着悠扬的乐器声响起，
神仙舞者纷纷登场，
欢快嘹亮的鼓声呀，
响彻了整个喜林苑。

六千位咖亚哇扎拉嘎然底仙女，
她们手持纯洁的白花，
边歌边舞奉献给天王，
婀娜的身姿令人陶醉。

还有众多的红花美貌仙女，
她们是六千位拉达娜玛拉丢瓦，
她们手持红色的仙花来回舞动，
身姿优美地行走在喜林苑里。

紫花美貌仙女的数量也不少，
共有六千位甘哈玛拉丢瓦，
她们手持紫色的仙花来回舞动，
色彩鲜艳行走在喜林苑里。

六千位榭哒仙女手持黄花，
来回舞动煞是好看，
六千位麻如啦莫拉丢瓦仙女，
如金孔雀轻轻展翅翩翩起舞。

六千位干杂丢瓦仙女，
她们扮成白鹤，
在空中边舞边鸣，
犹如真仙鹤一样。

六千位伽芭丢瓦仙女，
她们扮成喜鹊，
在空中边舞边吟，
像喜鹊一样啼鸣。

六千位苏晚那别卡萨故纳丢瓦仙女，
她们扮成鹦鹉一样的造型，
在空中唱着美妙动听的歌，
吸引了众仙的目光。

六千位苏甘塔丢瓦仙女，
飞到空中散发出红檀香，
芳香四溢飘浮在天际，
在喜林苑上空慢慢扩散。

还有迪拔帝丢瓦仙女，
打来喜林苑荷花池的水，
放入檀香和种种香料，
泼洒在年轻的神仙身上。

神仙们的服装饰品，
每一件都异彩纷呈，
有的穿绿色仙装，
表明是绿色幸运之神。

有的穿红色仙装，
佩戴红色装饰品，

这是身份的象征，
表明是红色幸运之神。

有的穿金色仙装，
佩戴金色装饰品，
亮出自己的身份，
表明是金色幸运之神。

男女神仙们的衣着轻盈，
各式各样华丽香馨，
五颜六色光彩夺目，
把忉利天点缀得五彩缤纷。

忉利天有七种仙花，
一种是绿色的腊迪花，
一种是黄色的阿如花，
一种是红色的伽麻花。

一种是白色的甘哈那花，
一种是紫色的萨芒嘎花，
一种是粉红的吉腊尼花，
一种是蓝色的嘀瓦花。

这些鲜花是天庭的征兆，
是神仙做事情的依据，
如同凡间的钟表，
它们开花不在同一时段。

比如腊迪花和嘀瓦花，
这两种花开花时互相错开，
夜里嘀瓦花便凋谢，
而此时腊迪花开放。

白天腊迪花就凋谢，
而嘀瓦花便竞相开放，
它们是永不相见的花朵，
开放时间互相轮换。

当伽麻花开放的时候，
男女神仙们就开始交媾，
直到伽麻花凋谢才结束，
娶仙女的凡人要特别强壮。

当萨芒嘎花开放时，
男女神仙们便到法堂，
直到萨芒嘎花凋谢才返回，
这些都约定俗成习以为常。

当吉腊尼花开放时，
男女神仙们就聚集一起，
举行盛大娱乐活动，
直到吉腊尼花凋谢才结束。

当甘哈那花开放时，
男女神仙到仙池里去洗澡，
其实他们洗澡只是图好玩，
直到甘哈那花凋谢才结束。

黄色的阿如花开放后，
有七冏帝零八千九百万片花瓣，
这种花每年枯萎一片花瓣，
等老花瓣掉落后另一片才枯萎。

所有的花瓣全都枯萎完，
需要七冏帝零八千九百万年，
到阿如花的花瓣全都枯萎，
神仙们会感知发生变化。

此时神仙们的身上呀，
就会出现仙寿将尽的五种预兆，
他们就会像阿如花一样消失，
所以阿如花成了神仙的寿尽之花。

神仙们的仙寿都很长，
不像凡间俗人那么短，
人间生死轮回百万千万世，
也抵不上神仙们死一次。

因为有七种花的预兆，
也就有这七种习俗，
所以神仙要看花行事，
遵循花开花谢的规矩。

该聚会时就聚会，
该玩乐时就玩乐，
该交媾时就交媾，
有条不紊从不混乱。

他们天天要看花的颜色，
怕违反这七种习俗受惩罚，
使他们的仙寿缩短，
离开仙界遭受苦难。

所以他们个个中规中矩，
小心谨慎从来不会违规，
就像凡人小心收藏金银，
不让别人知道藏处一样。

就因为这样的缘故呀，
当男女神仙们聚集法堂时，
众神之王帕雅因就会叮嘱，
他反复告诫众神仙：

"各位神仙呀，
大家应日夜把三宝①想，
日夜把五戒八戒守，
日夜修行毗钵舍那和四无量心。

---

①三宝：指佛宝、法宝、僧宝，佛、法、僧都是世间最重要的，故称三宝。

"除此还有三十七菩提分法①，
神仙们都要牢记不忘，
日夜不断修行不要违犯，
让自己的仙寿能加倍延长。"

听吧，美丽的姑娘，
阿哥继续为你们歌唱，
歌唱相传下来的故事，
歌唱帕雅因和帕板王。

有一天帕板王突发奇想，
莫名其妙产生一个欲望，
重返天宫去玩神仙女，
到忉利天和天后嫡苏扎娜偷情。

他于是开始想办法，
对天庭的活动细测算，
他要寻找个最好时机，
想办法接触心中恋人。

他知道每年的某一时间，
帕雅因必定搞一次大聚会，
在忉利天里搞神仙大联欢，
此时神仙们都玩得痛快忘情。

只要七天的大聚会结束，
帕雅因就会去和王后同房，
帕雅因进妻子寝宫必念神咒，
否则寝宫门就无法打开。

帕雅因进仙妻寝宫殿里，
他先跟嫡苏扎娜交欢，
但会影响其他侍女，
所有侍女都会有快感。

都觉得帕雅因同自己做爱，
而且只是抱着自己一人，
每个侍女都是这种感觉，
非常奇妙说也说不清。

帕雅因就是这样的神奇，
他和嫡苏扎娜寻欢作乐，
其他侍女同样享受，
这种寻欢交媾要进行两天。

直到第三天他才换人，
去同嫡苏坦麻寻欢，
与嫡苏扎娜寻欢时一样，
大王妃的侍女也有同感。

到第四天帕雅因又换人，
先后和另外两个仙妻交欢，
此时她们的侍女也一样有感受，
仿佛帕雅因同自己做爱。

帕板捧麻典经过细心观察，
把这些情况了解得很清楚，
于是帕板王暗自思量，
要想办法弄到神咒秘诀。

帕板王打算变成一只蟑螂，
到帕雅因仙宫神殿躲藏，
如果藏在门缝里，
就可以窃听到帕雅因念神咒。

话说回到王宫的帕雅因，
他见到伽麻花已经开放，
知道已到同妻妾欢乐时刻，
便向嫡苏扎娜住的北宫走去。

---

①三十七菩提分法：有助于菩提证悟的修行法。

帕雅因站在一百道门前，
口中念了七遍神咒，
吹一口仙气在门锁上，
这些动作都非常娴熟。

顷刻间奇迹就开始发生，
嫡苏扎娜寝宫里起反应，
一百道门的仙锁都响动，
按顺序全部被打开。

嫡苏扎娜知道天王会来，
她早已在等候情欲难耐，
当帕雅因走进寝宫之后，
立刻鸾凤颠倒在床上。

当他俩在尽情欢快之时，
她寝宫里的所有宫女哟，
一千一百二十五万人全有快感，
个个都感觉帕雅因同自己寻欢。

想象着帕雅因和仙后在寻欢，
人间的帕板捧麻典神魂颠倒，
他立即回过神来穿上仙鞋，
纵身一跃飞上天空。

按照自己先前的设想，
帕板变成一只小蟑螂，
他躲在门旁的墙缝里，
耐心等待帕雅因到来。

帕板捧麻典来到了天界，
帕雅因和天神都不知道，
为什么此事会那么玄乎，
或许也是一种因果报应。

经过两天寻欢作乐之后，
帕雅因便告别嫡苏扎娜，

向嫡苏坦麻寝宫走去，
继续去同二王妃寻欢。

他到了嫡苏坦麻寝宫门前，
站在门前念了七遍神咒，
接着向门锁吹了一口仙气，
开锁过程完成。

嫡苏坦麻寝宫里的仙锁，
发出响声全部开启，
帕雅因走进去，
同嫡苏坦麻一起寻欢。

帕雅因和嫡苏坦麻尽情作乐，
嫡苏坦麻寝宫里的宫女哟，
感觉都在与帕雅因交欢，
一个个都享受到快感。

帕板变成一只小蟑螂，
躲在墙缝里偷听神咒，
他掌握了开锁全过程，
对开锁神咒了然于胸。

他反身飞到嫡苏扎娜门前，
立刻念诵刚偷听到的神咒，
开启了一百道门的仙锁，
闪身进入嫡苏扎娜的寝宫。

他还玩弄起了变身术，
变成和帕雅因一样容貌，
一样的香味一样的走姿，
走进嫡苏扎娜的卧房。

余兴未消的天后嫡苏扎娜，
见到"帕雅因"回来心中乐开了花，
她马上扑到"帕雅因"怀里，
两人随即进入火热的交欢。

嫡苏扎娜得到了性欲满足，
依然没发现是假帕雅因，
她喘着粗气休息一会之后，
这才询问"帕雅因"：

"奴的大王啊，
大王已来过一趟，
为何大王还来第二次，
真让奴受宠若惊。"

"帕雅因"躺在床上，
帕板并没有现出原形，
他早就有了思想准备，
边安慰边挑逗回答道：

"嫡苏扎娜呀，
阿哥的心肝宝贝，
阿哥确实来过，
但同阿妹余兴未消。"

"帕雅因"竭尽所能挑逗，
燃起了嫡苏扎娜的熊熊欲火，
她重新把"帕雅因"搂在怀里，
再次同假帕雅因寻欢做爱。

"帕雅因"同嫡苏扎娜交欢，
两个人情意绵绵反复做爱，
嫡苏扎娜兴奋得昏厥过去，
七天后才从甜蜜中醒过来。

帕板捧麻典和嫡苏扎娜做爱，
嫡苏扎娜的侍女们都不知道，
因为她们一个也没有感觉，
不像真的帕雅因那样会使她们有快感。

骗奸的帕板事后心惊胆战，
因害怕被天王帕雅因发现，

便急忙离开嫡苏扎娜寝宫，
穿上仙鞋迅速离开忉利天。

高贵无比的嫡苏扎娜，
等到假帕雅因离开后，
才察觉被帕板骗奸，
帕板捧麻典已经逃走。

她恼羞成怒捶胸跺脚，
立即变成一只金翅鸟，
朝帕板逃跑方向飞去，
天后发誓要报仇雪恨！

金翅鸟见到帕板捧麻典，
便用长喙不停地啄帕板，
还用翅膀不停地拍打，
把帕板打得疼痛难忍。

金翅鸟把帕板追到月亮旁边，
此时帕板捧麻典才停下脚步，
帕板之所以跑到月亮那里，
完全是黔驴技穷无奈之举。

天后担心自己被骗奸的事，
被月亮的众神知道，
为此她放过了帕板捧麻典，
没再继续追打饶过他一命，

狼狈不堪的帕板来到月亮上，
逃进了一座宽一由旬的城中央，
月亮神见到了帕板好生奇怪，
便轻声细语地询问帕板：

"年轻人呀，
你究竟从哪里来，
为何来到我们这里，
看你的神色很慌张？"

见月亮神询问，
帕板捧麻典答道：
"奴是人间的凡人，
家住在南赡部洲。

"因为到天上玩耍，
一下子迷失了方向，
冒昧来到了这里，
请神仙大人原谅。"

月亮神听后非常高兴，
把帕板捧麻典迎到宫殿，
端出仙食仙果送上去，
热情招待帕板捧麻典。

帕板捧麻典吃过食物，
月亮神们便带着他游玩，
之后把帕板捧麻典送回勐迦湿，
帕板王因为避难反倒因祸得福。

帕板回到勐迦湿之后，
若无其事地安心休息，
他对天宫之行守口如瓶，
对任何人都从不提及。

回到寝宫的婻苏扎娜，
心里头依然羞怒，
她带上五百贴身侍女，
来到阿褥达仙池①洗澡。

她尽情游泳戏水，
想冲洗掉身上污垢，
她用芋叶装满水，
愤怒地洒向人间。

那飘落的仙水啊，
立刻变成倾盆大雨，
集中落在勐迦湿，
如江河奔流不息。

宽广的勐迦湿哟，
顷刻间汪洋一片，
很多民房被淹没，
树梢在水中摇摆。

洪水冲垮房屋，
淹没农田人畜，
淹死了不少百姓，
洪水中漂满尸体。

大雨接连下了七个多月，
自古以来这场雨时间最长，
大雨引发洪水淹没寨子，
洪水逼近王宫围墙。

面对这场大雨洪灾，
帕板心里忐忑不安，
其实他心中有数，
有种不祥的预感。

后来洪水总算渐渐退去，
他不安的情绪还在高涨，
因为自己骗奸了天后，
激怒了天神才遭此天灾。

想到是自己作孽，
才使勐迦湿遭此灾难，
他请来一位著名占卜师，
让他占卜这场灾害的根源。

---

①阿褥达仙池：传说中七大仙池之一。

这位占卜师名叫捧马达罗西，
他的本领早已闻名四方，
他翻开厚重的《摩古拉》经书，
他把结果禀报帕板捧麻典王：

"万民头上尊贵的大王啊，
看来灾难不可避免，
从现在起的二十年内，
东边有可能爆发大战。

"大战打起来之后，
可能会波及南方，
由此引发连锁反应，
而后出现国内混乱。

"由于大量的军队入侵，
百姓的生活非常悲惨，
很多人会死于非命，
国家政权也不稳当。

"大王您个人会有大灾难，
也将在那时降临，
请大王早做准备，
一定要事前预防。"

占卜师的话危言耸听，
却犹如晴天霹雳当头一棒，
让帕板捧麻典惊恐万分，
令帕板捧麻典坐立不安。

再说气愤的嫡苏扎娜，
见到勐迦湿一片汪洋，
心里总算解了一口气，
这才收回滂沱大雨。

她带着贴身的侍女，
又回到阿褥达仙池，

净完身后就回寝宫，
回寝宫后躺下休息。

嫡苏扎娜受辱的事，
立刻传遍忉利天，
神仙们气愤万分，
都说要报仇雪恨。

他们立刻赶到天宫法堂，
那是帕雅因议事的地方，
商议严惩帕板捧麻典的事，
要让帕板捧麻典彻底灭亡！

威严的帕雅因冷静思考，
他的心胸非常宽广，
没有采纳众神的建议，
他认为事情不那么简单：

"我想他之所以这样做，
这是前世的因果业报，
现在你们生他的气，
都主张要把他杀掉。

"这样做有些欠妥，
有悖我们天界规矩，
有悖五戒八戒教规，
会让我们坠入地狱。

"你们应该消消气，
什么事都不要去想，
什么事都不要去做，
就当此事没发生一样。

"我自会想出计谋来对付，
既不杀生又能惩罚帕板，
既不犯规又能达到目的，
做到两全其美最理想。"

天王帕雅因那样说后，
众神才松了口气心里坦然，
天王送走了众神，
自己才起身返回宫殿。

第十二章

伯侄深山修佛道

巧遇仙女结良缘

傣族英雄史诗

乌莎巴罗

ꪊꪲ ꪒꪲ ꪂꪩ ꪩꪫꪴꪼꪶꪁꪚꪚꪴꪒꪵꪀꪚ

ꪙꪮꪲꪚꪙꪸꪥꪠꪖꪉꪮꪼꪊ

听吧，忠实的听众，
哥现在要接着把歌唱，
讲述帕农和侄子巴罗出家，
到深山老林里去当帕腊西。

伯侄俩离开了勐邦果，
就朝着东南方向走去，
他俩一直走进雪山林，
在那里寻找修行之地。

伯侄俩在茫茫林海里走着，
前世福德惊动帕雅因金座，
金座突然变得炽热僵硬，
帕雅因朝向人间看究竟。

天神王帕雅因俯视人间，
看清了伯侄俩的去向，
他从天上降临原始森林，
为他们准备充饥的食粮。

神王变出一座僧房，
还为他们准备睡觉的床，
神王把一切都做好后，
这才返回天庭。

在那无边无际的森林里，
到处山清水秀鸟语花香，
大小动物在森林里跳跃，
那是百兽快乐的天堂。

它们看到帕农和巴罗，
瞪大眼睛叽叽喳喳叫，

像是欢迎远方的来客，
纷纷投去好奇的目光。

美丽的画眉和金鹦鹉，
站在树枝上放声歌唱，
那歌声好像一首欢迎曲，
对陌生的客人表示友善。

帕农和巴罗伯侄俩，
心情无比愉悦舒畅，
他们已经远离人群，
进入动物栖息的地方。

伯侄俩在密林中行走，
发现一个清澈的湖，
那湖水宛如一面镜子，
湖光山色全倒映在上面。

到了湖边他们放下行装，
那里的空气特别清新，
他们从未见到如此秀丽景色，
像有人专门为他们安排一样。

帕农和巴罗伯侄俩，
尽情享受这迷人的自然风光，
他们发现湖边有一座金色凉亭，
凉亭里摆着佛教用品。

凡是腊西要用的东西，
黄袈裟和化缘钵等一应俱全，
还有斧子锄头等劳动工具，
还有一座帕腊西住的僧房。

僧房上立着一块牌子，
上面写着两排字：
"有心做帕腊西的人，
就在这里闭门修行。"

帕农看后非常激动，
他猜想是神仙帮忙，
这里已经远离人群，
不会有人在此盖房。

帕农和巴罗在林中歇脚，
他俩没有贸然进入僧房，
他们在林子里住了三天，
帕农这才对侄儿巴罗讲：

"这就是我们修行的地方，
我们不能随便进入僧房，
入住之前还要举行仪式，
但找不到主持仪式的僧长。"

侄儿听了帕农的话，
叫伯父不必紧张，
他这就去找这里的佛门长老，
让长老来主持仪式。

帕农同意侄儿的意见，
叫他去找佛门长老，
巴罗随即跃上天空，
发现很远的地方有僧房。

他落地进入僧房，
发现里面空荡荡，
可能长老外出未归，
他只好回来把实情讲。

后来帕农跟侄儿一道前往，
走了几天才到达那座僧房，
见到了一位伟大的僧人，
他还会腾云驾雾飞上云端。

仙僧名叫密噶腊西，
长期在深山里修行，

帕农和巴罗见了他，
就行跪合十礼向他问安：

"尊敬的仙僧啊，
我们向您祝福吉祥，
我们想拜您为师，
向您表示良好的祝愿！"

仙僧听了两人的话，
眼睛微开注视两人一番，
然后他口中念念有词，
念完后才向他们开腔：

"哦，老僧回客人谢意，
阿弥陀佛善哉善哉！
不知两位有何贵干？
有何要求请直言。"

帕农和巴罗立刻拜谢，
把自己的来意详细谈，
想拜他为师修行积德，
解脱精神苦闷和心烦。

伯侄俩诚恳请求，
要留下来积德修行，
以达到三空的境界，
请仙僧满足他俩心愿。

密噶腊西准许他俩请求，
此后便传授他们佛经，
伯侄俩天天专心修行，
真情投入从不敢偷懒。

仙僧的教学步步深入，
从佛德讲到法德，
又从僧德讲到更深妙的佛经，
他们天天默念日夜不断。

到了第七天正式入僧，
仙僧授予佛名"帕特西里"，
从此他们每天念经布道，
专心修行不思人间事。

伯侄俩对密噶腊西感激不尽，
他们掌握了禅定修行之法，
便告别密噶腊西离开那里，
准备回到刚来时见到的僧房。

帕农和帕巴罗按照来的路线，
沿着帕雅因暗中指引的路走去，
他们前行了九由旬的路程，
途中又见到一座帕腊西僧房。

帕腊西见到伯侄俩，
就向他们问道：
"你俩从哪里来，
现在准备去何方？"

帕农立即行跪合十礼说：
"奴俩从遥远的勐邦果来，
长途跋涉来到这雪山林，
想出家为僧做个修行者。

"在此遇到了福德高深的您，
是否可以在这里借宿一晚？
明天我伯侄俩就离开这里，
绝对不会给高僧带来麻烦。"

慈悲的帕腊西说道：
"两位修行者啊，
来了就请安心歇下，
明早再平安上路吧。"

帕腊西欢迎他俩的到来，
拿出野果来招待伯侄俩，

两人吃饱了果子和山薯，
帕农向帕腊西求学佛经。

大慈大悲的帕腊西，
把内观业处和菩提分法，
还有四无量心等知识，
教给了帕农和帕巴罗。

在僧舍里同帕腊西住了一夜，
伯侄俩学到不少佛教知识，
第二天伯侄俩就告别帕腊西，
离开僧舍继续沿原路回去。

帕农和帕巴罗不停前行，
又走了大约三由旬路，
终于看见了那个凉亭，
还有一座僧房和廊子。

帕农和帕巴罗意识到，
这都是帕雅因赠送，
地面平整干净，
令人心情舒畅。

伯侄俩举行了简单仪式，
这才一块进入僧房，
他们脱去华丽的王服，
换上了僧人穿的三衣。

帕农双手合十举至头顶说：
"我能够剃度为腊西，
这真是我的幸福呀，
我一定不辜负天王期望。"

帕农说罢缓缓起身，
绕着僧房环拜三周，
在廊子里来回踱步，
样子像独觉佛一般。

就从那个时候开始，
帕农每天早晚修行，
修行佛德法德僧德，
后来修得了正果。

巴罗陪同大伯帕农，
一块隐居在山林修行，
他每日清晨早早起床，
给伯父准备好洗脸水。

他学习佛经进步很快，
砍柴挑水等杂务样样干，
服侍伯父整整七个月时间，
学习长进还学会干很多活。

巴罗学懂了许多佛经，
懂得五戒八戒的内涵，
福气保佑他进入仙境，
伯侄俩不久悟道成帕腊西。

此后情况发生了变化，
森林里的灵猫和鹿，
还有老虎和黑熊等动物，
都成了他们的好朋友。

他们同动物相互追逐打闹，
还同野猪在林里到处游窜，
他们同成群的野兽玩游戏，
各种野兽从不互相打斗。

因为它们全受帕农影响，
被慈无量心的威力感化，
在雪山林三十由旬宽地方，
各种动物友好如兄弟一样。

经过刻苦修行磨炼，
帕农的进步非同一般，

不久他就悟道进入新境界，
能腾空飞上云端。

他精通更多的佛经，
教义真谛他领悟于心，
他的心胸更为坦荡，
他的福气更为宽广。

巴罗修行成功，
他非常高兴得意扬扬，
他要放松身心消除疲劳，
从此每天到森林里游玩。

他在茫茫林海里到处走，
尽情享受着大自然的美妙，
他越过山沟走过草地，
有一天爬上一座高高的大山。

在大山脚下有一个金湖，
他看到一位美丽的仙女，
她的名字叫婻玛娜维佳，
她是一位体态丰满的姑娘。

她的故乡在沙巴迪景窜，
那里有她金色的塔楼，
耸立在仙国的美景里，
在一棵绿色的榕树上。

这棵榕树非常神秘，
树身很高无法丈量，
它高耸入云顶着天，
人站在树下看不到顶端。

这棵树身也大得吓人，
一百人拉起手抱不过来，
塔楼建在树桠中间，
树冠就像一把天伞。

她也见到了巴罗，
如同蜜蜂见到红糖，
他俩相见的一刹那，
所有鲜花为他们开放。

到处呈现出春天的景色，
到处飘荡着芬芳的花香，
鲜花为他俩做媒，
鲜花为他俩结缘。

年轻的小伙子容貌英俊，
就像天上的帕雅因神王，
他身上散发出迷人的香味，
姑娘一闻到就陶醉。

姑娘微笑走到他身边，
挨近这位可爱的少年，
她顾不了少女的害羞，
不由自主地向他召唤。

姑娘说话轻声细语，
就像百灵鸟轻声歌唱，
巴罗听到她的问话，
心里如同吃了蜜糖。

巴罗向她介绍自己的情况，
进一步询问她做什么行当；
为什么会一个人住在这里，
避免自己对她胡乱猜想。

花一般的嫡玛娜维佳姑娘，
她张开饱满的臂膀，
还伸出香葱般的指头，
行合十礼对巴罗讲：

"请求金宝石般的哥哥啊，
请把你的爱留给我分享，

我要紧紧靠在你的身边，
请求你满足妹妹的渴望。"

巴罗经过细细琢磨，
姑娘的爱撞击他的心房，
他无法抑制自己的激动，
爱情的火花被点燃：

"可爱的雪山林姑娘，
你像一朵美丽的金莲，
金莲花开芬芳四溢，
是不是已经有人拿来品尝？

"如果妹妹还没有男主人，
哥哥才敢向你诉衷肠，
如果鲜花已经被人采，
我只能后悔自己来得晚。"

帕巴罗的话打动了姑娘，
她觉得同巴罗相见恨晚，
她已领会小伙子的心意，
她把自己的实情对他讲：

"妹妹心上的情哥哥啊，
你是我这一生的希望；
其实妹妹的身子啊，
没任何男人靠近我身旁。

"妹妹是个纯洁的少女，
严守佛祖的戒律规章，
从今后妹妹不再离开你，
绝不会去找其他情郎。

"如果哥哥不相信的话，
哥哥可以再观察看看，
妹妹可以耐心等待你，
等你信赖妹妹再结情缘。

"妹妹将走进茫茫林海，
找寻帕腊西拜师念经，
等到妹妹学到佛经戒律，
妹妹再来找哥哥做情郎。"

巴罗是纯情的小伙子，
被姑娘的话打动心房，
他坚定地对姑娘说，
他可以等她到永远。

他叫她可以先去学本事，
掌握学问见识广，
他答应将来与她结为夫妻，
两人相爱直到海枯石烂。

姑娘于是告别巴罗，
飞上云天去找帕腊西，
帕腊西在广阔的海洋边，
在鲜花盛开的雪山林旁。

那地方叫做阿哈拉沙尼，
那里有一位修行的帕腊西，
她向帕腊西行跪合十礼，
说出自己拜师学经的愿望。

帕腊西见到这位仙女，
答应把本领传授给她，
他传授十八般武艺和法术，
还送给她三种神奇仙丹。

经书上告诫人们贪心则恶，
第一条傣语叫做多沙木哈，
意思是陷害别人不好，
恃强欺弱必定有恶报。

第二条傣语叫做麻纳沙好，
告诫人不可逞强好胜，

到处吹嘘自己是万能人，
好像自己战无不胜。

第三条傣语叫麻特员弥沙，
告诫做人不可胡思乱想，
乡规民约都应该遵守，
为所欲为的人没有好下场。

第四条傣语叫梯纳弥达嗒，
告诫那些不劳而获的懒汉，
还有那些不学无术的人，
这些行为都不好。

第五条傣语叫吾淌扎，
教育人一定要有涵养，
不能牢骚满腹怨天尤人，
这种小人最讨人嫌。

第六条傣语叫做阿西里南，
佛经认为做人应顾全脸面，
不知羞耻的人活着没有意义，
会被人看成没有教养。

第七条是指那些不知罪恶的人，
这一条傣语叫做阿努达帮，
违法犯戒的人没有善果，
做人要永远严守戒律。

婻玛娜维佳学会了做人的戒律，
心中感到无限欢喜，
她感谢帕腊西的辛勤教诲，
她感激帕腊西的无私奉献。

姑娘拿来了爆米花和蜡条，
作为圣洁的礼物摆在玉盘上，
高举齐头敬献给帕腊西，
感谢他传授的本领。

然后她告别了帕腊西，
离开念经学艺的雪山林，
她回到了金塔楼，
回到那棵高大的榕树顶上。

她思念心爱的巴罗，
在塔楼里一夜未能合眼，
她想尽快见到心爱的情郎，
期盼着东方快点发亮。

天空刚露出曙光，
她迫不及待地起床，
她忙着洗漱，
又赶着生火烧水做饭。

她把房屋打扫得干干净净，
又对自己精心打扮一番，
然后搬张凳子坐在门口，
翘首把心上的人儿期盼。

再说巴罗那小伙子，
也天天怀念心爱的姑娘，
他经常魂不守舍，
站在门口眼望着远方。

当得知婻玛娜维佳姑娘已回来，
他高兴得几乎要发狂，
他人还没有走出门外，
心早已飞到金塔楼上。

两个年轻人终于又见面，
两颗炽热的心互相碰撞，
他们抑制住激动的心情，
很有礼貌地互相问安。

姑娘跪着面向帕巴罗，
向巴罗询问近来是否健康，

她目不转睛看着情人，
那双水汪汪的眼睛秋波荡漾。

巴罗见到心爱的姑娘，
有千言万语想对她讲，
他伸手把她扶起来，
让她坐下来好好谈：

"不知妹妹此行学到什么，
学到了哪些佛经篇章，
学到了什么知识和法术？
请妹妹细细同哥哥讲。"

美丽沉静的姑娘，
已明白巴罗的意思，
她把学到的东西，
一五一十对他讲。

她把经书倒背如流，
请巴罗哥哥检验，
她问他背的戒律对不对，
谦虚地请他帮忙纠正。

他继续向她提问，
她随口而出对答如流，
他心里暗自高兴，
他对姑娘更加喜欢。

"只要我们牢记戒律，
只要我们用戒律指引行为，
我们的一切就会好起来，
我们的前面就有无限风光。"

"哥哥的话妹妹已记在心，
相信哥哥能信守诺言，
不知哥哥是否记住山盟海誓，
我俩的婚姻大事不知何时办？"

帕巴罗用微笑回答，
他觉得没有必要开腔，
他把她紧紧搂在怀里，
好像两座喷发的火山。

她把他领上自己的塔楼，
他俩一道走进姑娘卧房，
两个互相爱慕的年轻人，
一道沉浸在爱情的海洋。

他俩是一对金童玉女，
第一次尝到爱情的疯狂，
一个是仙女一个是男神，
神仙恋爱同人间没两样。

他们尽情享受，
他们尽情交欢，
享够了男欢女爱，
嫡玛娜维佳对丈夫讲：

"我宝石般的丈夫啊，
我的生命全在你身上，
我从此再也离不开你，
离不开我最心爱的夫君。"

她说完又亲吻巴罗额头，
然后用脸紧贴他的心房，
巴罗紧紧搂着爱妻，
也把心里话对她讲：

"哥哥心上的女神啊，
我俩仿佛登上了月亮，
我俩的爱情永不消失，
我俩的爱情地久天长。"

丈夫的话拨动妻子心弦，
此刻的姑娘像吃了蜜糖，

她又向巴罗发誓，
她要把爱全部奉献。

巴罗和嫡玛娜维佳一道下跪，
背靠大地面向上苍，
他俩在一块拜天地，
从此结为夫妻永不离散。

贤惠的嫡玛娜维佳姑娘，
端来丰富的仙国佳酿，
慰劳和款待她的丈夫，
表达妻子的良好祝愿。

夫妇俩吃饱喝足之后，
妻子端来神水给丈夫洗脸，
她以仙女的方式招待丈夫，
让丈夫如同生活在天堂。

巴罗娶了美丽的仙妻，
仙妻身上散发出迷人芳香，
帕巴罗完全被陶醉，
阵阵暖流激荡心房。

这对恩爱的小夫妻，
你呼我应没有间断，
爱情如同长熟了的稻谷，
轻轻搓动就成大米一样。

巴罗住在妻子的塔楼里，
仿佛生活在梦境一般，
生活是那样甜美温馨，
他领略到人间没有的风光。

寂寞恨更长，
欢娱嫌更短，
不眠的长夜转眼过去，
窗外已现出黎明曙光。

东方的太阳已经升起，
他心中还牵挂着另一边，
他想起了年老的伯父，
他不得不把心事对妻子讲：

"金莲花般的爱妻啊，
哥哥还得返回僧房，
我得去帮伯父打扫房间，
我得去帮他烧火做饭。"

她听到丈夫一席话，
禁不住眼眶泪汪汪，
巴罗话音一落，
她立即把话儿接上：

"夫君啊妹妹要随你去，
一分钟也离不开你身旁，
跟随哥哥去服侍帕腊西，
家务事让妹妹做更恰当。"

巴罗觉得她说得有道理，
便带着仙妻回僧房，
他们一道走下高高的塔楼，
夫妻边走边玩双双把家还。

他们从天上飞到了地面，
穿过密林来到伯父的僧房，
他们烧水做饭打扫僧院，
做好香喷喷的饭菜等伯父品尝。

之后帕巴罗到另一僧房，
抓紧时间坐上念经金床，
他专心致志地默念佛经，
把这两天耽误的功课补上。

他的爱妻在继续干活，
她心灵手巧忙个没完，

她在丈夫念经的时候，
把僧房打扫得干干净净。

当帕农醒来的时候，
才发现家里来了位漂亮姑娘，
他已知道姑娘是自己侄媳妇，
他看在眼里暗暗赞赏。

他以长辈身份同意他们婚事，
希望他们白头偕老幸福美满，
他吃着侄儿媳妇端来的饭菜，
吃得又甜又香。

此后夫妻俩天天来往，
白天他们到僧房服侍帕农腊西，
傍晚他们又一道飞回金塔楼，
依偎在一起共度美好时光。

嫡玛娜维佳住在金塔楼，
她的生活方式同凡人一样，
同样有七情六欲喜欢异性，
与巴罗沉湎于儿女情长。

经过刻苦的修行磨练，
帕农的进步非同一般，
不久他就悟道进入三空，
能腾云驾雾飞上云端。

他懂得更多的佛经，
教义经典他领会烂熟，
他的心胸更为坦白，
他的福气更为宽广。

无我的心底带来美好福气，
茫茫林海成为极乐天堂，
他时刻牢记佛祖的教诲，
他的行为完全像神仙一样。

第十三章

又得树仙作娇妻
再娶美丽金孔雀

ᦉᦱᧂᦃᦲᧃ ᦵᦗᦲᧈ ᦵᦑᧇ

傣族英雄史诗

乌莎巴罗

ᦟᦳᧆ ᦜᦲ ᦟᧁ ᦵᦗᦲᧈᦊᦳᧂᦃᦳᧇᦙᦱᦵᦗᦲᧈ ᦵᦙ

ᦢᦱᦧᦵᦗᦲᧈᦎᧆᦵᦗᦲᧈ ᦵᦙ

听吧，缅桂花样的姑娘，
现在哥要继续歌唱，
哥要歌唱巴罗的艳遇，
歌唱仙女为他痴狂。

话说巴罗和仙女在一起，
两人生活过得非常甜蜜，
他们享乐了七天之后，
巴罗独自到林子里游玩。

在金湖的南面，
又遇见一位仙女，
仙女名叫婻桑卡，
体态丰满美丽大方。

她和婻玛娜维佳仙女一样，
也生活在一棵大榕树顶上，
在榕树顶上的塔楼里享仙福，
不用劳动不愁吃穿。

桑卡仙女见到巴罗，
发现他美貌英俊非同一般，
她顿时激动得浑身颤抖，
春心躁动满脸现出红光。

她于是离开自己的塔楼，
从大榕树下来走到湖边，
她没有大家闺秀的羞涩，
走到帕巴罗面前向他询问。

帕巴罗回答桑卡的问话，
告诉她自己生长的家乡，

还告诉她自己为何来这里，
解开了桑卡仙女的谜团。

桑卡听了帕巴罗的话，
对这位菩萨尊者更喜欢，
她非常钟情这位小伙子，
于是故意挑逗巴罗。

巴罗听了桑卡的调情，
知道她在故意引诱自己，
心想这个仙女心里很爱我，
想要我做她丈夫又不直说。

帕巴罗告诉婻桑卡仙女，
她必须懂得神仙道法，
否则他就不可能娶她为妻，
如果不懂道法就先去寻学。

婻桑卡要帕巴罗守信用，
千万不可拿爱情开玩笑，
待她拜师学成归来之后，
一定要说话算数娶她为妻。

帕巴罗答应婻桑卡要求，
只要桑卡知道神仙道法，
就一定娶她做妻子，
言之有信绝不儿戏。

那时太阳落山天色已晚，
巴罗就此辞别桑卡仙女，
婻桑卡仙女也开始准备，
要往大海对面去求学。

桑卡漂洋过海，
寻找懂神仙法的帕腊西，
她下了很大的决心，
一定要学懂神仙道法。

桑卡去到大海对岸，
又转了好多地方，
终于找到一位修行者，
名叫阿卡腊萨梨尼。

帕腊西教学非常认真，
将神仙法如数教给桑卡，
桑卡也不辜负期望，
点点滴滴全部记在心上。

帕腊西对桑卡仙女说：
"神仙法是神仙和圣者的道法，
是修行的最基本道理和规范，
也是制约修行者行为的戒律。

"那些智者和学士们，
都知道涅槃的道理，
他们有心置身于涅槃，
能矢志不移修行到底。"

帕腊西还向她讲解，
解说这个世间的神仙法，
一条一条讲给婶桑卡听，
非常完整没有半点遗漏。

桑卡凭自己的智慧，
对神仙道法心领神会，
她记住所有神仙道法，
心灵似雨过天晴。

桑卡仙女学成之后，
就向帕腊西辞行，
她敬献袈裟和鲜花，
对帕腊西表示感谢。

桑卡拜别帕腊西，
按照原来的路线返回，

回到自己的塔楼里，
她心情欢畅精神抖擞。

巴罗知道桑卡回来，
但他正忙得不可开交，
只好施行法术，
变化出自己的替身。

替身去到桑卡的塔楼下，
站在那棵大榕树下面，
婶桑卡仙女不知底细，
看不出那是巴罗替身。

她从自己的塔楼里下来，
走到巴罗身旁对他说：
"奴的巴罗哥哥呀，
奴已经学到神仙法了。

"世间懂善法有善德的智者们，
他们都耻于作孽，
这就是人世间的神仙法，
不知道这样的理解对不对？"

巴罗回答说：
"桑卡妹妹啊，
妹所说的确实是神仙法，
你的收获很大理解透彻。"

桑卡仙女说：
"奴的巴罗哥哥呀，
妹妹的理解还很粗浅，
只要哥认可就算过关。

"哥哥曾经对妹妹许诺，
懂神仙法就娶奴做妻子，
现在奴已知道了神仙法，
哥就得做妹妹的丈夫了。"

巴罗无话可说，
用微笑表示认可，
桑卡带巴罗上到塔楼，
带进自己的房间里。

嫡桑卡抑制不住感情，
把巴罗搂得紧紧，
她把巴罗裹进自己的怀里，
过了好久才慢慢松开手。

她让巴罗坐在仙垫上，
久久凝视着他不眨眼，
桑卡的眼神含情脉脉，
表达了她无限的爱情。

两人情深似海，
彼此山盟海誓，
桑卡突然起立，
搂住巴罗亲吻。

巴罗也把她搂进怀里，
两人卿卿我我诉说衷肠，
两人互相抚摸像揉面团，
两人不停亲热直到天亮。

天亮时巴罗对桑卡说：
"哥要去侍奉帕农腊西了，
我俩今天只能到此为止，
僧房里还有很多事等我做。"

巴罗说后去洗澡净身，
然后离开桑卡的塔楼，
桑卡也跟着帕巴罗同行，
一块去侍奉伯父帕农腊西。

巴罗的替身回到僧舍就消失，
桑卡丝毫没有感觉，
巴罗经常会这样做，
去应付方方面面。

帕巴罗艳遇不断，
他在金湖边又遇上一位仙女，
仙女名叫嫡西丽，
成为了他的第三位妻子。

听吧，尊敬的父老乡亲，
听吧，尊敬的朋友嘉宾，
我要讲勐乌东板①国的故事，
这故事也来自古老的佛经。

话说在遥远的勐庄昊诸国，
在南赡部洲东北部与大地相连，
它属于天地之间的神仙国度，
受到天堂和人间双重福荫。

有个勐名叫乌东板，
隶属仙国的大家庭，
有一万六千名宫女，
专门服侍国王的吃住穿行。

勐乌东板国王很有艳福，
王后娘娘既漂亮又年轻，
王后有一万六千名宫女，
专门听她使唤服侍起居。

她生有七个女儿像七只金孔雀，
挺胸细腰走起路来体态轻盈，
她们飞行时又像七只金蝴蝶，
她们的嬉笑声像百灵鸟争鸣。

---

①勐乌东板：俗称"乌东板山峰"，雪山林的一峰，积雪洁白如银，是湿婆和财神的住处。

最受国王宠爱的是大公主，
她仿佛是天上最明亮的星星，
父王给她取名嫡苏塔玛丽迦，
她天生一副贤妻良母相。

二女儿叫嫡甘塔玛丽迦，
她身材窈窕亭亭玉立，
三公主叫嫡苏婉纳玛丽迦，
这都是天仙的名称排行。

四公主叫嫡苏答玛丽迦，
她能歌善舞歌声如银铃，
五公主叫嫡尖达玛丽迦，
她性格活泼像一只百灵鸟。

六公主叫嫡西丽玛丽迦，
她体态丰满姿色绝美，
七公主叫嫡巴鲁芭玛丽迦，
她年纪最小却特别机灵。

七位公主有特殊造型，
她们都长有孔雀羽翎，
她们在地上轻盈走路，
上了蓝天能自由飞行。

人们称七位姑娘为孔雀公主，
她们的羽翼源于自己的母亲，
她们一出生就长有美丽翅膀，
这都是前世造化先天就注定。

她们都已长成大姑娘，
最小的也有十四岁，
七位公主总是形影不离，
姐妹之间有着深厚感情。

父王非常疼爱七位公主，
将她们当做掌上的明珠，

他为每位公主建一幢楼房，
楼房造型别致漂亮。

他还给每人配六千宫女，
让她们生活过得很惬意，
七姐妹住在舒适的楼房，
她们希望永远生活在一起。

有一天七姐妹在一块聊天，
说起雪山林的秀丽风景，
那里有一个美丽的金湖，
湖中鲜花盛开湖水如镜。

于是她们想到那里游玩，
观赏美景到湖里洗澡，
因为路途遥远林海莽莽，
所以一块去向父王请求。

父王母后同意她们的请求，
让她们去领略人间风光，
但考虑到那里距天国较远，
一再叮咛要她们注意安全。

七姐妹得到父王允许，
心花怒放兴奋不已，
她们都进行精心打扮，
一个比一个漂亮娇艳。

她们在天上慢悠悠飞行，
仿佛空中飘着七朵彩云，
七朵彩云慢慢降下来，
很快到了雪山林上空。

她们好奇地向下观看，
对异国美景尽情观赏，
她们看到帕农腊西的僧房，
还看到不远处的金湖。

看见湖里长满各种鲜花，
无数的莲花竞相开放，
各种莲花呈现不同颜色，
鲜花散发出淡淡的清香。

湖水清澈明亮，
如同绿宝石一样，
像一面巨大的明镜，
映出七姐妹姣美脸庞。

她们都想在湖里洗澡，
便降落在金湖边的草地上，
草地碧绿柔软惹人爱，
站在那里心情欢畅。

她们纷纷脱去羽衣，
一个个露出白嫩的身体，
她们一齐跳进湖中洗澡，
在水中展示各自的风韵。

她们忘记一切忧愁和烦恼，
她们也忘记了返回天庭，
她们尽情地在湖里玩耍，
没顾及周围有什么动静。

现在哥要继续歌唱巴罗，
他又独自到林子里游玩，
当他走到金湖边的时候，
才发现七个美女正玩得欢。

他不敢去打扰七姐妹，
躲在林木间看个究竟，
他看到她们洁白的肌肤，
禁不住深深受到吸引。

他又发现湖边上的羽衣，
上面缀着不少孔雀羽翎，

在阳光照射下闪闪烁烁，
仿佛一堆堆耀眼的珠宝。

巴罗在心里暗自思忖，
他想去搭话又怕她们受惊，
更何况她们全都光着身子，
这样做有失礼貌肯定不行。

要是让她们穿上羽衣，
又怕她们飞走看不到踪影，
他想先把她们的羽衣扣下，
然后再把心事向她们讲明。

不知不觉太阳已经偏西，
大公主急忙提醒妹妹们，
她说该是回去的时候，
免得让父王母后担心。

六个妹妹听了大姐的话，
都游到岸边去穿各自衣裙，
巴罗看到姑娘们白嫩的身体，
心里像闯进兔子跳个不停。

此时的巴罗很着急，
抓起最靠近的一件羽衣，
他不好意思看她们光着身子，
随即转过身把身隐。

姑娘们上岸拿起羽衣，
套在身上就准备飞行，
可是大姐却找不见羽衣，
急得她在草地上团团转。

眼看大姐急得要哭，
巴罗这时现出身来，
他的突然出现吓着七姐妹，
七姐妹顿时乱成一团。

孔雀公主们惊慌失色，
以为大祸临头回不到天庭，
当她们准备向他求饶的时候，
才发现这个青年长得很英俊。

小伙子身体健壮举止大方，
这样的年轻人天上也难寻，
姑娘们的恐惧感开始消除，
她们转忧为喜脸上露出红晕。

特别是大姐婻苏塔玛丽迦，
她已穿好衣服只差孔雀羽衣，
她活脱脱像一只金孔雀，
丰满的胸部起伏不停。

她的衣裙薄如蝉翼，
洁白肌肤依稀可见，
她的腰身细如柳条，
身材完美没有缺点。

她因着急满脸通红，
如同盛开的凤凰花一样，
她因爱慕巴罗而羞怯，
此时的大姐更加好看。

她们被巴罗的英俊迷住，
巴罗被大姐的姿色吸引，
姐妹们都瞪着巴罗发呆，
巴罗也忘记了自己的处境。

巴罗看到她们不再惊慌，
他满脸笑容还带着歉意，
将羽衣递还婻苏塔玛丽迦，
轻声细语地对她们说明：

"哥哥我来寻找妹妹们，
哥哥不会对你们伤害；

哥是生在世间的人类，
从不为难人妹妹们别担心。

"哥哥生怕得不到妹妹们，
才会做出如此莽撞的事情，
哥哥让妹妹们受到了惊吓，
请妹妹们原谅哥哥的鲁莽。"

巴罗说话温柔动听，
如同寻偶的金孔雀在啼鸣，
巴罗举止文雅，
如同菩提树那样温和宽厚。

孔雀公主们听到他温和的声音，
看到他英俊的容貌，
就像帕雅因下凡人间，
顿时完全放心。

巴罗走到七位仙女的身旁，
大姐婻苏塔玛丽迦已激情荡漾，
她非常喜欢眼前的巴罗，
便用眼神向菩萨尊者传情。

巴罗也看着婻苏塔玛丽迦，
两个人互相对望如醉如痴，
好一会巴罗才回过神来
这才询问姐妹们的情况。

婻苏塔玛丽迦大姐开始答话，
慢慢将身子向帕巴罗移近，
她双手合十向巴罗行礼，
说明她们是孔雀公主来游玩。

大姐姐婻苏塔玛丽迦，
还通报了自己的名字，
把六个妹妹也作介绍，
又从母亲讲到了父王。

巴罗听了她的介绍，
对姑娘们更加倾情，
他想娶七姐妹为妻，
但这是梦想根本不可能。

他经过反复思量之后，
把目光盯住大公主眼睛，
他想娶大公主为妻子，
便用温柔的语气探实情：

"亲爱的勐乌东板姑娘，
哥哥对你们一见钟情，
想向你们求爱可能高攀，
却像鹦鹉求爱那样真诚。

"要是哥哥有福分的话，
请你们任何一个嫁给我都行，
跟着我到人世间去生活，
如能答应我将感激不尽。"

出乎巴罗之意料，
七个姑娘都吐露真情，
她们都喜欢巴罗，
个个都想当他的妻子。

大姐代表六个妹妹讲话，
她的声音充满激情，
她的话语情真意切，
就像甘泉向心田涌进：

"水晶石般的俊哥哥啊，
你的样貌是那样英俊，
如果我们七姐妹都有福气，
全嫁给你一个人都心甘情愿。

"就怕我们没福分高攀不起，
只怕哥哥只是逗我们高兴，

我们都愿意跟随哥哥同甘共苦，
跟随哥哥走遍天涯永远不变心。"

巴罗听后非常激动，
心中顿时充满希望，
他觉得时机已经成熟，
随即向她们倾诉感情：

"你们七个都是亲姐妹，
你们的爱我十分欢迎，
哥哥对你们衷心感谢，
能娶你们为妻是祖宗福荫。

"可是阿哥只能娶你们中的一个，
娶你们七姐妹太不近人情，
这也不符合傣家伦理道德，
我要遵守戒律积德讲良心。

"如果你们哪位最爱我，
就请出来向我表爱心，
不管哪一位我都喜欢，
你们个个都令我倾情。"

七姐妹听到菩萨尊者求婚，
每个都羞答答微笑着不说话，
微笑不说话意味着默许，
这是傣家习俗代代相传。

可是此时同往常不一样，
巴罗面对的是七位姑娘，
他的心激动得无法平静，
他只好开口把话说：

"亲爱的妹妹啊，
你们个个都是好姑娘，
阿哥我只能按规矩办，
违反规矩不是好姻缘。

"要是你们不是亲姐妹，
个个都可成为王子妃，
哥哥可以全部娶你们为妻，
你们也都会舒心满意。

"我们傣家有个古老的规矩，
亲姐妹不能与同一个男人成亲，
为此阿哥只能娶你们的大姐，
请六个妹妹不要生气别伤心。

"宝石般娇嫩的婻苏塔玛丽迦，
刚才我拿到的是你的羽衣，
说明你和我前世就有姻缘，
你就嫁给我做王子妃好吗？

"如果大公主答应就这么定，
希望你们能体谅我的心情，
你们六个妹妹只能叫我姐夫，
我只好把你们送回天堂。"

其实巴罗最爱也是大姐，
他俩眉来眼去早已传情，
大姐美丽又聪明，
巴罗恰好就扣下她的羽衣。

婻苏塔玛丽迦听了巴罗的话，
像吃进蜜糖从口甜到心，
自己能够成为巴罗妻子，
在七姐妹中她最幸运。

"我六个心肝宝贝的妹妹，
姻缘本来就是前世注定，
姐姐就要跟哥哥去了，
请你们把此事讲给父王听。"

姐姐要妹妹们向父王多说好话，
不要因为她私自订婚而操心，

妹妹羡慕姐姐找到好丈夫，
也很体谅大姐此刻的心情。

巴罗向六个妹妹保证，
爱惜她们的大姐如自己眼睛，
请她们回去后转告岳父岳母，
让两位老人家尽可放心。

姐妹们分别时依依不舍，
离别的话语讲个没完没了，
直到太阳落下山坳之后，
六个妹妹才不得不飞回天庭。

六个妹妹回到勐乌东板，
一起跪在父王母后跟前，
把大姐与巴罗的婚事，
从头到尾讲给父母亲听。

父王母后听了女儿禀报，
激动得热泪流个不停，
他们认为这是一件大好事，
天上人间本来就是一家亲。

其实巴罗名气很大，
在勐乌东板已家喻户晓，
他有不少英勇的传说，
动人故事早已深入人心。

他娶了勐乌东板国大公主，
这是勐乌东板国的最大荣幸，
一时间神仙诸国到处传扬，
父王听后更加脸上添光。

他们在王宫里摆着神台，
为自己的女儿祈祷，
祝女儿的婚姻幸福美满，
祝她的生活胜过天堂。

巴罗携同婻苏塔玛丽迦，
一道回到他居住的密林里，
他俩一块拜见了伯父帕农，
介绍娶第四个妻子的经历。

伯父帕农听后点头赞同，
说前世的姻缘今世补偿，
还说娶四个老婆不算多，
缘分的事情要顺其自然。

巴罗又叫来前三个妻子，
把情况讲给她们听，
前三个妻子都通情达理，
对婻苏塔玛丽迦体贴关心。

四位仙女服侍着丈夫，
夫妻五个和睦恩爱，
巴罗没有喜新厌旧，
四个妻子他一样喜欢。

第十四章

神仙帮忙解难题
巴罗迎亲聚一堂

ဥ သာ ပ ရ္ဂ
傣族英雄史诗
乌莎巴罗

ပုၚ် ဒီ ၁၄   ကၠဖ္ဍိုၚ်ကံတိၚ်ႜ ေကၢ်ကၟုယၚ္ဍ
ရှိကျၚ်သၚ်ဘုံမၚ်ၚိႜ

现在我的故事又要开场，
我接着讲的是巴罗返乡，
巴罗带着他的妻子们，
要离开修行的雪山林。

话说巴罗的伯父帕农腊西，
他虽皈依佛门却把亲人挂心上，
他记挂王后和自己的六个王子，
记挂他的同胞弟弟勐邦果国王。

他带着侄儿离家已两年，
担心弟弟和弟媳心不安，
还有两个宝贝侄儿侄女，
骨肉情深始终割舍不断。

帕农经过反复掂量，
他把心事向巴罗讲，
伯侄俩经过反复商量，
最后按照帕农的意思办。

巴罗深深向大伯鞠躬，
然后把返乡意思去向妻子们讲。
"我的爱妻们啊，
哥想带你们返故乡。

"我要回去继承王位，
把国家的权力接管，
以后你们就是王妃，
有成千上万的宫女听使唤。

婻玛娜维佳听后，
喜悦堆在脸上，

她赞成夫君返回故土，
她拥护夫君回去当国王。

她双手合十向夫君致意，
又把自己想法向其他王妃讲，
其他王妃听了以后，
都赞成跟丈夫回家乡。

四个人一阵惊喜过后，
不料婻桑卡却感到为难，
她微笑着向夫君行礼，
轻声细语把心事讲：

"夫君啊请您千万别抛弃我，
我这辈子跟随您已铁了心肠，
我只是舍不得离开这里，
丢下我的塔楼和财物。"

玛娜维佳和西丽也都醒悟，
两位仙女都着急地讲：
"奴的帕巴罗哥哥啊，
我们确实无法离开这个地方。

"我们很想陪伴哥哥还乡，
但我们生来就是树仙，
我们的仙寿是三千仙岁，
这个年限还有很长很长。

"这是人间的五千四百万岁，
这也是我们的福果福运，
福运让我们具有美丽容貌，
福运让我们能住在金塔楼上。

"但也正因为这个福果福运，
使得我们不能离开这地方，
否则我们的仙寿将被中断，
我们的寿命和财富会消亡。

"如果巴罗哥哥有法术，
能把我们的金塔楼搬走，
安放到勐邦果王城去，
我们就能陪伴在哥哥身旁。

"要是没有人能够搬走它，
我们虽已成为哥哥爱妻，
也无法和哥哥返乡，
只能留在这里守空房。

"如果我们见不到哥哥，
不能看到哥哥的英俊容貌，
那我们一定会抑郁而死，
您说这种事情该怎么办？

"哥哥呀，我们的心肝，
我们只能请求哥哥答应，
哥哥回到勐邦果七天后，
就回来陪伴我们七天吧！"

巴罗听后这样回答说：
"哥心爱的仙女妹妹呀，
你们说的话哥一定答应，
哥不可能丢下爱妻不管！"

三位仙妻已哭成泪人，
如同生离死别样悲伤，
她们已经别无选择，
对眼前问题一筹莫展。

巴罗静听三位仙妻诉说，
他已领会仙妻心里所想，
他仰首向天神虔诚祈祷，
祈求天神之王出手相帮。

他不能留下三位仙妻，
在这里伶仃孤苦无人管，

此时帕雅因的宝座，
突然变得灼热和僵硬。

巴罗的祈求感动帕雅因，
为了成全他的美满姻缘，
也为了巴罗的神圣使命，
帕雅因已知道该怎么办。

帕那罗延那也得到消息，
知道外孙巴罗遇到麻烦，
想带妻子们回返勐邦果，
继任国王施展才干。

帕那罗延那随即带着四位梵天神，
从梵天界下凡来到雪山林，
跟在帕雅因后面出发，
去为帕巴罗解难送行。

巴罗得知这一消息后，
带着仙妻迎接天神造访，
他摆好了银蜡条和金蜡条，
放在傣家人的竹篾桌子上。

其实他们原来都是一家人，
如今却分成人间和天上，
没等巴罗出门迎接，
众神官已走进了楼房。

自家人见面格外亲切，
塔楼里顿时笑声朗朗，
巴罗走到客人面前，
向他们祝福请安。

四位天神来到了人间，
所带的礼物都不简单，
有一位带着白银八十亿两，
有一位带着黄金八十亿两。

有一位带着珍珠宝石，
同样是八十亿两，
另一位神官带着衣物，
装满了好多箱子。

神王帕雅因还亲自下凡，
他先一步停落在榕树上，
帕那罗延那王稍后才到，
其他神仙陆续到来。

巴罗得知消息，
帕雅因和外公来到雪山林，
他高兴得欣喜若狂，
忙将爱妻们叫到跟前：

"四位妹妹啊，
你们大家看看，
我的外公帕那罗延那，
还有天神之王帕雅因都来了！

"我们得马上去迎接，
千万不可怠慢，
要热情款待众神仙，
让他们对人间留下好印象。"

他说完带着四位妻子前去迎接，
巴罗在仙席上铺好了蒲团，
把帕那罗延那和帕雅因请进房舍，
让他们坐在松软的蒲团上。

帕那罗延那拥抱外孙巴罗，
不停地亲吻着巴罗的前额，
帕雅因将神马仙鞋和仙剑，
还有一张神弓送给巴罗。

巴罗坐到自己的位置上，
四位仙女妻子坐在丈夫的两旁，

巴罗示意四位仙妻一块起身，
向帕那罗延那和帕雅因叩拜请安。

此时帕农腊西得知众仙下凡，
披上袈裟离开自己的僧房，
前来与帕那罗延那相见，
同时向天神帕雅因请安。

巴罗向帕雅因禀报，
谈论人间社会的沧桑，
他谈到了人间的战争与和平，
谈到无法回避的自然灾难。

帕农腊西也说：
"尊敬的帕雅因啊！
侄子帕巴罗跟我来修行，
如今已两年时间不算短。

"他在这里有缘娶妻，
得到孔雀公主，
得到三位树仙，
他的婚姻大事很圆满。

"巴罗离家的时间太长，
他父亲丙比桑一定很挂念，
母亲嫡迪芭玛丽也想儿子，
我弟弟和弟媳已望眼欲穿。

"因此我考虑再三，
要让巴罗回到勐邦果，
回去同父王母后团聚，
还要接替王位坐金床。"

帕雅因管理凡界芸芸众生，
帕农向他讲述自己修行情况，
还谈了他对人世的看法体会，
以及自己为何成为帕腊西。

接着他又谈到巴罗，
称赞他是年轻人的榜样，
他出家修行孝敬大伯，
自觉持守五戒八戒。

帕那罗延那听后称赞说：
"你当伯父的做得很好，
你出家行僧人之道，
已跨进涅槃之道的门槛。

"至于说到巴罗外孙，
确实该回勐邦果去，
他不该长期同你在一起，
国家重任等他回去担当。"

帕那罗延那接着向四位孙媳说：
"你们四位是我外孙的妻子，
你们要辅助我外孙治理天下，
共同创造美好的人间天堂。"

嫡玛娜维佳听后无限感叹，
接着谈了搬运塔楼的困难，
如果这个问题无法解决，
她们就不可能跟随丈夫前往。

帕那罗延那静听仙女诉说，
孙媳妇的话打动他的心，
可是这塔楼建在榕树上，
要把它搬走难上加难。

帕那罗延那只好去问帕雅因，
陈述小仙女的深切期盼，
问他能否设法搬动塔楼，
助她实现移居勐邦果的心愿。

帕雅因听帕那罗延那询问，
回答说事情不是太难办，

叫帕那罗延那不要为此担心，
事情一定可以圆满解决。

他说姑娘真舍不得塔楼，
对丈夫又是一往情深，
决心跟随丈夫一起生活，
作为长辈的应把美事成全。

塔楼只有一百庹高，
高度和重量都不怎么样，
天上有四位大力神仙，
最善于搬动这类楼房。

即使塔楼里有万件宝物，
要一起搬动也不困难，
请帕那罗延那长老放心，
可以答应姑娘们的请求。

帕雅因同帕那罗延那的对话，
感动了嫡玛娜维佳姑娘，
听说搬移塔楼那么容易，
她的顾虑全部烟消云散。

可以跟随丈夫一道回乡，
她高兴得脸上容光焕发，
她双手合十高高举起，
千恩万谢帕雅因天王。

嫡桑卡和嫡西丽也提出请求，
神王帕雅因都一并答应，
三位仙女的问题已解决，
她们为此欣喜若狂。

听吧，哥现在要继续歌唱，
歌唱众神之王帕雅因，
为使巴罗和孔雀公主婚事圆满，
不遗余力继续操心。

他派韦术甘麻天神出动，
专门前往勐乌东板，
把消息告诉帕雅乌东板，
让他前来成全女儿婚事。

帕雅乌东板听后派人去叫王后，
王后嫱尖答迪维到后回答说：
"奴的大王，奴的主啊！
女儿终身大事应你做主。

"奴不可能跟大王同去，
大王去到后要见到女儿，
向女儿问明真实情况，
然后你再作最后决断。"

帕雅乌东板有两个王子，
大王子名叫术盘答，
二王子名叫细提萨，
他俩是七位公主的兄长。

嫱尖答迪维让术盘答随行，
随同父王到雪山林跑一趟，
让细提萨留下和自己在一起，
等着父亲带妹妹和她丈夫回来。

大臣们备好仙界的礼品，
帕雅乌东板和儿子准备起程，
他们带着金银珠宝，
还有衣物饰品。

帕雅乌东板走出宫门，
跃上高空迅速飞行而去，
英俊美貌的术盘答骑上神马，
跟在韦术甘麻天神后面。

韦术甘麻天神在前引路，
帕雅乌东板紧跟其后，

他们经过一个时辰飞行，
已经到了雪山林上空。

韦术甘麻天神指着巴罗住处，
让帕雅乌东板知道位置，
然后韦术甘麻天神就离去，
让帕雅乌东板自己前往。

因为韦术甘麻天神还有事情，
他还要前往勐达腊迦，
去向帕亨达国王报信，
这也是帕雅因的安排。

韦术甘麻天神继续飞行，
来到勐达腊迦王城，
进入帕亨达的王宫里，
传达帕雅因的旨意。

帕亨达见韦术甘麻天神来到，
感到意外但显得非常客气，
把坐垫铺在自己的宝座上，
恭请韦术甘麻天神入席。

韦术甘麻天神见到帕亨达，
告诉他此行目的和巴罗情况，
请他去迎接巴罗凯旋归来，
为孙媳加冕隆重举行婚礼。

帕亨达听后激动万分，
即刻派人通知六位儿子，
要他们立即准备好行装，
去迎接巴罗回勐邦果。

帕亨达的六个儿子接到书信，
急急忙忙做出发准备，
他们准备了旅途用的食物，
还准备了送给巴罗的礼品。

帕亨达则和孙儿昆代一起，
穿上仙鞋飞到勐邦果，
把消息告诉丙比桑，
动员全国臣民做好大庆准备。

该通知的人已经通知完毕，
嫡西丽芭都玛更是欣喜若狂，
她恨不得马上见到巴罗大哥，
她更想见到四位神仙大嫂。

她和父亲丙比桑一起，
急忙穿上仙鞋跃上高空，
随着韦术甘麻天神飞向雪山林，
去见分别两年的大哥巴罗。

帕雅乌东板和术盘答急速飞行，
如闪电般很快到了雪山林，
孔雀公主见到父王和哥哥，
既万分高兴又忐忑不安。

巴罗上前拜见岳父和兄长，
他举止落落大方，
向岳父和兄长鞠躬，
然后对私自成婚表示道歉。

孔雀公主按照常规，
一块上前向父王问候：
父王也询问女儿情况，
得知女儿确实很爱巴罗。

帕雅乌东板和儿子注视帕巴罗，
看到这个菩萨尊者的英俊容貌，
风度翩翩完美得如同帕雅因，
这才消除心头担忧喜上眉梢。

帕雅乌东板搂紧女儿，
亲切地反复吻她的额头，

看到帕雅乌东板这样表态，
在一旁的巴罗这才心安。

他领着帕雅乌东板和术盘答，
来到自己住的塔楼里，
巴罗亲自铺上坐垫，
放在两位王尊坐的地方。

他恭请岳父和兄长入座，
然后翁婿和妻舅继续攀谈，
他们谈到雪山林的生活，
还谈到回乡后如何治国安邦。

正当他们在那里交谈的时候，
勐邦果的亲人也都先后到达，
走在前面的是帕亨达王爷，
丙比桑紧跟父亲后面。

再后面是纳林答和昆代，
还有嫡西丽芭都玛和帕罗，
甘达来和念达辛，
索利瓦和加拉韦扎。

阿皮伦等亲人也同时到达，
全都来到了雪山林里相聚，
往日寂静的雪山林热闹起来，
到处都是人山人海笑声朗朗。

巴罗急忙带着四位妻子，
去向爷爷父王等亲人叩拜，
帕亨达搂着孙子亲吻他的前额，
爷孙俩久别重逢激动万分。

丙比桑更是兴高采烈，
怜爱地抚摸着儿子的后背，
纳林答也抚摸着侄子后背，
亲情的暖流流遍了全身。

巴罗的堂哥们也挤过来，
不停地抚摸着堂弟的后背，
昆代和嫡西丽芭都玛急不可耐，
忙向自己的哥哥巴罗叩拜。

巴罗这个菩萨尊者，
见到弟弟妹妹更是欣喜若狂，
他伸出自己柔软的手掌，
抚摸着弟弟和妹妹的后背。

巴罗和他的四位妻子，
带着爷爷父王和堂兄们，
到自己住的塔楼里去，
久别的亲人在一起畅谈。

巴罗替长者铺蒲团，
最先铺的是爷爷帕亨达的，
接下来铺的是四位王者的，
请他们坐在松软的蒲团上。

帕那罗延那对帕亨达说：
"帕亨达老弟啊，
巴罗外孙来到雪山林里，
得到了四位美丽的仙妻。

"现在巴罗已结婚，
可以让他回到勐邦果去，
别继续留在雪山林受苦，
我们大家就带他们回去吧。"

帕亨达和丙比桑等四位王者，
向帕雅因和帕那罗延那叩拜之后，
帕农的六个儿子才去向父亲叩拜，
大家都按照辈分先后行礼拜见。

六个儿子是帕罗和甘达来，
念达辛和索利瓦，
加拉韦扎和阿皮伦，
他们将四事①敬献给他们的父亲。

帕农抚摸着儿子们的后背，
腾身而起盘腿坐在半空中，
给儿子们显示他的神通，
然后降下来又教导他们：

"听着，心爱的儿子们，
你们全都已经做了国王，
要坚定地持守五戒八戒，
死后方能到达涅槃的境界。

"如果做了杀生之事，
就犯了五种罪孽的头一种，
那么死后就将坠入地狱，
这个绝对不用怀疑。"

帕农教育自己的六个儿子，
六个儿子都毕恭毕敬聆听，
他们听完父亲的训诫，
一起跪下叩拜感谢父亲。

①四事：佛教用语，指衣服、饮食、卧具、汤药四事。

第十五章

帕昆代喜得娇妻
帕巴罗灌顶加冕

ဥ ဿာ ပ ၖ

傣族英雄史诗

乌莎巴罗

ၬ ၐ ၁၅ ကြရွၚၬၹယ္ၚၚ၏မေၹ

ဥဿဘီသွေၡပေ့ ၜၴၸ

听吧，鲜花一样的妹妹，
现在哥要转入正题，
叙说雪山林另外两位树仙，
她们同这个故事有关系。

这两位树仙一位叫嫡帕腊妮，
还有一位叫嫡瓦伦妮，
她们也住在榕树顶上的塔楼，
同巴罗的三位仙妻是朋友。

三位仙妻即将离开森林，
仙人的生活从此割断，
她们心里有些依依不舍，
离别时想起两位女友。

她们想去同女友告别，
把心事向丈夫讲，
丈夫同意她们的想法，
三位仙妻便一道前往。

嫡玛娜维佳一行来到嫡帕腊妮家，
把嫡瓦伦妮也叫来一起交谈，
三位树仙说明来意，
还谈到未来的理想。

两位朋友听了好友的话，
感到非常突然，
羡慕三位朋友找了个好老公，
此时此刻心里话说不完。

叙旧之后嫡玛娜维佳想起一件事，
忙向嫡帕腊妮和嫡瓦伦妮讲，

这件事她已想了好久，
现在有机会同朋友交谈。

"我们的丈夫有个弟弟，
他同我们丈夫一模一样，
他的名字叫做昆代，
他非常英俊勇敢。

"两兄弟在一起的时候，
分不清谁是弟弟谁是兄长，
他们两个都是神仙转世，
有着仙人一样的习惯。

"他们还有一个小妹妹，
名叫嫡西丽芭都玛姑娘，
他们兄妹三人的感情啊，
亲密无间像我们一样。"

嫡帕腊妮听了嫡玛娜维佳介绍，
不知不觉春情在心中荡漾，
她突然萌生起一个想法，
转过头同嫡瓦伦妮耳语一番。

两位树仙脸上现出红晕，
一副不好意思的模样，
还是由嫡帕腊妮代言，
毫不遮掩地对三位朋友讲：

"如果当真有这么好的事，
我俩想劳你们大驾，
请你们给我们做个媒，
同你们小叔子穿针引线。

"这样我俩也可以离开森林，
不用两个人留下来好孤单，
我们五个又可以生活在一块，
到了人间也有更多朋友相伴。"

婻玛娜维佳听了心中大喜，
认为两个仙友当小婶最理想，
婻帕腊妮的话音刚一落，
婻玛娜维佳立即把话题接上：

"你们还未见到我的小叔，
等你们见后再下决心也不晚，
你们可以变成两只小金丝鸟，
悄悄地飞到我小叔子身旁。

"如果你们爱上我的小叔，
可以把他引到隐蔽的地方，
到时你们把他抱住给他温暖，
先同他做爱把爱情的火点燃。"

纯朴的两位树仙姑娘，
听了朋友的话豁然开朗，
她俩按照婻玛娜维佳教的方法，
跟随她们去到众神休息的楼房。

两位树仙变身为两只金丝鸟，
轻轻地飞到昆代的身旁，
她俩对王子左看右看，
那模样同女友讲的一样。

他们兄妹的容貌与众不同，
令两位树仙一见倾心，
小鸟身不由己向昆代靠近，
在场的神人不禁惊奇赞叹。

当金丝鸟刚飞近昆代，
帕那罗延那一眼就把她们看穿，
帕那罗延那的神眼明察秋毫，
认出两只金丝鸟是树仙姑娘。

帕那罗延那做了分析，
认为昆代对她们会喜欢，

因为两位树仙非常美丽，
男才女貌正好配对成双：

"我的宝贝外孙儿啊，
桃花运已降临你头顶上，
你快点捉住两只金丝鸟，
不要错过美好的时光。"

昆代听了外公的话，
对金丝鸟也非常喜欢，
他赶忙去捕捉两只鸟儿，
可是要捉住她们并不简单。

昆代的行动正中仙女下怀，
她们慢慢飞动引诱昆代，
这时帕昆代还蒙在鼓里，
他跟在她们后面紧追不放。

当他追到约三里远的地方，
那里树木繁茂听不到声响，
金丝鸟停在一棵高大的榕树顶，
昆代只好坐在树下翘首张望。

他在树下休息一会，
只觉得清风拂面通身凉爽，
当他继续寻找小鸟时，
却毫无踪影。

两只金丝鸟早已飞走，
婻瓦伦妮飞回自己的塔楼，
婻帕腊妮上楼后精心打扮，
再到榕树下同昆代见面。

她不露声色，
仿佛见到一个陌生人一般，
她走过去向昆代热情打招呼，
装模作样询问昆代情况。

昆代见到嫡帕腊妮姑娘，
如同天上掉下来的月亮，
听到嫡帕腊妮那么多问话，
爱情的暖流在心中荡漾。

昆代也介绍了自己情况，
还询问这里是什么地方，
要求嫡帕腊妮对他释疑，
免得他为此胡思乱猜想。

嫡帕腊妮心里很明白，
刚才的问话全是伪装，
她急忙把自己的情况细讲，
并提出要求：

"妹妹请求阿哥站起来，
走进妹妹的塔楼，
赐给妹妹一个小男孩，
让妹妹在森林里有个伴。"

昆代其实是天神转世下凡，
相貌出众令仙女坠入情网，
她的突然请求让他无所适从，
他经过三思把自己想法讲：

"美丽的仙女妹妹啊，
哥爱你像我哥哥爱嫂嫂们一样，
我想娶你做我的爱妻，
不知妹妹能否满足我的愿望？

"到勐邦果和我一块生活，
如果你不答应我就不跟你上床，
我不能违背道德跟你睡觉，
除非你永远陪伴我身旁。"

其实仙女是善良姑娘，
她生活循规蹈矩从不放荡，

她之所以提出同他做爱，
就是想做昆代的新娘。

"妹妹今天能与阿哥相遇，
全是天意安排和前世姻缘，
妹妹答应你的要求，
满足阿哥良好的愿望。"

年轻美貌的仙女，
牵着昆代进入闺房，
两人已经心心相印，
毫无顾虑一道上金床。

姑娘的床铺非常松软，
房子里散发出阵阵清香，
两人搂抱一起情意绵绵，
脸贴脸胸贴胸激情奔放。

两人经过交欢，
生米煮成熟饭，
从此订下终身，
发誓永不相忘。

接着嫡帕腊妮也提出塔楼问题，
同昆代三位树仙嫂嫂一模一样，
昆代安慰嫡帕腊妮不必担心，
回去同外公帕那罗延那商量。

昆代安慰妻子之后，
离开了嫡帕腊妮的塔楼，
他走到另一棵大榕树下，
坐在树荫下休息。

住在树上的嫡瓦伦妮仙女，
见英俊不凡的昆代来到，
便离开塔楼走了下来，
坐在离昆代不远的地方。

嫦瓦伦妮仙女主动问昆代，
同刚才遇到嫦帕腊妮一样，
两人经过一问一答，
便一块到了嫦瓦伦妮闺房。

两人媾欢之后还谈了搬家，
嫦瓦伦妮送他走下榕树，
昆代向妻子依依惜别，
走向他们居住的地方。

昆代叩拜外公帕那罗延那，
他先谈与两位树仙相爱的事，
又提出了搬运塔楼的请求，
只有同仙女上床的事他没说。

帕那罗延那听后笑着说，
如果真的有这么回事，
外孙儿不要担心就是，
这种事情其实不难办。

帕那罗延那叫来嫦玛娜维佳，
要她去请来两位树仙姑娘，
外孙儿的婚姻大事要好好商议，
要把事情跟姑娘们讲清楚。

两位仙女非常高兴，
跟着嫦玛娜维佳很快到来，
她们走进塔楼先拜见帕雅因，
然后去叩见帕那罗延那。

她们向帕那罗延那行跪合十礼，
向他表示谢意和请安，
又去拜见帕亨达爷爷，
最后拜见帕丙比桑父王。

此时帕那罗延那外公才开腔，
他先夸奖了两位树仙姑娘，

表态赞成她们当外孙妻子，
搬家的事他一定替她们办。

几个仙女听了帕那罗延那的话，
她们的脸上就像凤凰花开放，
几个姑娘忙拜谢外公，
感谢他为她们实现心中愿望。

按照帕那罗延那的安排，
巴罗和昆代带着各自仙妻，
回到塔楼收拾行装物品，
准备同大家一起返回家乡。

巴罗这位英俊的王子，
他懂得做人要礼仪至上，
临行前他要拜别所有长辈，
请求他们原谅他的过失。

巴罗备齐蜡条和其他物品，
首先向伯父告别，
他向帕农腊西行跪合十礼，
请他准许自己返回故乡。

巴罗对伯父讲，
感谢他两年来对自己的培养，
由于自己年少不懂事，
难免会做错事令他心烦。

他请伯父宽宏大度，
不计较晚辈的过失，
请求伯父祈祷赐福，
使他今后生活美满。

帕农听了侄儿的请求，
对他过去的错事一一原谅，
祝愿他今后万事顺意，
祝愿他归途平平安安。

巴罗还向居住的僧房告别，
告别日常使用的衣物床帐，
告别寺院周围的甘蔗贝叶棕，
还有大金湖森林和花草。

帕农腊西的六个儿子，
也来向父亲拜别，
请求父亲原谅他们的过失，
两年时间没来关心看望。

丙比桑和纳林答兄弟俩，
也来向大哥拜别，
请求兄长原谅他们的过失，
还感谢他两年来对巴罗的培养。

昆代和嫡西丽芭都玛也来了，
也来向帕农大伯拜别，
请求大伯原谅他们的过失，
请帕农大伯祈祷他们永世平安。

帕那罗延那也走了过来，
他向侄子帕农腊西告别，
帕亨达眼含热泪，
也来跟自己的儿子告别。

接着人们蜂拥而上，
个个向帕农行跪合十礼，
向大师表示深深的敬意，
祝愿他永远健康。

告别了帕农腊西之后，
帕那罗延那作总动员，
他要将人员进行组合，
安排起程返回勐邦果。

各路神仙准备行动，
王族人先进入金塔楼，

还要选择吉日将塔楼拔起，
搬运到勐邦果的广场中央。

大家都准备就绪，
翘首等待良辰吉日来临，
按占卜第二天是个好日子，
到时都可以起程把家还。

第二天出发时辰已到，
帕那罗延那发出命令，
各队神仙一起行动，
顿时响声四起大树摇晃。

五位树仙的塔楼缓缓升起，
连同装在里面的神仙财物，
还有坐在里面的各路人员，
随着塔楼慢慢升上高空。

此时此刻的五位树仙啊，
如同掉了魂魄一样大哭，
她们即将告别母亲树，
她们的悲伤感人肺腑。

她们哭了一会儿之后，
情绪才慢慢缓和过来，
她们还在不停哽咽，
边哽咽边向大榕树告别：

"大榕树我的母亲树啊，
现在女儿向您辞行，
女儿要到遥远的勐邦果，
去一个完全陌生的地方。

"祝福母亲树在未来的岁月里，
枝叶茂盛永不枯黄，
愿上苍保佑您幸福长寿，
没有疾病和虫害侵犯您。"

五位树仙向母亲树告别，
向养育她们的雪山林说再见，
她们的心情很沉重，
经亲人安慰才慢慢平静。

神仙们运载着塔楼，
像运载一个小鸟笼一样，
高高兴兴地唱着动听的歌，
热热闹闹地离开雪山林。

金塔楼在天上飘啊飘，
人坐在里面只感到轻微摇晃，
他们不时探头看地面，
山河在眼底下闪耀光芒。

飞行的速度很快，
一天就把陆地上六个月路程走完，
他们来到了勐邦果王城上空，
三座塔楼稳稳地落在地上。

另两座塔楼在勐达腊迦王城降落，
同样稳稳当当落在地上，
当塔楼从天上降落的时候，
王城广场闪耀着金色光芒。

两国的人们纷纷走出家门，
有的站在竹楼亭台上观看，
当看到神仙抬着塔楼飞行的样子，
个个伸长舌头惊奇不已。

神仙把塔楼放在王城广场，
安放在广场最显眼的地方，
供佛教信徒作为活动场所，
供佛教信徒长期祈祷瞻仰。

这是神仙的宝物，
人们在四周垒起围墙，

厚厚的围墙防护着塔楼，
围墙有四道门设在四方。

围墙还镶上很多镜片，
镶上宝石玛瑙构成图案，
人们还在旁边挖出池塘，
池边种上鲜花四季飘香。

池中种上水葫芦和莲花，
变成一个花的池塘，
塔楼四周还种有树木，
绿树成荫无限风光。

帕雅因对两国的王城很关心，
因为它将变成仙女居住的地方，
帕雅因为那里增设许多景物，
他要把王城变成人间天堂。

勐邦果有辽阔疆土，
如今又有神仙的帮忙，
国家因此变得更加强大，
城乡呈现一派新气象。

围墙外的池塘有数百庹宽，
湖中养着大量的鱼虾供观赏，
湖里还种植成片的睡莲，
莲花盛开到处飘溢着芳香。

宽阔的池面搭着金桥，
桥墩用石垒桥面铺木板，
桥面的木板上雕刻着图案，
桥的两边还架有木栏杆。

帕雅因操心的事还没完，
还要为孔雀公主安排仙府，
他选定勐邦果王城的一个位置，
变化出了一座仙府给她居住。

勐邦果的老国王，
会同巴罗和昆代王子，
会同天国神仙和勐邦果官员，
在勐邦果王宫中聚集。

大家一起商议国家大事，
头件大事是巴罗和昆代兄弟继位，
兄弟俩继承王位不能再往后推，
这事关系到国家的前途和兴旺。

帕亨达为了这件大事，
专门叫来丙比桑，
把巴罗继位的事对他讲，
丙比桑王其实也是这样想。

帕亨达对丙比桑讲，
当国王就要把后代培养，
他也准备不再当国王，
勐达腊迦君主让昆代当。

丙比桑立即通知各地头人，
向他们发去王子继位的信函，
信件发到一百二十六个王宫，
不论大国或小国规格都一样。

帕亨达考虑大事更周全，
要求昆代的灌顶大典一起举办，
他把通知书信加到三百二十一封，
让所有帕雅带着贡品前来参加。

自从帕农出家之后，
勐萨满达让王后代管，
帕亨达为此非常无奈，
只好从六万位帕雅中挑选国王。

帕亨达经过反复挑选，
看中一位叫术念达的帕雅，

决定让他来治理勐萨满达，
成为勐萨满达新国王。

帕雅术念达原先有个妻子，
已经因病去世，
帕亨达让他娶婶谢玛扎娜，
两人共同治理勐萨满达。

这是故事中的一个小插曲，
说明帕农出家付出了代价，
帕亨达让新国王和王后一起，
也来参加巴罗和昆代灌顶仪式。

凡有傣族居住的勐，
接到信件后都明白要交接王位，
他们对巴罗王子非常了解，
对他弟弟昆代也了如指掌。

接到信件后他们积极做准备，
要郑重其事去拜见新的国王，
他们认为年轻国王后生可畏，
他们还表示今后会服从管辖。

盟国的距离有近有远，
有的走陆路有的坐船，
有的只需几天的路程，
有的要爬一个月大山。

路程远近各国都心中有数，
路上的时间各自会仔细计算，
要求同一天到达勐邦果王城，
这一点不论大小国都记心上。

王族亲戚到达勐邦果王城后，
首先向帕亨达王爷请安，
接着再拜见巴罗的父亲，
这些规矩他们都熟悉。

客人来自三百二十一个傣乡，
主人准备三百二十一桌饭菜，
除此还有王族的其他贵客，
包括来自遥远仙国的亲家。

各勐帕雅到达了勐邦果王城，
他们把带来的贡品分为两份，
一份献给巴罗作为继位贺礼，
一份献给昆代作为继位心意。

众帕雅敬献了贡品，
向帕亨达叩拜祝愿他长寿健康；
祝愿王家子孙个个是俊杰，
祝愿勐邦果永远强盛。

勐邦果王城里的有钱人，
带着粮食财物和金银珠宝，
带着项链臂镯等各种物品，
还有衣物饰品前来敬献。

大臣们把巴罗和他的妻子们，
迎进王宫大堂，
向帕雅因和帕那罗延那叩拜，
两位大仙面带笑容心情舒畅。

巴罗头戴王冠穿上王袍，
四位仙妻打扮得很漂亮，
她们在两边簇拥着巴罗，
走上金碧辉煌的殿堂。

仙妻们穿着王妃傣裙，
乌黑的发髻油光闪亮，
脸上抹着淡淡的红粉，
身上散发出微微的清香。

大臣们在仙座上铺好坐垫，
让巴罗坐在殿堂正中间，
右边坐着嫡玛娜维佳和嫡桑卡，
左边坐着嫡西丽和嫡苏塔玛丽迦。

五个人坐在金色的傣式床上，
象征着他们的权力至高无上，
他们不停地向客人招手致意，
态度庄严容光焕发。

大臣官员们都按照顺序，
轮流走到五位王尊跟前，
为他们举行拴线仪式，
为他们祝福祈祷。

众婆罗门司祭官已经到位，
灌顶用具摆在竹篾桌上，
庆典仪式开始，
宫殿里鼓乐齐鸣。

王爷帕亨达坐在左边，
右面坐着帕丙比桑和帕雅乌东板，
帕雅因和帕那罗延那依次坐定，
宫殿里庄严肃穆。

来宾首先上前献礼和祝福，
乐队把庄严的国歌奏响，
宾主全都起立向国旗行礼，
父王一手握国旗一手托印章。

丙比桑国王缓缓走近巴罗，
巴罗立即起身跪到地上，
他伸手接过国旗和大印，
全场鸦雀无声平静异常。

朗诵贺词的大师摊开贝叶笺，
他满脸严肃眼望前方，
乐手用竹笛吹响赞哈①曲调，
康朗拉开嗓门朗诵贺词诗章。

康朗朗诵贺词之后，
帕亨达当众宣布，
让巴罗掌管联邦大权，
整个勐邦果都由他管。

隆重的登基仪式结束之后，
王族长辈亲友前来庆贺联欢，
他们都来为新国王和王后拴线，
祝福新国王合家幸福永远安康。

庆典活动持续七天七夜，
人们高兴得不愿解散，
都希望庆典能继续下去，
要为年轻国王纵情高唱。

巴罗的加冕庆典结束后，
接下来轮到为昆代加冕，
庆典仪式要变换地点，
移到勐达腊迦王城举行。

当人们全部到达之后，
勐达腊迦王城万众沸腾，
大家为昆代和他的妻子加冕，
加冕仪式非常隆重。

在加冕仪式上还进行封后，
封后按照长辈的意思决定，
嫡迪芭辛拔丽为昆代王后，
嫡帕腊妮仙女是第一王妃。

嫡瓦伦妮仙女为第二王妃，
三位妻子都一样风光，
帕雅因还赐给昆代一个封号，
叫代亚巴郎麻维吉塔拉。

这个封号含义深远，
意为极其英俊的君王，
昆代对这个封号十分满意，
对帕雅因无比感激。

接着王爷帕亨达当众宣布，
昆代从此当上勐达腊迦国王，
勐达腊迦的日常事务，
由昆代全权掌管。

大臣们为四位王尊铺好坐垫，
昆代和嫡迪芭辛拔丽坐中间，
两位树仙分坐他们的左右边，
接下来举行拴线仪式。

大臣们走到四位王尊跟前，
为四位王尊同时拴线，
为他们祝福祈祷，
送上诸多吉利的话语。

接着众婆罗门司祭官起立，
准备为四位王尊灌顶，
他们先送上祝福颂词，
祝他们治国有方鹏程万里。

众婆罗门司祭官祝福之后，
为四位王尊灌顶，
接着是众帕雅和富翁送礼，
送礼按官阶大小分先后次序。

①赞哈：傣族民间曲歌手。

他们送上粮食财物，
金银珠宝和衣物首饰，
敬献给昆代国王，
表达他们的忠诚心意。

昆代的加冕仪式完毕，
庆祝活动随即开始，
活动持续了七天七夜，
大家尽兴方才结束。

当庆典活动全都结束之后，
轮到帕雅乌东板开始行动，
他请女婿巴罗到勐乌东板，
带上自己的大女儿同行。

帕雅乌东板有远大想法，
要为巴罗举行灌顶加冕，
他要让巴罗去那里继位，
做勐乌东板的君王。

把勐乌东板交给帕巴罗和女儿，
享受勐乌东板的所有财产，
他要帕巴罗治理勐乌东板，
使这个天国不受任何外强侵犯。

帕雅乌东板心里比较着急，
王后嫡尖答迪维还不知底细，
为了能让她早日见到女婿，
他必须尽快赶回天国去。

王后日夜盼望着女儿和女婿，
她肯定吃不下饭无法休息，
为让王后早日见到女婿和女儿，
帕雅乌东板对众君王说：

"奴希望巴罗到勐乌东板去，
带上奴的大女儿一块同行，
为勐乌东板增添光彩，
也为两国之间架上友好金桥。"

他于是对帕雅因说：
"帕雅因老哥啊，
小弟还有一事相求，
想向你讨点文字做纪念。

"请你写一篇碑文，
刻在一块白玉石上，
把它留在勐邦果，
埋在帕巴罗的王宫小院里。"

帕雅因觉得帕雅乌东板的建议好，
便叫人拿来一块白玉石板，
动手在上面刻写了碑文，
碑文的内容是这样写的：

"某年某月某日，
帕雅乌东板的金纳丽①女儿，
嫁给英俊的郎君帕巴罗，
从此再不反悔百年好合。"

帕雅因又将同样的话，
刻到另一块白玉石板上，
一块埋在勐邦果，
一块埋在勐乌东板。

帕雅乌东板写了一封信，
派人送往勐乌东板，
交给嫡尖答迪维王后，
告诉她女婿和女儿即将起程。

---

①金纳丽：雌性人头鸟身，半仙半人，居住在高山顶上，传说非常美丽。

第十六章

昆代迎娶金纳丽

喜庆大典起风云

傣族英雄史诗

乌莎巴罗

 လူ ဂိ ၁၆ ချုၵ်ၽ ၽၸ်ႏၼ်ၵ်ႇၵတ်ႃၼ်

သိုဝ်ၽ လၵ ၵွၵ်ႈမိၵ်ႈၶ ဟ်ုႏ

帕雅乌东板写信给王后，
说女婿和女儿们即将起程，
王后接到信后很高兴，
做迎接新女婿的准备。

帕雅乌东板的仙宫宝殿，
高五十庹宽一百庹，
矗立在韦沙迦王城中央，
非常宏伟壮观。

嫡尖答王后还不满足，
又在王宫周围八个方位上，
变化出八座神仙宝殿，
每座宝殿都很壮观。

八座宝殿全都镶满珠宝，
还有漂亮的玉石和金箔，
王后安排得井井有条，
她要使丈夫称心满意。

一切都安排妥当，
嫡尖答王后发出命令，
让一百零一勐的帕雅，
都来迎接女婿和公主。

帕那罗延那也紧急动员，
安排了大批护送人员，
护送巴罗和孔雀公主，
前往勐乌东板。

帕那罗延那亲自安排，
要求队伍要庞大风风光光，

要求各个领队的身份，
规格要高全是帕雅国王。

孔雀公主穿着羽衣，
轻松自如在蓝天翱翔，
她如同天马行空那样，
自由自在没有任何阻挡。

帕雅因和众梵天神飞行而去，
帕雅乌东板和术盘答骑仙马带路，
金纳丽们全穿上羽衣，
她们在空中飞翔跟随后面。

勐乌东板方面接到消息，
全都来到勐桑斜迎接，
宾主们在勐桑斜相见，
气氛热烈盛况空前。

嫡尖答王后一见到大女儿，
热泪纵横高兴得无以言状，
她立即冲上前扑了过去，
紧紧抱住大公主和巴罗。

亲热一阵后王后才松手，
此时六位妹妹已急不可待，
她们簇拥着姐夫和大姐姐，
兴高采烈前往勐乌东板。

勐乌东板的中心韦沙迦，
是一个宽五十由旬的王城，
进入王城后百姓都在路两旁，
手握鲜花热烈欢迎。

六万位帕雅得知亲人来到，
便一起迅速出宫迎接，
将他们带到王宫里，
招呼他们坐在座位上。

待客人全部入座之后，
嫡尖答王后先安排大家休息，
然后带领各位到住地，
这些都提前准备有条不紊。

嫡尖答王后又进一步安排，
她把六万位帕雅分成八组，
每组都是七千五百人，
负责八组宾客的膳食和安全。

帕雅乌东板和王后抓紧时间，
带着自己的女儿和女婿巴罗，
还有昆代和他的三位妻子，
回到他们各自的寝宫里。

他们进入寝宫之后，
有成千上万的金纳丽美女，
前来侍候兄弟俩和他们的妻子，
为他们端水和送仙食。

还为他们铺好六十个仙蒲团，
恭请巴罗和昆代兄弟入座，
同时向他们的七位妻子请安，
恭请她们坐到仙蒲团上。

听吧，
荷花般的妹妹啊，
现在哥要继续歌唱，
歌唱仙女回娘家的故事。

话说帕雅乌东板和王后，
把女婿和女儿带到寝宫，
嫡尖答王后已按捺不住激情，
抱着大女儿嫡苏塔玛丽迦猛亲。

她疼爱地看着女儿，
诉说分别以来思念的心情，

她热泪盈眶看不清女儿模样，
贴紧着女儿的额头亲吻不停。

嫡尖塔王后一边亲着女儿，
一边不停地诉说别后情感，
说她惦记女儿睡不着觉，
埋怨女儿不体谅母亲心情。

嫡尖答王后和女儿倾诉情感，
冷落了在一旁的女婿，
她转过脸想同女婿说说话，
猛然看到坐在旁边的昆代。

她看到巴罗和昆代很相像，
心里头咯噔了一下感到纳闷，
他俩穿的是同样的衣服，
都是同样的打扮。

两人的相貌身材都一样，
王后认不出哪个是女婿，
哪个是巴罗的弟弟昆代，
她顿时脑子糊涂了。

嫡西丽芭都玛看出王后的困窘，
忙过去抓着巴罗哥哥的手说：
"这个就是我的大哥哥巴罗，
那个就是我的二哥哥昆代。"

即便是嫡西丽芭都玛提醒，
嫡尖答王后还是分辨不清，
她只好记住他们两兄弟的座位，
用座位来分清女婿和他的弟弟。

如果兄弟俩调换了座位，
王后还是无法分辨清楚，
她又想出新的办法，
从女儿所坐的位置来辨认。

因为女儿始终坐在女婿身边，
她距离小叔子昆代比较远，
从亲疏和距离来辨认女婿，
实在有点荒唐但只能这样。

嫡尖答王后感到不可思议，
但她一下子也理不出头绪，
这两兄弟长得实在太相像，
只要女儿不认错丈夫也就算了。

巴罗一行风尘仆仆远道而来，
但宾主初次相见免不了寒暄，
王后嫡尖答很讲究外表形象，
要抓紧时间为女儿打扮。

七位美貌的宫女走了进来，
端着仙界的装饰品和槟榔，
摆放在仙女们面前，
为七位仙女梳妆打扮。

为她们换上华丽的盛装，
洒上清香宜人的香水，
发髻插上艳丽的鲜花，
七位美女变成忉利天仙女。

勐乌东板国大王子也来了，
对幸运无比的妹夫和妹妹说：
"巴罗妹夫和心爱的妹妹呀，
哥祝你们身体安康！"

受勐乌东板国王邀请，
一百零一勐的君王们都赶来，
参加巴罗和妻子们加冕庆典，
为勐乌东板王国增光添彩。

勐乌东板有六万位帕雅，
其中一位帕雅有两个女儿，

一个名叫嫡塔姆蒂娃，
一个名叫嫡安杂娜。

两个公主长得非常漂亮，
长相如同天上仙女，
她们的父王见到巴罗的弟弟，
想把她们许配给昆代做王妃。

说来也真是巧合，
两个公主跟随着父亲同来，
她俩走进帕雅乌东板王宫，
正好碰上昆代在王宫大院里。

两个公主看见昆代，
如同失魂般地痴望，
从未见过如此英俊男子，
爱恋之心油然而生。

两个公主痴迷地看着昆代，
昆代看见两位公主后，
也产生了爱恋之心，
他也非常喜欢这两位公主。

昆代询问两位公主名字，
还问父母名字和他它情况；
两位金纳丽公主都作回答，
还邀请昆代到她们家玩。

昆代听后心花怒放，
他已被两位公主迷上，
他答应到她们的王宫去，
向她们父王母后去提亲。

两位金纳丽回到王宫后，
把遇见昆代的事告诉父母，
还说昆代今晚要来拜访，
让父王和母后有准备。

父母得知后心里很高兴，
女儿婚事牵着他们的心，
傍晚时帕雅坦麻金帝就行动，
派了一位使臣去恭请昆代。

帕雅坦麻金帝见到昆代，
突然眼前一亮，
正如两位公主所说，
昆代确实是个英俊小伙子。

昆代向帕雅坦麻金帝施礼，
恭恭敬敬地向他叩拜，
然后按照帕雅的手势走过去，
坐到铺好坐垫的仙蒲团上。

女仆们迅速摆上仙桌，
摆上烟草槟榔和水果，
此时嫡塔姆蒂娃和嫡安杂娜呀，
面带微笑迈着轻盈步履走出来。

她俩紧挨着昆代身边坐下，
热情地拿食物给昆代享用，
她俩还想进一步试探昆代，
便递上包好的槟榔说：

"哥哥若喜欢姊妹俩的话，
就请嚼食妹妹亲手包的槟榔吧，
这样妹妹才心里有底，
避免闹出不必要的笑话。"

昆代接过槟榔谢过之后说：
"哥不是勐乌东板本地人，
哥哥的家住在勐达腊迦，
距离遥远属于人间。

"哥的家乡在你们的下方，
因送哥哥嫂嫂到勐乌东板，

有缘与勐乌东板美女相见，
期盼能结为夫妻相依相伴。"

昆代享用过仙食后，
便对帕雅坦麻金帝说：
"尊敬的大王啊，
奴有一事相求。

"奴非常喜欢您的两个女儿，
渴望能娶其中一位公主为妻，
请大王把您的一位公主，
许配给奴做妻子好吗？"

此时王后嫡罗希妮也在场，
对昆代国王她也很喜欢，
两个女儿已告诉她很爱昆代，
她心中亮堂。

她同帕雅坦麻金帝交换眼神，
丈夫同她的想法一样，
当听到昆代这样请求，
他们非常高兴走到女儿身旁。

他们拉起一位公主的手，
将她交到昆代的手，
他们已没有丝毫犹豫，
祝福女儿婚姻幸福美满。

父王母后拉着的是姐姐的手，
妹妹顿时急得两眼泪汪汪，
她也要嫁给昆代王子做妻子，
父王母后见到后也十分为难。

此时昆代已看在眼里，
他此刻心里也很悲伤，
他抑制住自己的情感，
微笑着对小妹妹讲：

"亲爱的金纳丽妹妹，
哥对你们姐妹俩都喜欢，
可是娶亲姐妹有悖伦理，
违背我们傣家人的习惯。

"所以哥哥只能忍痛割爱，
不能只顾自己被人耻笑，
再说我是王族要带好头，
请小妹妹多多原谅。"

国王觉得昆代说得有道理，
也劝说小女儿不要悲伤，
夫妻姻缘都是前世注定，
要祝福姐姐与昆代喜结良缘。

昆代和公主就此订下终身，
帕雅坦麻金帝非常满意，
他带着自己的女儿和昆代，
来到帕雅乌东板的王宫宝殿。

他向帕雅乌东板禀告说：
"奴的大王啊，
奴的女儿和昆代国王相互爱慕，
奴已将女儿许配昆代国王为妻。

"现在奴送他们回来，
将这个情况向您禀报，
请大王能够允许，
成全这桩美好姻缘。"

帕雅乌东板说道：
"帕雅坦麻金帝啊，
这件事你做得很好，
值得夸奖和赞赏。

"婚姻的事要两厢情愿，
既然姑娘和小伙相互爱恋，

我们就应该成全他们，
要给他们美好祝愿。

"勐邦果和勐乌东板是友邻，
已经成为友好的邻邦，
两个勐就像一个大家庭，
两勐的帕雅联姻是好事一桩。

"缔结友好邦交和亲情关系，
亲上加亲可以经常来往，
帕雅因非常支持两勐结谊，
在白玉石板上刻碑文留念。

"一块埋在勐邦果王城，
在巴罗的王宫小院，
一块就埋在韦沙迦王城里，
就让你我的女儿同时加冕吧！"

帕雅坦麻金帝叩拜说：
"尊敬的大王啊，
奴非常感激您的厚爱，
奴立即把喜讯告诉全家。"

昆代国王以一双仙鞋，
还有一颗绿宝石，
一千两金和十万两银，
作为聘礼献给帕雅坦麻金帝。

请听吧，各位乡亲，
哥要接着继续歌唱，
歌唱金纳丽仙女灌顶加冕，
歌唱发生在勐乌东板的故事。

到了选定加冕吉日，
帕雅乌东板开始总动员，
然后前往叩拜众王尊，
他向帕那罗延那叩拜说：

"奴请求大君王和众王尊，
为巴罗和大公主加冕，
为昆代和新婚妻子加冕，
做灌顶加冕仪式的主持人。"

帕雅乌东板的恳切请求，
得到帕那罗延那和帕雅因允诺，
帕雅乌东板命令大臣立即行动，
吉祥的仙鼓随即咚咚击响。

帕雅因为使盛典更风光，
变出一座华丽的加冕殿，
安放在韦沙迦王城中间，
作为灌顶加冕仪式大堂。

帕雅因为巴罗准备了封号，
叫巴腊麻韦记塔拉阿嘎①，
好比帕那罗延那的封号，
叫韦记巴布伽赖亚那一样。

大臣官员们夹道欢迎，
欢迎巴罗和他的四位妻子，
将他们迎进仙宫宝殿，
引领到仙蒲团的坐垫前。

巴罗和妻子没立即入座，
先叩拜帕雅因和帕那罗延那，
神王与外公向巴罗和他的妻子回礼，
让他们坐在仙座上。

外公让巴罗坐在仙座中间，
让三位树仙妻子坐在他右边，
左边坐着孔雀公主也是金纳丽仙女，
巴罗和仙妻遵照外公意思办。

众婆罗门向他们祝福，
祝福他们新婚幸福美满，
事事顺心五种祥瑞俱全，
永远和睦相处万寿无疆！

贺礼堆满王宫殿堂，
王宫走廊也堆得满满，
侍从们将贺礼不停往外搬，
但是因为太多总搬不完。

帕雅乌东板和嫡尖答王后，
拿出全部财产分成九份，
送给两个儿子七个女儿每人一份，
每份的财产有十八万万。

国王和王后送的财物不止这些，
还有许多仙界的衣物和饰品，
他们将这些衣物也分成九份，
平均送给两个儿子七位女儿。

帕雅乌东板和嫡尖答王后，
送给大女儿一匹神马，
还派出三百个宫女，
去侍奉自己的女儿。

帕雅坦麻金帝和嫡罗希妮王后，
也拿出自己的众多财产，
分给两个女儿每人十八亿，
作为父母送给女儿的嫁妆。

他们拿出仙界许多衣物和饰品，
分成两份送给两个宝贝女儿，
还送给出嫁的女儿一匹神马，
供她今后随时可以回娘家。

---

①巴腊麻韦记塔拉阿嘎：傣语，意为至高无上的金色大君王。

他们还选出三百个金纳丽宫女，
送给出嫁的女儿使唤，
让她们去侍奉自己的女儿，
确保她在人间过得舒畅。

灌顶加冕仪式结束后，
帕雅乌东板命人把大鼓击响，
召集全城的官员百姓，
还有一百零一勐的国王。

他们还通知全国民众，
让他们穿上节日的盛装，
佩上仙界的美丽饰品，
到王城参加七天的庆祝活动。

顿时整个勐乌东板王城，
鼓乐齐鸣奏响欢快赞，
七天后活动结束，
但大家余兴未消。

帕那罗延那和帕雅因很开心，
认为此次下凡意义不同以往，
成就了两兄弟婚姻大事，
完成了两个国家的王位交接。

勐乌东板和勐邦果联姻，
天上和人间结成亲家，
都是他们的精心策划，
也是为实现繁荣人世间的愿望。

但他们来到人间已经多时，
给巴罗和金纳丽的贺礼都送达，
此行算是功德圆满，
应返回比勐乌东板更高的天界。

帕雅因想好之后，
与帕那罗延那商量，

但帕那罗延那似乎有种预感，
要帕雅因先不忙返回忉利天。

话说勐乌东板举行庆典，
盛大活动传遍四面八方，
惊动了天国的所有国家，
也惊动了魔王之国勐韦扎团。

那时在嘎拉给里巴拔达山顶，
有个叫细哈恭拔的魔王，
他是勐韦扎团的君主，
手下有千千万的兵将。

当消息传到魔王的耳朵里，
无意中唤醒他多年的梦想，
这个住在嘎拉给里巴拔达的魔鬼，
六年前曾有个见不得人的打算。

魔王有一个宝贝儿子，
奇丑无比还满肚坏心肠，
他听说勐乌东板有七个公主，
个个美丽像花蕾一般。

魔王想娶大公主为儿媳妇，
便派媒人到勐乌东板国提亲，
他强迫大公主答应这桩婚事，
还永远不许公主找情郎。

当年大公主只有十岁，
帕雅乌东板没接聘礼，
帕雅乌东板告诉媒人，
这桩婚事等以后再商量。

当魔王听说大公主已经出嫁，
气得怒火中烧把牙咬得咯咯响，
他指责勐乌东板王背信弃义，
他发誓要踏平勐乌东板。

他们找来一个能说会道的人，
这人最会诡辩被称为铁嘴，
十个人的口才也说不过他，
他能把死人说成活人。

那个铁嘴被叫到王宫里，
接受旨意前往勐乌东板，
他到了勐乌东板口气很大，
大摇大摆十分傲慢。

"老子此次来想看大公主，
听说她已嫁人当了新娘，
大公主福气真不小啊，
嫁人也不通气就自作主张。"

勐乌东板的人回答他，
大公主确实当了新娘，
铁嘴妖臣为了进一步证实，
又亲自去找帕雅乌东板：

"国王啊今天我来找你，
怕你年纪大会健忘，
我想问你这个当父亲的，
六年前你是否对谁许过愿？

"那时你把公主许配给我的大王，
为什么把此事忘得一干二净，
你可知道单方毁约该当何罪，
说话不算数的人还配当国王？"

六年前提亲虽说是一厢情愿，
帕雅乌东板却也不曾食言，
他承认当时曾有过那件事，
但事情的发展出人意料。

他说过去提亲时女儿尚小，
这六年间你们音讯渺茫，

女儿是大活人而非礼物，
岂能想送谁就送谁？

女儿长大有自己想法，
当父母的不能勉强，
年轻人相爱是缘分，
缘分的事谁也无法阻挡。

她爱上了巴罗国王，
我们也只能顺其自然，
这个小伙子英俊能干，
他的名声传遍四面八方。

如今他们真正相爱，
我们当父母的不会阻拦，
拆散他们的婚姻，
这种缺德事我们不能干。

这个铁嘴妖臣听了这一席话，
早已怒火中烧坐立不安，
没想到对方敢向他讲大道理，
他怒气冲冲提高嗓门大声嚷：

"老子的大王把话挑明，
他警告你们回头是岸，
这个大美人不能被人带走，
更不能让她与那小伙子同房。

"我可以坦白告诉你们，
背信弃义没有好下场，
到时别怨我们不讲情面，
等待你们的是战场上的刀枪。"

勐乌东板的群臣站在一旁，
看到来人竟敢如此狂妄，
他们意识到问题很严重，
要认真对待不可大意。

妖国的来人欺人太甚，
在场的人个个生气，
有个大臣将起袖子猛击桌子，
愤怒地对来人厉声呵斥。

这个妖臣气急败坏，
阴阳怪气胡说一番，
他说完话悻悻离去，
回勐韦扎团去见妖王。

等那妖臣离开后，
国王就去叩拜帕那罗延那，
把这件事向梵天王禀报，
帕那罗延那听到后说：

"他们要硬来就让他们来吧，
一只小金翅鸟有什么可怕？
但我们要做好战争准备，
让疯狂的妖魔有来无还。"

得到帕那罗延那的允诺，
帕雅乌东板立即动员备战，
他命人敲击宫殿门前大鼓，
向全国发出备战的消息。

话说妖臣离开勐乌东板，
飞回嘎拉给里巴拔达山顶，
向魔王禀报情况，
添油加醋把帕雅乌东板告一状。

魔王听了妖臣的禀报，
像锋利的长矛刺进心脏。
他稍微冷静下来之后，
下命令召集大小妖官，

"我要踏平勐乌东板，
我要活捉他们的国王，

让他离开天国永远活不成，
看他是要老命还是要姑娘。"

勐韦扎团的小妖随声附和，
都说大王早就该下令打仗，
他们齐声夸奖妖王英明，
个个摩拳擦掌表示气愤。

当战争的确切消息传来，
帕雅乌东板觉得很正常，
勐韦扎团既然要发动战争，
战争的罪名全由他们承担。

举国上下做好了战斗准备，
筑起了坚固的御敌城墙，
一致认为妖国欺人太甚，
决心保卫国土寸步不让。

除了勐乌东板本国的兵力，
他们还向勐庄昊各仙国求援，
勐庄昊各仙国援兵八千万，
用于牵制敌人的盟军力量。

帕雅乌东板召集武将研究方案，
他请女婿巴罗当主帅，
巴罗对敌方情况了如指掌，
侃侃而谈令众武官刮目相看。

他们制订了周密的作战方案，
这套方案全是巴罗的主张，
一旦战争打响，
就会形成一张巨大的网。

这张网一旦撒开，
把妖兵围住像铁桶一样，
然后再将妖兵逐个消灭掉，
使妖兵进退两难无法逃窜。

韦扎团集中全部妖兵妖将，
不从地面行军，
从空中飞到勐乌东板，
将韦沙迦王城团团围住。

韦扎团士兵用萨哈萨它麻神弓，
向一百零一勐士兵们射击，
一百零一勐士兵也奋起回击，
也用萨哈萨它麻神弓猛射敌军。

巴罗和昆代两兄弟奋勇参战，
他俩在城里来回穿梭，
挥舞着仙剑拦截韦扎团士兵，
砍杀妖兵像快刀切萝卜一样。

韦扎团士兵继续顽抗，
用神弩对射相持不让，
看样子短时间难决胜负，
此时帕那罗延那念诵咒语。

随即变化出一只金翅鸟，
鸟身庞大像一座山，
金翅鸟在王城四周飞旋，
顿时狂风大作飞沙走石。

巨大的金翅鸟舞动大翅膀，
把韦扎团士兵打得哭爹喊娘，
他们手里的刀剑全被打落，
旋风把韦扎团士兵卷上高空。

妖兵被摔在嘎拉给里巴拔达顶峰，
有的撞死在岩石上，
有的撞死在大树枝丫间，
有的被气流卷走不见踪影。

金翅鸟的威力十分恐怖，
妖兵妖将狼狈不堪，

他们只剩下三那腊当兵力，
依然继续顽抗。

那个叫细哈恭拔的魔王，
见到帕那罗延那强大的神通法力，
他心想再打下去只有死路一条，
还不如投降才能保住小命。

他们把投降书写好后，
就让小鹦鹉把信送去，
两只小鹦鹉接下信件，
按照吩咐把信送给对方。

帕雅乌东板收到信函，
迅速将信函打开来看，
他看完书信的内容，
就带鹦鹉去见帕那罗延那。

帕那罗延那和帕雅因，
把巴罗叫来一块商量，
他们看过信后交换意见，
巴罗说尽量减少生灵涂炭。

帕那罗延那写好回信后，
就让那两只鹦鹉带回去，
要它们交给魔王，
并向细哈恭拔如实讲。

细哈恭拔看过信后，
更加惊恐和害怕，
赶紧带着香烛蜡条等物品，
像只丧家犬前去投降。

细哈恭拔像只落水鸡，
双手合十举至头顶，
他恭恭敬敬地跪拜，
向帕那罗延那和帕雅因说：

"奴的主啊,
最有声誉的大君王啊,
奴等做了错事得罪大王,
奴等前来请罪投降。

"请饶恕奴等性命吧,
如若奴等今后再犯,
情愿被雷劈火烧,
永世当牛做马。"

帕那罗延那听后回答说:
"听着,细哈恭拔,
有关金纳丽大公主的事,
你必须向帕雅乌东板道歉。"

帕那罗延那说完后,
细哈恭拔频频点头称是,
他按照帕那罗延那的意思,
忙向巴罗和他老丈人请罪。

接着他又向帕那罗延那请罪,
又向帕雅因等众王叩拜,
他们还把带来的谢罪礼物,
共十八亿财物敬献给巴罗。

细哈恭拔请罪后说道:
"奴的最有声誉的大君王,
奴恳请大君王们,
去看看我们的勐吧!"

帕那罗延那和帕雅因听了请求,
就对细哈恭拔说:
"好的,我们接受你的邀请,
我们有时间都会去的。"

细哈恭拔向众王告别,
灰溜溜回到自己的勐里,

他变化出八座宫殿,
准备迎候帕那罗延那大驾。

八座宫殿耸立在那里,
座座都雄伟壮观,
每座宫殿宽一百庹,
里面都非常漂亮宽敞。

他又在每一座宫殿里,
摆放好宝座和食物,
还有各种日常用品,
准备迎接到来的客人。

帕那罗延那接受对方邀请,
告知所有的帕雅同行,
叫大家到勐韦扎团游玩,
游览嘎拉给里巴拔达山顶风光。

细哈恭拔迎接了众神王,
把众王迎进王宫里的宝座上,
宝座上铺垫好蒲团,
坐垫念过咒施过法很松软。

待贵宾坐定之后,
细哈恭拔说:
"奴请求与大君王结下王者之交,
与勐乌东板的帕雅乌东板做朋友。"

帕那罗延那就说:
"细哈恭拔啊,
勐乌东板和勐韦扎团是近邻,
两地确实应友好交往。

"你们今后应该经常往来,
让两个勐像一个勐一样,
从今天起你们的隔阂要彻底消除,
彼此之间不再发生不愉快的事情。"

这时帕那罗延那生出怜悯之心，
他口念着咒语向宫外吹出去，
神咒变成一阵风飘向远方，
使韦扎团死去的将士全部复活。

细哈恭拔万分感激，
他对帕那罗延那行跪合十礼说：
"美丽的花朵在春天开放，
小奴感激大王的大恩大德！

无比宽广的地域也有边界，
两个大勐之间要搭起金桥，
两个勐要订下条约，
两个勐要成为友好邻邦。"

帕那罗延那写了友好合约，
叫人用两块白玉石板刻上碑文，
一块埋在勐乌东板，
一块埋在勐韦扎团。

细哈恭拔非常感谢众神王，
崇拜帕那罗延那和帕雅因，
尽心款待众神王，
痛痛快快地游玩了十一天。

临别时韦扎团民众倾城而出，
敲锣打鼓热情欢送，
欢送众王离开勐韦扎团，
欢送贵宾返回勐乌东板。

自从那一次的走访开始，
两国建立起亲密的友谊，
随着互相往来次数增多，
两国之间友谊又有新发展。

按照帕那罗延那的主意，
让两勐年轻人联姻结亲家，

他在勐乌东板挑选七位美女，
七位美女在六万位帕雅的公主中挑选。

挑选七位金纳丽公主的目的，
是去做帕韦扎团的七个王子妃，
两勐成为亲家有了实质的进展，
不愉快的事情就烟消云散。

众王回到勐乌东板之后，
神王们又在那里游玩了十一天，
帕那罗延那和帕雅因感到非常满意，
向帕雅乌东板和六万位帕雅告别。

帕那罗延那看时候不早，
就叫来巴罗和昆代，
把仙鞋和神马交给两兄弟，
要他们今后治理好两个国家。

兄弟俩告别了岳父母，
带着两位金纳丽公主，
还有两千七百名宫女，
骑上神马返回勐邦果。

勐邦果的帕雅和臣官，
都出来迎接巴罗兄妹三人，
勐邦果的百姓，
还为金纳丽公主建盖了寝宫。

办完巴罗和昆代的事情，
帕雅因和梵天神们，
告别勐邦果的所有帕雅，
回到各自的天界里去。

听吧，
芳香传遍山沟的妹妹啊，
现在哥要把故事继续讲述，
讲述帕巴罗回勐邦果的故事。

帕巴罗回到勐邦果之后，
就下令建盖六间赊阁①，
四道城门旁边各置一间，
另一间赊阁建在城中央。

还有一间建在王宫的院门旁，
六间赊阁建好之后，
巴罗开始施舍布施，
给穷苦人带去生存的希望。

---

①赊阁：做布施的亭榭。

第十七章

腊西修行遇乌莎

帕板收养干女儿

在勐迦湿国，
有一个非常富有的富翁，
他的名字叫韦术塔，
他的故事耐人追寻。

他有一位美丽的妻子，
他视妻子为宝贝心肝，
他同妻子形影不离，
妻子时刻不离他身旁。

不料妻子患病久治不愈，
四个儿子也很悲伤，
后来妻子离开人世，
留下丈夫和四个儿子。

妻子死后他很痛苦，
再多的财富无法替换死去的妻子，
他为此痛哭了好儿天，
伤心的泪水已经哭干。

他无法忘记结发妻子，
他也想到重新娶妻续弦，
按照他的家庭和财富，
再娶妻子不会困难。

可是他心里又反复想，
怕娶着坏女人，
担心后妻虐待孩子，
给家里生活带来麻烦。

想来想去他放弃续弦念头，
他在为孩子着想，

他要克服悲痛，
好好把四个孩子抚养。

好不容易把四个儿子养大，
长大到可以结婚的年龄，
儿子长大要成家立业，
富翁忙于为儿子找婆娘。

他找来四个美丽的少女，
他们一见面就相互爱上，
父亲就为他们举行婚礼，
夫妻生活过得很美满。

他已把四个孩子养大成人，
让已故的妻子在天堂里放心，
接着他把财产分成五份，
每个儿子分给一份财产。

他分财产时公平合理，
不偏不倚每个人都一样，
财产中包括布匹牛马，
还有众多的大象。

他把另一份财产用来救济穷人，
孩子们都劝父亲别这样，
可是他的决心已定，
孩子们的劝说没使他回心转意。

其实儿子对父亲并不理解，
富翁另有自己主意，
他不留恋自己的钱财，
他想出家当帕腊西。

他把必需品带上之后，
便悄悄地离开家乡。
他独自一人离去，
走进没有人烟的森林。

他走进林海已有二十天，
总是找不到理想的地方，
既没有想象中的神树，
也没有可安心修行的神山。

此时的神王帕雅因，
他巡视世界朝下望；
他看到孤独一人的富翁，
他决定要帮他的忙。

帕雅因下到地面上，
暗中给他引导方向，
富翁身不由己跟神王走，
平安到达了雪山林。

在那里有一幢僧房，
像专门为他安排一样，
四周环境很优美，
僧房也建得很漂亮。

僧房干干净净，
路边有活动场，
他既可以在僧房里念经，
也可以在活动场休息。

帕雅因想得很周全，
他还变了座金湖在僧房旁，
湖里长着金莲花，
金湖秀丽又宽广。

凡是家乡有的瓜果，
雪山林应有尽有，
森林茂密绿茵如盖，
雨水充足气候凉爽。

僧房边还有一口水井，
井水清澈如镜子一般，

看到如此美好的环境，
富翁觉得心满意足。

帕雅因为了富翁的安全，
把野兽赶到很远的地方，
经过神王的精心安排，
修行的环境非常理想。

在僧房的门上方，
写着一句告示：
"此乃佛门修行圣地，
专供佛家弟子当帕腊西。"

在这幢僧房里面啊，
佛家用品样样齐备，
帕雅因安排好后，
就飞回天堂。

韦术塔走进僧房，
他已精疲力尽，
他在林海中已走一个多月，
看到僧房如同进了天堂。

他认为自己有福气，
福气源于有好心肠，
不贪图个人享受，
遇事多为别人着想。

韦术塔高声呼唤，
却不见有人回答，
韦术塔对此不得其解，
猜想帕腊西也许外出游玩。

他坐在门口休息片刻，
才发现僧房门上的告示，
告示下方堆放不少物品，
印证了他的猜想。

能得到天神的救助，
是前世行善今生得好报，
这是值得庆幸的大好事，
他为此欣慰心安。

他于是跪下向天祈祷，
而后认真打扫僧房，
他对照《佛本生经》，
每天早晚认真诵念。

他每天以野生瓜果，
作为生活的主要食粮，
把佛经戒律，
作为自己的行为规范。

五戒八戒不离脑子，
每天双掌合十，
朗朗上口念经书，
一心一意不染杂念。

富翁正式剃度做了帕腊西，
从此以后他全心全意悟道，
身体觉得同以前不一样，
摆脱了做人的许多烦恼。

听吧，天仙下凡的妹妹啊，
哥要把后面的故事唱下去，
要把复杂的故事理出头绪，
哥要讲述嫡乌莎投生下凡。

在那时的梵天上，
帕那罗延那正在奔忙，
他带着一位美貌的仙女，
到了天庭王宫交给帕雅因神王。

请他把这位仙女带到人世间，
到韦术塔僧房旁的大湖里，

再变出一座金塔楼和一朵金莲花，
然后把这位梵天女神放进去。

帕雅因来到雪山林，
降落到僧房旁的大湖上，
他变出一座精美的金塔楼，
把仙女和所有物品放进塔楼里。

金塔楼宽约三庹，
建造得富丽堂皇，
湖面上开满莲花，
散发出阵阵清香。

帕雅因把一切都处理好之后，
就交代这位梵天女神说：
"请记住，梵天女神啊！
你就在这里侍奉韦术塔腊西。

"其实你同腊西是父女关系，
你的安全不用忧虑，
我每天都会暗中保护你，
直到实现我和帕那罗延那的心愿。

"将来你会得到一位丈夫，
英俊美貌非常杰出，
你也将会因此而积下福德，
为你自己营造出美好未来。"

帕雅因交代完之后，
就回到忉利天仙界，
仙女遵照神王意思，
走进一朵莲花之中。

就在帕雅因离开之后，
韦术塔腊西做了一个梦，
他梦见有一朵金莲花，
里面有一位美丽仙女。

他梦见有一座金塔楼从天而降，
落在自己僧房旁的大湖中，
当他从梦中醒来之后，
梦境历历在目久久不散。

第二天他如常去湖中游泳，
湖面传来女孩的呼声，
呼声发自一朵大莲花，
原来是梵天女神的呼喊。

韦术塔腊西听到女孩的呼叫声，
才想起自己昨夜所做的梦境，
心想呼叫声可能同梦境有关，
于是他就赶快过去查看。

韦术塔腊西去到大湖边，
看见有一朵美丽的大莲花，
莲花里有一位小姑娘，
她正是那位梵天女神。

这个小梵天女神容貌极美，
身上闪烁着金子般耀眼的光芒，
光芒四射照亮了宽广的湖面，
身上还散发出一股宜人清香。

那芬芳的香味飘溢出去，
使得雪山林里空气变样，
所有的地方都能够闻到，
都充满这种淡淡的清香。

韦术塔腊西觉得纳闷，
向小姑娘问道：
"请问小姑娘啊，
你为何会出现在这里？"

少女听了帕腊西的话，
觉得他的心眼不坏，

她向他行合十礼，
并回答帕腊西的疑问。

韦术塔听了少女的话，
暗暗高兴心情舒畅；
说自己正是韦术塔腊西，
要求姑娘跟他回僧房。

前世的父女终于团聚，
帕腊西的生活不用自理，
小女每天给父亲端水洗漱，
给他做香喷喷的饭菜。

她陪伴父亲修炼，
生活枯燥但不觉得寂寞，
没有人跟她交谈聊天，
她就一人到密林里唱山歌。

她边采野果边歌唱，
日子过得轻松舒畅，
她的歌声唤醒了沉睡大地，
她的歌声使山坡野花烂漫。

她在雪山林住了三年，
陪伴父亲度过美妙时光，
她的孝道感人肺腑，
她给人们树立了好榜样。

乌莎甜美的歌声啊，
如同山泉水淙淙流淌，
给干渴的禾苗注入甘露，
使山野充满了生机。

她不仅仅只是唱歌，
还把佛经故事讲给妖怪听，
她用佛祖经书教义，
引导妖怪们走正道。

她要妖怪们尊重佛祖，
要保护修炼的帕腊西，
因为帕腊西是佛门弟子，
出家人都心地善良。

她还用五戒八戒教育妖怪，
要它们学好不要学坏，
贪心和抢劫都不允许，
手高眼低论输赢也是坏习惯。

行善积德死后上天堂，
终生享福无忧无烦，
作恶多端会进油锅，
被煎熬十万年长。

这位美丽的乌莎姑娘，
她身上的香味充满魅力，
她说话温柔感人至深，
妖怪们对她崇敬无比。

此时的帕雅因见时机已到，
就施法注入韦术塔的心里，
使他开始考虑女儿的婚事，
以便实现神王的宏大计划。

把嫡乌莎仙女送到勐迦湿，
献给帕板捧麻典做干女儿，
这是神王的第二步计划，
让乌莎促使某些仇怨激化。

于是韦术塔开始操心女儿的婚事，
男大当婚女大当嫁，
女儿姿色如此美丽出众，
生活在森林里与世隔绝太孤单。

为了找到称心如意的女婿，
他对女儿的八字精心推算，

他认为女儿婚事不同一般，
用拉神弓定终身是最佳方案。

可是生活在深山老林里，
与世隔绝连人影也不见，
这样的地方去找谁拉神弓，
这样的地方去哪里找对象？

韦术塔经过深思熟虑，
决定到勐迦湿找国王，
他想让女儿当国王养女，
此举完全为她前途着想。

他向女儿讲了这件事，
用和蔼语气谈了自己的主张，
女儿理解父亲的心意，
她由衷感激心潮荡漾。

韦术塔听了女儿的回话，
也了解了女儿的心思，
为了她今后的幸福，
他决定去找国王。

他动身前往勐迦湿王城，
拜见了帕板捧麻典国王，
国王见到帕腊西光临，
询问大师此行的来意。

帕腊西把来意细说，
故意把前世女儿说成干女儿，
希望国王能理解他的心意，
让这朵鲜花开得更灿烂。

帕板捧麻典感谢大师，
对大师的信任心存感激，
他叫王后准备好饭菜，
请大师同他一起用膳。

王后亲自端来热水，
给大师漱口洗脸，
接着端来仙人的食物，
热情款待大师。

韦术塔吃饱喝足洗了手，
告别国王和王后，
女儿的归宿已有着落，
他急急忙忙回到僧房。

他把女儿叫到跟前，
把此行的经过对她讲，
他说我俩前世虽是父女，
但这一关系对凡人只好不讲。

韦术塔接着拿出稀世宝物，
把用途向她一一介绍，
他还教她如何使用，
这些宝物作为她的嫁妆。

乌莎姑娘听从父亲的话，
心甘情愿服从安排，
她同意去当帕板的养女，
做好准备随时出发。

现在我还要续说乌莎的故事，
她是个神仙姑娘，
准备去当勐迦湿国王养女，
这件大事惊动四面八方。

国王传下圣旨给大臣，
向全勐通告这件大事情，
要让家喻户晓人人皆知，
要让男女老少官民同庆。

根据国王下达的旨意，
人们带上饮水和糯米饭，

他们将前往雪山林，
直奔帕腊西修行的地方。

雪山林路程非常遥远，
走路要一个月的时间，
为赶时间他们抄小路走，
穿密林过溪涧翻高山。

经过长途跋涉之后，
他们终于到达雪山林，
他们在森林边住下，
休整后再向林里进发。

此行沿途摆上许多花环，
摆上装满香水香物的小罐，
还有装满醇香果酒的酒坛，
还有煮好的米线和鱼酱。

人世间的这些大举动，
使得帕雅因宝座出现异样，
那原本柔软的宝座变得僵硬，
还突然变得炽热火烫。

帕雅因见状知道原因，
就派韦术甘麻天神下人间，
要他直接去到雪山林里，
变化出一条笔直宽敞的道路。

道路从雪山林的入口处开始，
一直延伸到腊西韦术塔的僧房，
雪山林道路十分难走，
这样一来减少许多麻烦。

本来需要走一个月的路，
因天神开路缩短为三天，
帕板捧麻典的队伍顺利前行，
来到帕腊西的僧房旁。

第二天一早来到僧房，
国王拜见帕腊西，
他手捧金蜡条和鲜花，
带着手下的文武百官。

帕腊西大师请国王入房，
落座在金色的坐垫上，
周围布满哨兵，
宾主一见面互相寒暄。

后来国王见到大师养女，
乌莎姑娘向国王作揖请安，
她样子美丽秀气而又腼腆，
国王高兴得双眉弯成月牙。

乌莎谈论森林里的生活，
也讲述腊西修炼的情况，
还讲起妖魔鬼怪的光临，
姑娘滔滔不绝非常健谈。

国王和大臣们向大师致谢，
感谢他的热情款待，
感谢他的美好祝福，
感谢他送给国王美丽姑娘。

让她到勐迦湿去做公主，
做国王的干女儿摆脱孤单，
住进王宫宽敞舒适的塔楼，
接受千百万臣民的景仰。

帕腊西欣然答应请求，
因为此事本不需要商量，
帕腊西接下圣盘礼物，
把临别的话儿对爱女讲：

"我至爱的女儿啊，
你今后将离开父亲身旁，

临别时为父有一些话，
希望你能牢记心上。

"你暂不可与男人接触，
不许过早嫁人做新娘，
如果哪个勐的王子有缘，
自然会找上门缔结良缘。

"你的身边有一把神弓，
还有它的利箭与你做伴，
它会给你找来好情郎，
跟你一辈子成对成双。

"要是哪位小伙子有本事，
就能拉动这神弓，
这说明他有这份福气，
配得上当你心爱的情郎。

"这条规定请女儿记住，
也请在座的贵客监管，
不可轻易放弃这个原则，
终身大事与命运相关。"

大家听了帕腊西的交代，
心情激动感慨万千，
大家认为帕腊西的话有道理，
表示一定牢牢记在心间。

乌莎是个好姑娘，
她长得秀气样子端庄，
她对人很有礼貌，
国王和大臣们都喜欢。

我们再把思路回转，
讲国王准备起程返乡，
他召见首辅大臣，
安排回程的各种事项。

返程事项准备就绪，
国王行合十礼，
他向大师依依惜别，
再一次向大师诉衷肠。

经过三天三夜的行程，
大队人马回到王城广场，
乌莎公主走下金塔楼，
巨象站立在那里不动弹。

善良热情的天神帕雅因，
化作彩云飞临王城广场，
帮助乌莎安放好金塔楼，
摆放在王城最显眼的地方。

塔楼是天神所赠予，
是乌莎居住的楼房，
金塔楼光芒四射，
富丽堂皇非常壮观。

随后到达的帕板捧麻典王，
见到漂亮金塔楼赞叹不已，
成千上万的人议论纷纷，
都说姑娘是仙女下凡。

到了第二天天刚发亮，
帕雅因又出现在天上，
他轻轻吹了一口仙气，
金雨点突然从天而降。

金雨点形状不一样，
有圆有扁有长有块状，
降了金雨又降银雨，
接着又降珍珠翡翠。

勐迦湿王城的地上，
布满金银珠宝，

拾到金银珠宝的王城人，
齐声盛赞乌莎姑娘。

公主给人们带来财富，
人们对她感恩不尽，
公主给人们带来幸福，
她在人们心中树起美好形象。

每天都有成千上万的人，
慕名前来金塔楼参观，
亲眼目睹这位绝世仙女，
观赏天上掉下来的宝贝。

凡是见过乌莎的人，
都为她的美貌而倾倒，
凡是闻到她的体香的人，
都为之陶醉神志飘然。

帕板捧麻典国王欣喜若狂，
为有这样的干女儿而自豪，
他要为女儿举行隆重拴线仪式，
把这一幸福同世人一块分享。

拴线仪式在金塔楼举行，
派来五百个宫女供她使唤；
在庄严隆重的拴线仪式上，
长者祝她万事顺心如意吉祥。

第十八章

王子提亲试神弓

巴罗逐鹿遇乌莎

傣族英雄史诗

乌莎巴罗

ပ္လ္ꩦ ဗီ ၁႓   ꩫၥꩻဓပုတ္တ႗ꩻꩦ္ꩡꩻကꩰꩼ႓လꩦ္ꩻ꩒ꩻ॥

ပဠꩡ္ꩻလꩦꩻꩀꩩꩻꩡꩤꩦꩻꩥꩩꩻꩡꩤ

现在我要顺着故事脉络，
讲述婻乌莎仙女的婚姻大事，
讲述众多向婻乌莎求婚的人，
究竟谁能获胜还要看缘分。

第一个登场的是捧马典拉扎，
他是勐巴拉纳西国国王，
他有许多动人的故事，
他的故事已广为流传。

他刚满十六岁的王子，
至今未找到如意的姑娘，
国王为此吃饭乏味，
王后为此长夜难眠。

王儿的名字叫做曼达嗒，
在百姓眼中他是个好儿郎，
国王盼望能早日抱孙子，
他为此整天急得团团转。

他派出很多大臣走村串寨，
为王子的婚事四处寻访，
有一天终于传来喜讯，
他急忙把王子叫到跟前：

"听说勐迦湿国王有个干女儿，
是一个相貌出众的美丽姑娘，
姑娘的名字叫做婻乌莎，
她像一朵金莲花散发诱人芳香。

"这位美丽盖世的姑娘，
是当王子妃的合适人选，

应该把她娶过来当儿媳，
不知王儿对此有何想法？"

父王旨意至高无上，
身为王儿当然不敢违抗，
曼达嗒听后自然遵从，
捧马典拉扎立刻传令臣官。

大臣们赶紧来到王宫，
捧马典拉扎对各位大臣讲，
他要大臣到勐迦湿去提亲，
迅速行事不可拖延。

队伍到达勐迦湿王城，
未及休息便进入王宫，
帕板捧麻典接见了来宾，
一副热情客气模样。

"本王非常欢迎各位客官，
感谢勐巴拉西纳国王；
至于我女儿的婚姻大事，
当父母的不能自作主张。

"她身边有一把神弓弩，
提亲先经受神弓考验，
如果能拉动这把弓弩，
说明他有福分当新郎官。

"你们带来那么多礼品，
我也不能把女儿作交换，
请各位客官细心斟酌，
把意思回报你们国王。"

勐巴拉纳西方面的大臣，
听了国王的话不敢久留，
他们立即起程赶回国内，
把提亲的经过禀告国王。

捧马典拉扎国王听完汇报，
顿时高兴得蹦高三尺，
他不知神弓的威力，
以为这是小事一桩。

捧马典拉扎叫来王子，
把自己的意思向他讲，
他鼓励王子要有信心，
一定把美女带回家乡。

王子听了父王的话，
把胸脯拍得当当响，
他说话的口气特别大，
令国王乐得热泪盈眶：

"王儿感激父王好意，
拉弓的事是小事一桩，
别说一把小小的弓，
就是一百把也不在话下。"

虽说国王也讲大话，
毕竟是个有阅历的国王，
他听了儿子这么一说，
反倒觉得不那么简单：

"王儿对此事千万不可大意，
别人不想和我们联姻自有道理，
如果没有那缘分就不行，
这些问题我们要充分考虑。

"我倒有一个想法，
暗地里去碰运气，
到时如果拉不动神弓，
不至于丢面子自找没趣。

这件事就这样放下，
从此再也没人提起，

按照国王的意见，
渐渐把姑娘忘记。

后来还有一个小勐，
名字叫做勐曼答兰，
这个小国也有个王子，
也已到了婚娶年纪。

他们几个王家子弟，
商量着想去碰碰运气，
婻乌莎已远近闻名，
小伙子都仰慕这个美女。

他们找到悬挂神弓的地方，
几个人围在一块对神弓细看，
他们看不出有何稀奇，
认为这把神弓也十分平常。

于是他们动手拉弓，
使出了吃奶的力气，
有的拉得脸红耳赤，
有的拉得直喘粗气。

没有人能把弓弦拉动，
尽管费了九牛二虎之力，
他们只好悄悄离开，
返回各自的家乡。

不久这消息传开，
传到十六个国家王宫，
那十六个国家的王族子弟，
也不服气纷纷前来尝试。

他们陆续来到勐迦湿，
结果全是神弓的手下败将，
婻乌莎与神弓的故事越传越神，
一时间沸沸扬扬。

听吧，现在哥要继续唱，
哥要唱佛祖的前世巴罗，
他有福分当上大国王，
在院子里追金鹿的故事。

如今各勐的王子都试过，
唯有勐邦果的国王未曾拉弓，
他还没有到过勐迦湿，
他从未见过乌莎姑娘。

这位国王就是帕巴罗，
他与乌莎同为神仙下凡，
他也从来不食人间烟火，
他的生活习惯同神仙一般。

帕雅因是个有心人，
他给巴罗作安排，
他派天神到勐邦果，
暗地里把好事成全。

天神变成一只受伤金鹿，
走起路一拐一歪很艰难，
这鹿的两角全是金色，
闪闪发光非常耀眼。

金鹿来到勐邦果王城里，
在王宫花园里东跑西窜，
福星高照的帕巴罗啊，
这时正在花园里散步。

他带着几位如花似玉的仙妻，
还有一大群宫女围在身旁，
他们在花园里欣赏美景，
笑声朗朗兴致盎然。

就在他们兴高采烈的时候，
那只受伤金鹿走到跟前，

金鹿像在寻食野果不慌不忙，
那对金鹿角非常漂亮。

当他们看到金鹿腿部，
才发现它已经受伤，
巴罗动了恻隐之心，
想为它治疗养伤。

他于是告诉几位仙妻，
要她们先回仙宫楼房，
他要去追捕金鹿，
把它带回来养伤。

妻子们听从帕巴罗旨意，
先回仙宫楼房，
待妻子们离开花园，
巴罗骑上骏马把金鹿追赶。

他想活捉这只金鹿，
没有用弓箭和刀枪，
他不愿伤害生灵，
不能让受伤金鹿雪上加霜。

那金鹿虽然腿部受伤，
可奔跑起来并不慢，
尽管巴罗拼命追赶，
始终没能靠近它身旁。

金鹿把他引到勐迦湿，
这时太阳已经下山，
突然金鹿消失在暮色中，
它的踪影再也看不见。

巴罗搜遍所有丛林，
找遍所有的山冈，
始终不见金鹿的足迹，
他突然感到茫然。

巴罗感到奇怪和惋惜，
他脑子里产生联想，
心里暗自思忖，
才发现事情不简单。

帕巴罗抬头远望，
看到一座十二层塔楼，
这塔楼像十二截脖子，
如同仙妻住的金塔楼。

当他再仔细看的时候，
东方已经开始发亮，
一轮红日冉冉升起，
宽阔的坝子洒满阳光。

他静下心来慢慢回想，
回忆昨晚经过的情况，
他糊里糊涂来到这座王城，
醒来时已见到黎明的曙光。

他于是称这王城为黎明之城，
是那只金鹿把他引到这地方，
他喜欢这块美丽的土地，
他感谢金鹿帮忙领路。

他潜伏到塔楼下，
见到塔楼里的乌莎姑娘，
她独自一人坐在塔楼里，
容貌美丽举止端庄。

乌莎的美艳让人窒息，
巴罗内心如翻滚的波浪，
他忘记了自己的身份，
悄悄地小声呼唤姑娘：

"美丽迷人的小妹妹啊，
你像人的眼珠子一样，

阿哥从来没有到过这里，
我能不能询问妹妹的情况？

"莫非妹妹已经有情人，
只是暂时一人守空房？
哥哥只敢小声询问你，
能否请你把心事对我讲。"

美丽的嫱乌莎姑娘，
早已闻到巴罗的芳香，
她意识到巴罗是个仙人，
就用温柔的语气呼唤：

"亲爱的哥哥啊，
妹妹的小花朵刚开放，
要想闯进塔楼的人不少，
他们都缺乏胆量。

"我这里有重兵把守，
没有本事的人上不来，
我这里没留下男人脚印，
想进来比上天还难。

"莫非阿哥是帕雅因天王，
莫非阿哥从天而降，
莫非阿哥是金翅鸟王出来捕龙，
莫非阿哥是海龙王出来游玩？

"阿哥到这里想干什么，
请你坦诚对我讲，
免得妹妹乱猜疑，
免得妹妹结愁肠。"

巴罗听了姑娘一席话，
顿时疑云散去心头亮，
他用最美好的语言，
送给眼前美丽的姑娘：

"缅桂花般的妹妹啊，
你是世上最美的姑娘，
阿哥在楼下看了好久，
才下决心向妹妹开腔。

"也许你我之间有缘分，
也许我俩应结对成双，
你的塔楼没有进过小伙子，
我很想同你共枕同床。"

这时的婧乌莎姑娘，
心里有头小鹿跳个没完，
她开口回答巴罗提问，
脸上红得像熟透的槟榔。

她羞答答地向他开腔；
向巴罗介绍自己身世，
说她是帕韦术塔的前世女儿，
现在是国王的干女儿。

帕巴罗听后接着讲，
把逐鹿经过说端详；
还介绍了外公名字，
说明自己也是神仙下凡。

乌莎用情话挑逗巴罗说：
"被乌云遮住的月亮啊，
当乌云散开后才看得见，
被群星拥抱显得更明亮。

妹妹像一只丑陋的乌鸦，
却梦想与金凤凰结成双，
如果哥不嫌妹妹长得丑，
那就请哥哥走到妹妹跟前。

妹已闻到阿哥的芳香，
如同置身花海一般，

请阿哥快进屋里坐，
让阿妹把哥哥好好看看。"

两人的想法不谋而合，
英俊的巴罗也是那样想，
也非常想亲近乌莎公主，
他轻轻一跃就上了楼房。

或许乌莎看出巴罗心事，
但又必须把丑话说在前，
她想到父亲拉神弓的条件，
心里忐忑不安。

我虽然很爱巴罗王子，
但父亲的要求不能违反，
巴罗如果也拉不动神弓，
说明我与巴罗没有姻缘。

乌莎想到这里冷静下来，
她知道自己应该怎么做，
她必须让巴罗先试拉神弓，
他如果拉得动神弓就订终身。

这时巴罗已明白她的意思，
知道这位仙女同自己有缘，
因为她也有同样的芳香体气，
也许是上苍有意来帮他的忙。

他一跃下楼去塔楼旁摘下神弓，
提着神弓回到乌莎身旁，
巴罗站在乌莎的面前，
轻轻松松就把弓弦拉满。

婧乌莎看到巴罗拉动神弓，
认定巴罗就是情郎，
婧乌莎心里暗自高兴，
这个女婿父王定会喜欢。

既然符合招婿的条件，
乌莎完全打消了顾虑，
拉动神弓好比订了终身，
爱情的烈火从此点燃。

她拿出柔软的坐垫，
让巴罗坐下，
还拿出名贵仙食，
招待巴罗用膳。

他俩互递眼神，
互相喂吃槟榔，
美丽热情的少女，
闯进了巴罗心坎。

他对婻乌莎仙女说，
妹妹像天上的月亮，
婻乌莎对帕巴罗说，
哥哥像天上的太阳。

她抑制不住心中激动，
起身移步到他的身旁，
他情不自禁伸开双臂，
把她紧紧搂在怀里。

圆圆的月亮挂在天上，
美景触动乌莎姑娘，
她微笑着看着巴罗，
向他倾诉心底的向往：

"今晚是正月十五月正圆，
福气让你我享受这美好时光，
我们要好好地欢乐，
尽情地将甜蜜品尝。

"妹妹从心底里喜欢阿哥，
妹妹想同阿哥相依相伴，

妹妹同阿哥生死不分离，
妹妹把这美好福分祈盼。

"阿哥啊妹妹心上的宝石，
不知你的光芒能否照在我身上，
让我俩能天天厮守在一起，
不分白天黑夜陪伴在你身旁。"

英俊强壮的巴罗，
全身心听乌莎诉衷肠，
他的双手紧紧搂着她，
激动地对姑娘讲：

"亲爱的妹妹啊，
你是我的宝贝心肝，
我对你一见钟情，
我对你的爱说不完。

"也许我俩前世有缘分，
前世的缘分永远割不断，
此时此刻我俩来团聚，
这是命运安排上天的主张。

"我们应该听从命运安排，
缘分不会把你我分散，
我们将永远在一起，
实现前世结下的姻缘。"

两人相亲相爱情意绵绵，
尽情享受爱情的欢乐和甘甜，
不知不觉间已经过去一个月，
两人还觉得在一起时间太短。

第十九章

帕板王棒打鸳鸯
巴罗乌莎遇麻烦

လူ ဝိ ၁၉ ကြစုတ္တ်ကဖ္ဍ်လ္�100�100

ဥဿ၁ပၵ္ဍ်ကၥုခၥံငဲ၀

听吧，现在哥要继续歌唱，
歌唱嫡乌莎和帕巴罗的故事，
乌莎和巴罗虽然倾心相爱，
但要成为夫妻还不那么容易。

下面我把故事继续讲，
讲他们甜蜜过后遇到的麻烦，
勐邦果和勐迦湿都是泱泱大国，
如果不和睦必将引发祸殃。

他俩在一起过得很幸福，
早把服侍的宫女遗忘，
其实宫女早已发觉他俩私情，
都看到他们非常恩爱。

宫女们看到帕巴罗如此英俊，
正好匹配嫡乌莎姑娘，
他俩是天生的一对，
大家都不去妨碍。

这消息只能暂时保密，
却不能保得住日久天长，
有一天王子来找妹妹，
宫女们只好如实禀报。

乌莎的哥哥农板王子，
听到禀报心里不慌张，
他上到十二层塔楼，
想去弄清事情真相。

农板悄悄登上塔楼，
亲眼看到他俩卿卿我我，

正在一块谈情说爱，
证实宫女们没有说谎。

农板王子走进房里，
向巴罗询问情况，
对他俩表示同情，
俨然一副兄长模样：

"两个亲爱的弟妹啊，
你们两个真是好搭档，
巴罗是英俊小伙子，
小妹美丽又端庄。"

乌莎见王兄走进来，
担心他有什么想法，
急忙向哥哥来解释，
以免哥哥乱猜想：

"巴罗哥非常有才干，
他已经轻松将神弓拉开，
若不信可以让他再拉拉看，
这种事妹妹没有说谎。"

其实农板已心中有数，
相信妹妹不是轻浮姑娘，
就向她摆手表示不用试，
看得出他喜欢这个妹夫：

"你们两个都不是人间俗人，
同是天上的神仙下凡，
你俩结为夫妻是前世姻缘，
我双手赞成不必惊慌。

"不过我想询问巴罗兄弟，
不知你家住在什么地方，
你家里还有什么人？
请不必隐瞒直说无妨。"

听了农板王子的询问，
巴罗知道农板心地善良，
他正想开口回答农板，
嫡乌莎抢先向哥哥介绍。

农板听了妹妹的话，
心里更加清楚亮堂，
妹妹找到如意郎君，
哥哥当然也喜欢：

"不过有一事我得提醒，
这件事应该禀报父王，
表明你俩真心相爱，
父王同意一切才好办。"

王子农板表明心意，
走出妹妹的金色塔楼，
知道妹妹找到好情人，
离开时心情好爽朗。

乌莎听完哥哥一席话，
就带巴罗去见父王，
两个人向帕板王施礼，
乌莎把心事说端详。

此时帕板王的儿子，
也站在父亲的身旁，
他诚心成全妹妹婚事，
也在一边为妹妹帮腔。

帕板捧麻典听了王儿的话，
对小伙子从心底里喜欢，
但择婿原来定下了规矩，
任何人都不能违抗：

农板也懂这个规矩，
娶他妹妹要先把神弓拉开，

但他竭力为巴罗说情，
因为他对巴罗有好印象：

"王儿已拿弓给他试过，
他很轻松地拉动弓弦，
王儿认为这小伙子不错，
就把他留下没禀报父王。"

嫡乌莎也连连点头，
表示哥哥并没有说谎，
其实农板已听她说过，
他相信巴罗真有力量。

帕板捧麻典听了这番话，
心里暗自在思量：
"究竟这小伙子有多大能耐，
令王儿对他如此信任赞赏？"

帕板于是把巴罗叫上来，
亲自向他询问：
"你能轻松拉动弓弦吗，
你敢不敢当面拉给我看？"

巴罗的回答满不在乎：
"尊贵的大王啊，
这把神弓不够我玩，
拉动弓弦是小事一桩。"

帕板捧麻典听他这么一说，
就让人把乌莎的神弓拿来，
只见巴罗轻松上了弦，
像弹棉花似的把弓弦拉响。

在场的人看后都伸出舌头，
认为这小伙子实在不简单，
他拉神弓一点不费力气，
一人的力气赛过三千名大汉。

国王又将自用的弓拿出来，
这是老祖宗留下的家传宝器，
国王把它摆在巴罗面前，
要他当场表演给众人看。

只见巴罗轻轻拉起，
样子一点也不紧张，
好像女孩子转动纺车轮子，
他不费吹灰之力就拉满弓弦。

帕板捧麻典看后心里吃惊：
"至今没有人能战胜我，
这小伙子究竟哪来的力量，
日后会不会给我带来麻烦？"

帕板捧麻典国王，
面对巴罗坐立不安，
此时他想的不是选女婿，
而是如何保住江山。

巴罗没有考虑这一点，
他想的是娶乌莎姑娘，
他们俩跪在国王面前，
双手合十请求结对成双。

帕板看到这情形，
心里感到很为难，
是否该同意这门亲事，
他考虑后慢悠悠地讲：

"既然你俩有这个愿望，
为父还得仔细思量，
婚姻大事非同儿戏，
我得考虑一段时间。

"你们等待我的消息，
到时候我自有主张，

该同意时我会批准，
决定权全在为父手上。"

两个年轻人于是拜别国王，
走出那金碧辉煌的殿堂，
他们要等待国王的消息，
就一道回到十二层金塔楼上。

他俩回到塔楼之后，
巴罗对嫡乌莎公主讲：
"乌莎妹妹呀，
哥有一种不祥预感。

"妹的父亲好像对哥生气，
因为哥来住了这么长时间，
哥还没有敬献礼品，
这个于情于理都无法圆场。

"所以哥哥准备回勐邦果，
向父王丙比桑禀明情况，
准备好丰厚聘礼和礼金，
还有大象马匹等礼品。

"再来把妹迎娶回去，
这样做才顺理成章，
哥和妹约定一个月时间，
一个月后哥一定回到妹身旁。"

嫡乌莎听了巴罗的话，
非常担忧地对巴罗讲：
"奴的巴罗哥呀，
哥所说的话顺理成章。

"可是妹妹心里有担忧，
万一哥回到勐邦果就变卦，
因为哥家里还有四位仙妻，
如果她们不让你走怎么办？

"奴心爱的巴罗哥呀，
要是哥欺骗妹不再回来，
妹独守空房无法度时光，
妹将悲伤而死亡。"

巴罗听后连忙回答说：
"乌莎妹妹啊，
哥的宝贝心肝，
哥哥绝对不是那种人。

"哥还要说服哥的四位妻子，
让她们与你像姐妹一样，
今后同妹妹你和睦相处，
绝不允许姐妹之间相残！"

嫡乌莎公主依然非常伤心，
她不想离开心爱的巴罗，
她紧紧搂住巴罗不停亲吻，
不知不觉太阳已经落山。

第二天早晨起床后，
巴罗就向乌莎告别说：
"哥心爱的妹妹呀，
哥确实应该返回家乡。

"哥的心肝宝贝呀，
妹就在这里等哥回来吧，
妹就想着哥没有走，
一直陪在妹妹你身旁。

"一个月时间没多久，
一个月后哥就会回来，
请妹妹等着哥哥，
请妹妹把心放宽。"

巴罗说完之后，
就骑上自己的神马，

向乌莎挥手跃入空中，
向着太阳升起的东方飞奔。

帕巴罗离开勐迦湿之后，
嫡乌莎公主整天躲在塔楼，
她十分伤心和痛苦，
每时每刻都在以泪洗面。

她每天都双手合十，
举至头顶向天祈祷：
"巴罗哥哥呀，妹的主，
你究竟什么时候才回来？

"妹找遍了寝宫的每一个角落，
可是哪里都见不到哥的身影，
妹每天都在思念都在盼望，
却不见哥回来睡在妹身旁。

"英俊美貌的巴罗哥呀，
你的容貌就如同金子一样，
英俊美貌的巴罗哥呀，
你就像那帕雅因神王！

"英俊美貌的巴罗哥呀，
妹一刻也不想离开你，
英俊美貌的巴罗哥呀，
你千万不可把妹遗忘。

"如果哥不再回来陪伴妹，
那妹妹我该怎么办？
妹就好比是一棵芒果树，
是鸟儿飞来吃果子的地方。

"鸟儿正叽叽喳喳地吃芒果，
却被猎人捉去吃光，
猎人把鸟捉去后，
丢下那熟透的芒果在树上。

"这就像妹在幽静处盼情人，
不见情人只有妹独自忧伤，
清清的河流本是玩耍的地方，
却只见河水干枯露出泥浆。

"我的情哥哥呀，
最英俊的帕巴罗，
连母马也会声声嘶鸣，
苦苦把伴侣呼唤。

"而听到嘶鸣的公马，
会狂奔过去亲热交欢，
不像妹妹我那么孤独，
离开情哥哥这样悲伤。

"就像芒果树上的两只斑鸠，
停歇在树枝上成对成双，
它们共享芒果的甘甜，
一块儿在树枝上相依相伴。

"突然来了一只鹞鹰，
抓走了那只雄斑鸠，
丢下雌斑鸠孤苦伶仃，
伤心哭泣苦苦呼唤。

"妹就像那只雌斑鸠，
思念情郎肝肠寸断，
期盼情哥哥快回来，
不要像雄斑鸠那样。

"每当太阳落山夜幕降临，
妹就到处寻找四下观望，
心想俊哥哥就要到妹房里，
妹就高兴得急忙打开窗。

"谁知妹妹每次把窗推开，
却始终不见妹妹的情郎，

每次开窗每次都是失望，
每次开窗每次都徒增悲伤。

"不见情哥妹妹胸闷得要爆炸，
只有伤心痛哭把哥哥呼唤，
再这样下去妹妹肯定会被拖垮，
到时满脸憔悴怎能见情郎？

"巴罗哥来采花把妹妹破了身，
可惜同睡后哥就去了远方，
哎呀呀妹妹实在痛苦啊，
被哥哥抛弃我该怎么办？

"你把小奴独自一人丢在这里，
去陪伴花朵般的仙女和金纳丽，
妹从早到晚都在把哥呼唤，
只盼巴罗哥快回到妹身旁。

"妹英俊的巴罗哥呀，
你现在到底在什么地方，
你可听到妹在呼唤你，
你要是听见就快回转。

"赶快回来陪伴妹妹，
妹妹我实在太孤单，
妹妹天天都在哭泣，
妹妹的泪水已快流干。"

听吧，金莲花般的姑娘，
像莲花盛开在湖面一样，
每当太阳落山的时候，
晚风吹来阵阵莲花的清香。

哥现在要继续歌唱，
让爱情之歌在林中回荡，
帕巴罗这位菩萨尊者，
因为出类拔萃艳福不断。

他告别了嫦乌莎公主后，
就骑着神马离开了劲迦湿，
他朝着太阳升起的东方飞行，
风驰电掣速度飞快。

才一会儿就离劲迦湿很远，
细算起来有三十由旬远，
帕巴罗突然停下了飞行，
他仿佛没有向前飞的力量。

他想起心爱的嫦乌莎，
失去了回家乡的方向，
他前面是一片大森林，
他于是朝下面观望。

看到林中有一个大湖，
湖水碧绿清澈明亮，
湖面宽大有一百庹，
是个洗澡游泳的好地方。

湖里生长着各种颜色的莲花，
有红莲、青莲和白莲，
还有各种各样花草，
鲜花散发出诱人芳香。

蜂儿采集着香甜的花蜜，
嗡嗡的叫声显得很欢畅，
湖边生长着各种各样的树木，
枝叶茂盛把大地遮挡。

有浓荫蔽天的大榕树，
还有枝繁叶茂的腊肠树，
柔软的垂柳如窈窕淑女，
笔直挺立的埋杨榀①很好看。

长蕊紫薇挂下繁花串串，
高大的攀枝花树非常壮观，
刺桐树的花像一束束红火苗，
厚皮柠檬垂挂枝头满树橙黄。

各种鲜花争奇斗艳，
各种果实随处可见，
绿油油的树叶遮天蔽日，
湖光山色令人流连忘返。

湖水清澈花草繁多的大湖，
也是鱼虾和鸟类栖息的地方，
大鸟不停啄吃着果实，
小鸟吸食花蜜如饮琼浆。

湖水是鱼虾的乐园，
森林是鸟类的天堂，
无数生灵聚集在这里，
繁衍生息地久天长。

他于是从空中降落，
走进这望不到头的林海，
他停在一棵大榕树下，
坐在五十庹高的树下休息。

在这片无边无际的森林里，
有一位容貌美丽的姑娘，
她的名字叫嫦桑迦，
她是这片森林里的女仙。

她的金塔楼就在树上面，
在这棵大榕树的树顶上，
嫦桑迦仙女见到帕巴罗，
他长得英俊又可爱。

---

①埋杨榀：傣语，一种树名。

她心里暗暗爱上了帕巴罗，
产生想与巴罗结合的欲望，
她迅速变出一间凉亭，
立在帕巴罗的正前方。

她在里面摆上仙食，
还有甘甜泉水可供解渴，
她理解旅人需要什么，
就去邀请帕巴罗。

帕巴罗受到仙女邀请，
走进那个漂亮的凉亭里，
痛痛快快享受过仙食后，
帕巴罗就想在凉亭里睡一觉。

帕巴罗稍微静下心来，
就想起了乌莎姑娘，
他不禁伤心落泪，
旁若无人地哭着说：

"哎哟喂，
哥思念的情人乌莎妹哟，
你可知哥为你痛苦忧伤，
你可知哥为你肝肠寸断！

"哥只要一进屋就哭着找你，
我的心肝宝贝你是否听见，
哥每天晚上都在思念你，
美丽俊俏的乌莎啊！

"你为什么还不来找哥哥，
哥想见到你望眼欲穿，
哥多么想能立即见到你，
同你搂抱在一起互诉衷肠。

"那林中的凤凰和其他鸟类，
它们的生活虽然很艰难，

但它们仍然鸣叫得清脆欢快，
因为它们成双成对相伴。

"哥好比那鱼儿游玩的河，
没有了鱼儿就只是空奔忙，
就像哥离开了美丽的妹妹，
独自到遥远的地方去一样。

"哥感到万分忧愁和痛苦，
心情烦乱地把妹呼唤，
离开母亲的伤心和痛苦，
也不如离开情人那样伤感。

"我们两个这样一分别，
哥的心里就只剩下迷惘，
哥对妹的苦苦思念，
就像帕雅因思念苏扎娜一般。

"哥离开乌莎妹妹到森林里，
在林中遇见了一位俏姑娘，
哥心中就想起了俊俏的你，
哥一想到妹就伤心得哭泣。

"哥的眼睛在把妹找寻，
妹却消失得无踪无影，
哥哥离开了乌莎妹，
如同小鸟离开了窝巢。

"哥哥离别了情妹妹，
所有的欢乐都全丢光，
金凤凰不会混在乌鸦群里玩，
俊男儿只希望同如意人相伴。

"我一个堂堂的男子汉，
却不能搂着心爱美人同床，
凤凰不会与别的鸟为伴，
只歇在林中将伴侣呼唤。

"它们总是陪在伴侣身边，
从不让伴侣离开自己身旁，
哥连树林里的小鸟都不如，
怎能称得上是个男子汉？

"哥有时听到羊儿呼唤伴侣，
动人的叫声回荡在崖顶上，
哥见不到妹心里非常挂念，
哥想妹想得泪流不断。

"伤心的泪水伴着哥，
为何哥还见不到妹妹脸庞，
乌莎妹妹呀哥哥的心肝，
你是否听得到哥对你呼唤？

"哥真是羡慕那些绿斑鸠，
成群成对停歇在树枝上，
哥羡慕斑鸠互相应答，
栖息在树枝上成对成双。

"哥的情人呀你在哪里？
哥找遍森林也不见妹的踪迹，
哥只看见喜鹊歇在枝头啼鸣，
互相寻觅声声呼唤。

"哥只看见树枝上的八哥，
卿卿我我互相爱抚成对成双，
哥只听见情人啊、情人啊的叫声，
那是长臂猿在呼唤①。

"每当听到这种呼叫声，
更加重了哥哥的忧伤，
哥不能没有你呀妹妹，
我俩已山盟海誓不离散。

"哥睡在树叶铺成的垫子上，
长夜难眠辗转反侧挨到天亮，
朦胧中见到妹妹陪伴在身边，
醒来见不到你眼前空空荡荡。

"哥为何见不到俊俏的好妹妹，
见不到妹妹哥肠子快要哭断，
就好比小鸟被妈妈留在窝里，
黑乌鸦飞过来把它叼去。

"也许是前世的罪孽来报应，
才使我不得不离开心爱的姑娘，
因为见不到你婀娜多姿的身影，
哥只能痛哭把心爱的妹妹呼唤。"

再说那位嫡桑迦仙女，
看见了英俊的帕巴罗，
见他一直哭着呼唤情人，
嫡桑迦仙女就向他问道：

"奴的帕巴罗哥呀，
英俊美貌的哥哥，
为何总是哭着呼唤情人，
为何如此伤心？

"你说你的情人非常美，
可是她究竟有多美呀，
难道说哥的那位情人，
比奴还美十倍二十倍？

"奴还真想见上她一面，
可惜妹没有福气见到她，
请哥哥你告诉妹妹我，
可否让奴见她一面？

---

① 长臂猿呼唤同伴发出的"唔喂、唔喂"的声音，正是傣语"情人啊、情人啊"的谐音。

"不过得有个条件，
让妹帮助哥消除痛苦，
等哥的痛苦消除之后，
妹再去打听寻找她吧！"

帕巴罗一听就心里明白，
嫡桑迦仙女已爱上自己，
他认为移情别恋不道德，
就平静地告诉嫡桑迦仙女：

"嫡桑迦仙女妹妹啊，
哥在勐迦湿已订下婚约，
要娶乌莎公主为妻，
我俩已有盟约不可改变。

"哥现在要回勐邦果，
去筹备聘礼求婚，
然后再去迎娶乌莎公主，
所以哥要抓紧时间回去。

"仙女妹妹呀，
哥哥确实很爱乌莎，
心里容不下其他女孩，
刚才的伤心你也看到。

"如果现在同妹妹上床，
哥哥就成了个薄情郎，
这样的男人不值得你爱，
希望妹妹能体谅我的心情。

"如果妹妹真喜欢哥哥，
我俩可以结拜为兄妹，
我俩今后可经常往来，
就像亲兄妹一样。

"哥实在很想念乌莎妹，
恨不得马上回到她身旁，

但不知乌莎妹妹怎么想，
是否也像哥哥一样牵心肠。

"如果乌莎妹不是这样，
哥的单相思就没有价值，
哥很想知道她在想什么，
真希望有人能告诉我。

"这就是哥现在真正的心情，
希望有个人去探听个究竟，
如果妹能帮哥去看看乌莎，
哥哥我对你万分感激。"

嫡桑迦仙女说：
"帕巴罗哥哥呀，
你确实有情又有义，
妹敬佩你五体投地。

"奴去给乌莎姐姐报信，
把哥哥的心情告诉她，
看乌莎姐姐怎么说，
我再回来告诉哥哥你。"

帕巴罗回答说：
"你真是个好妹妹，
哥哥对你非常感激，
今后会报答你的恩情。"

嫡桑迦仙女说：
"妹妹被哥的真情感动，
真羡慕乌莎姐找到好丈夫，
明天妹就去告诉嫡乌莎吧！"

帕巴罗回答说：
"哥实在对不起妹妹，
敬请妹妹能多多原谅，
有劳妹妹明天就起程。"

第二十章

婻桑迦传信乌莎

帕板王恼羞成怒

傣族英雄史诗

乌莎巴羅

ꨥꨳ ꩦ ꩡ ꩦ

ꨤꨰ ꨤ ꩡꩠ ꩦꨯꨂꨣꩫꨤꨀꩠꨴꨀꨳꨓꩮ ꩦꨳꨯ

ꨆꩰꨲꨱꨰꩦꩤꩠꨴꩮꩫꨳꨯꨂꩫꩡꩤꩴ

第二天天亮之后，
嫡桑迦就向巴罗告辞：
她轻盈地跃上空中，
向着日落方向飞行。

嫡桑迦仙女速度很快，
如一只小燕子在空中飞行，
她只用一天的时间，
就到了嫡乌莎的塔楼旁。

她从空中降落下来，
径直走进嫡乌莎的塔楼，
她见到了嫡乌莎公主，
嫡乌莎正在伤心地哭泣。

嫡桑迦装成不知情，
走到嫡乌莎面前问道：
"神仙姐姐呀，
你为什么这样伤心哭泣？"

嫡乌莎见到嫡桑迦，
发现和自己一样美，
听了嫡桑迦的问话，
就这样回答嫡桑迦仙女：

"这位神仙妹妹呀，
奴是在呼唤亲爱的巴罗哥，
他追赶金鹿来到这里，
我们一见钟情深深相爱。

"巴罗哥许诺说要娶奴为妻，
说要回勐邦果去准备聘礼，

等他回勐邦果备好聘礼，
就转回来娶奴到勐邦果去。

"他那样说后就离开了，
独自一人回勐邦果去，
奴猜想他一定到家，
回到勐邦果做筹备。

"奴担心他见到四位妻子，
会把奴这边的事全忘记，
没去筹备求亲的聘礼，
忙着去陪伴他的那些仙妻。

"要是真这样的话，
你说奴会怎么想，
奴怕他忘了一切不再回来，
为此痛苦万分才伤心哭泣。"

嫡桑迦听了之后，
就对嫡乌莎公主说：
"嫡乌莎公主姐姐呀，
巴罗哥的情况奴知道底细。

嫡桑迦就把巴罗的情况告诉乌莎，
嫡乌莎公主听后无比欣慰，
认为帕巴罗值得爱，
便对嫡桑迦仙女说：

"神仙妹妹呀，
巴罗哥确实有情有义，
他是个真正的男子汉，
姐姐我要爱他九百万年！

"请妹妹快回去，
把话传给巴罗哥，
让他先回来这里，
奴还有话要对他讲。

"聘礼的事先放一放，
不必要那么匆忙，
等他来到这里之后，
再赶回去准备也无妨。"

嫡桑迦传递完消息，
并得到嫡乌莎回音，
她就告别嫡乌莎公主，
飞回到自己的森林。

嫡桑迦仙女回到森林，
将巴罗带到金塔楼里，
她先端出仙食和仙水，
然后对巴罗说：

"妹妹的巴罗哥哥呀，
妹妹已到了勐迦湿，
见到了嫡乌莎公主，
把你的话一字不漏告诉她。

"嫡乌莎听后说，
要让她的哥哥农板前来，
把你追回勐迦湿，
先和她再住一段时间。

"然后你再回去勐邦果，
准备求婚的聘礼，
然后带着聘礼再来到勐迦湿，
去迎娶乌莎姐姐吧！"

嫡桑迦仙女说得很详细，
如实传递双方的消息。
她仿佛做了件大好事，
非常惬意心里坦荡荡。

回头讲帕板儿子农板，
他心中挂念乌莎妹妹，

想到妹妹塔楼去看望，
兄妹的情谊不可估量。

他走进乌莎公主的塔楼，
乌莎就对自己的哥哥说：
"请哥哥替奴去追回巴罗哥，
将巴罗哥带回到奴的身边。

"他现在离我们勐不太远，
在勐迦湿的东面的地方，
那里距勐迦湿三十由旬，
穿上仙鞋一天可以飞到。"

农板王子答应帮助妹妹，
带上自己的弩弓，
穿好仙鞋跃上空中，
向东方飞奔而去。

他去到那片森林的时候，
已经是太阳下山时分，
他按照妹妹说的方位，
寻找那棵高大的榕树。

当他找到榕树从空中降落时，
就看见巴罗和嫡桑迦仙女，
他俩正坐在湖边的凉亭中，
像兄妹一样正在闲聊。

巴罗见农板王子到来，
就拉过嫡桑迦做介绍，
嫡桑迦向农板王子打招呼，
把农板王子迎进凉亭里。

嫡桑迦热情迎上前，
给农板王子铺好坐垫，
等农板王子坐定之后，
巴罗这才寻问农板的来意。

农板王子说：
"巴罗兄弟啊，
为兄要带你回去，
到我们那里住些日子。

"然后你再回勐邦果去，
去把聘礼带来，
勐迦湿和勐邦果都是大勐，
王族办婚事不能太简单。"

巴罗听了农板的话，
心里乐开了花，
答应按照他的意思办，
马上就返回勐迦湿。

巴罗依依不舍辞别婻桑迦，
婻桑迦仙女只好挥泪惜别，
农板王子已经催了好几遍，
巴罗只好离开大森林。

巴罗骑上自己的神马，
农板王子依然穿上仙鞋，
两人就在空中并排飞行，
很快到达婻乌莎的塔楼。

再说婻乌莎公主，
自打农板哥哥去接巴罗后，
婻乌莎公主更加思念巴罗，
她度日如年焦急等待。

她不停地用手拍打着胸脯，
无法抑制自己的情绪，
她盼望着农板哥尽快回来，
把巴罗带到她的面前。

她急得泪流满面胡思乱想：
"为什么哥哥回来这么慢？

让妹妹在家等得实在心焦，
整个身体就像被火烧一样。

"妹盼哥泪流满面望眼欲穿，
只盼得妹心情烦躁痛苦忧伤，
阿哥呀你快点带巴罗回来吧，
再不回来妹妹已经快挺不住。"

就在婻乌莎精疲力竭的时候，
她迷迷糊糊看见空中有两团黑影，
黑影混在乌云里迅速向前飞行，
她想可能是王兄和巴罗哥回来了。

婻乌莎的猜测一点也没有错，
两位王子从空中飞来，
他们落在婻乌莎寝宫的门口，
巴罗就用琴音般的声音知会乌莎。

婻乌莎顿时闻到一股香味，
滋润了她干枯燥热的心房，
那是巴罗特有的芬芳体香，
既熟悉又陌生弄得她神志错乱。

回来了，终于回来了，
她急忙打开门向外看，
就看到了巴罗的身影，
已站在门外的墙角旁。

他美得就像帕雅因下凡，
谁要是见了谁都会惊叹，
她理解婻桑迦为之着迷，
可怜她没能做巴罗老婆。

婻乌莎顿时感到兴奋无比，
就急忙跑过去迎接巴罗，
她一把抓住巴罗的手，
巴罗顺势将婻乌莎抱住。

他将她紧贴在自己胸膛，
两颗心激烈地跳动，
两张脸都红得像凤凰花，
两张嘴紧贴着无法分开。

两人的体香融在一起，
把整座宫殿都熏得香喷喷，
两个人不顾一切，
把王兄农板冷落在一旁。

农板看到妹妹和巴罗的样子，
意识到不能再继续待下去，
他想多留点时间给两人亲热，
就向巴罗和嫘乌莎告别：

"巴罗兄弟你就好好陪乌莎妹妹，
但是你在这里时间不能太长，
因为你还没正式来提亲，
不合规矩别人会说闲话。

"还请巴罗兄弟尽快回去，
备好聘礼再回来娶乌莎，
求得父王的宽容原谅，
让我们两个王族结为亲家。

"这样才是长久之计，
希望你能够牢记，
免得好事变成坏事，
这样对谁都没好处。"

巴罗听后很感动，
觉得农板说得有理，
他接受农板的意见，
就对农板王子说：

"王兄说得极是，
兄弟我一定牢记。"

农板告别巴罗乌莎，
回到自己的宫殿里。

农板王子离开后，
嫘乌莎对帕巴罗说：
"吉祥的巴罗哥呀，
妹终于把您盼回来。

"妹请求吉祥的巴罗哥，
无论如何别再让妹守空房，
别再让妹独自一人在宫里，
承受着无尽痛苦和悲伤！"

巴罗听后说：
"乌莎妹妹呀，
哥心爱的好妹妹，
哥能理解妹的心情。

"现在哥返回来找你，
你应该高兴不要再悲伤，
今天是我们重逢的好日子，
哥对妹的爱说不尽道不完！

"哥曾对妹立下过誓言，
哥爱妹妹直到海枯石烂，
哥怎么想就怎么说，
哥绝不会骗妹妹你。"

听到帕巴罗这样说，
嫘乌莎公主豁然开朗，
她破涕为笑心情欢畅，
忙铺好仙座请巴罗坐。

又拿金盘装上仙食，
请巴罗哥哥用膳，
她紧紧挨着帕巴罗，
拿仙食喂巴罗吃。

嫡乌莎又去拿马莉迦花，
还有芳香的洁沙纳花，
双手捧出来献给巴罗，
献上她的一份浓浓情意。

金枝玉叶般的嫡乌莎说：
"妹妹要请求心爱的哥哥，
像天神般杰出的巴罗哥，
这辈子都不离开妹妹。

"请哥哥把妹妹永远带在身边，
一直带到美好的未来，
请不要在半途中将小奴抛弃，
让小奴独自承受痛苦和忧伤。

"请求巴罗哥救救小奴吧，
让小奴和巴罗哥永远相伴，
永远在一起不离不弃，
与天地共存亡！"

嫡乌莎的话里带着悲切，
巴罗想安慰乌莎公主，
就只好再发神圣的誓言，
好让乌莎开心摆脱痛苦。

巴罗深情地对她说：
"聪明伶俐的乌莎妹妹啊，
难道哥没有对妹发过誓吗？
那你就再听听哥的誓言吧！

"哥绝不会抛弃妹妹，
哥对妹的爱稳如须弥山，
哥对妹的情稳如天宫前的神柱，
哥和妹的爱有九百万年长！

"哥曾经答应过妹妹，
要和妹妹永远做夫妻，

如果哥抛弃妹妹你，
那就让哥马上死去。

"让大山把哥压死，
让海水把哥淹没，
成为鲨鱼的口中食，
成为蛟龙的腹中餐。

"如果哥走进宽广森林，
就让老虎把哥作为食物，
如果哥哥下湖洗澡游泳，
就让湖水将哥淹死湖中。

"哥要把最美好的祝福，
送给情妹妹乌莎公主，
哥好比萤火虫那点亮光，
远远不如穿云破雾的阳光。

"哥又好比那凋谢花朵，
失去了香味全都飘散，
哥要把妹带回勐邦果，
让大臣官员来守护你。"

乌莎听到巴罗这样说，
心里如同金鹿在狂奔，
她搂抱住巴罗的脖子，
把他的脸颊亲个不停。

两人相亲相爱地说着情话，
双双发誓相爱到海枯石烂，
如天上的日月永远存在，
像湄南荒河奔流不断。

嫡乌莎把想说的话说完，
心里反倒觉得更加清爽，
她于是拿出精美的金碗，
装仙汤献给巴罗。

巴罗接过来就喝了下去，
喝下后立刻感到全身爽朗，
他仿佛喝下的不仅是仙汤，
还喝下了无穷的力量。

夜幕悄悄降临，
两人紧紧拥抱上仙床，
第二天太阳升起后才起床，
帕巴罗对婻乌莎公主说：

"哥该向妹妹告别回勐邦果，
求妹别说哥抛弃你远走他乡，
哥是要回去准备聘礼娶妹妹，
这样做你我婚姻才正大光明。"

婻乌莎听后又担心地说：
"哥为何时时都想借故离开妹？
这个恐怕不像哥说的那么简单，
希望哥能体谅妹的心情细思量。

"我们两人的婚事一定能办，
将来一定能治理国家做君王，
这件事先由妹妹去找父王，
再考虑下一步怎么办。"

婻乌莎这样劝说帕巴罗，
准备动身到国王寝宫，
去找父亲帕板捧麻典，
希望能尽快处理这件事。

帕巴罗听了婻乌莎的话，
显得平静不慌不忙，
此时英俊威武的帕巴罗，
滴水祈求神仙保佑：

"现在我叩拜呼唤各路神仙，
守护勐迦湿的勐神，

守护金殿的神仙，
守护住房的家神。

"都来帮助我赶走恶魔，
不要让我离开乌莎吧，
我们的誓言天地作证，
让我和乌莎公主结成夫妻。"

婻乌莎听了帕巴罗祈祷，
相信勐神会来保佑他俩，
她为此心里感到更加踏实，
便离开塔楼走进父王寝宫。

"奴的陛下，奴的父王，
享有最高声誉的父王啊，
只因奴前世的姻缘所定，
今生才会与帕巴罗相遇。

"也为此触犯了父王威严，
得罪了父王确实很不应该，
但无论他这人有多少罪过，
奴也请父王能够多多宽恕！

"求父王能够成全奴的心愿，
无论要他备多少礼品来谢罪，
帕巴罗都一定会去备齐带来，
用丰厚的礼品来敬献给父王。

帕板捧麻典听后回答说：
"乌莎公主呀，
父亲心爱的女儿，
你的话为父已听得很清楚。

"这个王子不过是个强盗，
他没有哪方面值得你去爱，
你应该快点把他撵走，
把他留在这里是祸害。"

嫡乌莎听了父亲的话，
如同吃进一只苍蝇，
嫡乌莎回到寝宫之后，
非常痛苦心里忧伤。

她双手合十向天祈祷：
"奴的苍天呀，
请你张开慧眼，
让奴得到这位丈夫吧！"

嫡乌莎的祈祷传到天上，
帕雅因的宝座又发烫，
帕雅因明白怎么回事，
乌莎和巴罗遭受了极大的伤痛。

帕雅因立即起程，
从切利天下凡，
他装扮成个老婆婆，
不让任何人将他看穿。

帕雅因来到乌莎的寝宫，
就招呼他们两个说：
"乌莎和巴罗呀，
你俩快过来和我相伴。

"你俩一块儿坐在榻上，
我就是帕雅因爷爷，
爷爷下凡到这里来，
有话要对你俩讲。

"你们两人都美得像金子般，
你们两人都不要放弃对方，
你们两人实在是非常般配，
天结良缘都不要胡思乱想。

"从现在算起再过七年，
帕板捧麻典就将完蛋，

到时你们就能回勐邦果，
再也不会遇到任何麻烦。

"如果有人要对你们行凶，
巴罗只要施展出神通和法力，
再凶猛的力量也无法逞凶，
伤害不了你们。"

乌莎和巴罗仔细倾听，
帕雅因所说的话，
让他们感到高兴，
他们向帕雅因神王叩谢：

"非常感激帕雅因神王，
我们一定按您说的去办，
不惧怕凶恶的敌人，
克敌制胜确保自己平安。"

帕雅因把话说完后，
就离开嫡乌莎的寝宫，
很快从勐迦湿王城消失，
回到他的切利天仙界上。

巴罗对乌莎立过誓，
两人要相爱到海枯石烂，
加上嫡乌莎挽留不让走，
所以巴罗就又住下来。

他不管后果会有多严重，
只知道和嫡乌莎相爱，
忘记帕板捧麻典的阻拦，
忘记所有的不愉快。

第二天早上开始有麻烦，
帕板捧麻典准备吃早餐，
他想起女儿嫡乌莎，
要把嫡乌莎叫来一起吃饭。

宫女婳户扎接受国王旨意，
急急忙忙赶到塔楼请公主，
当宫女走进塔楼的时候，
两人正在一块情意绵绵。

宫女想退出已经来不及，
只好低着头请乌莎原谅，
宫女看到两个人很相配，
实在不忍心把他俩拆散。

宫女向公主说明来意，
要婳乌莎去王宫吃饭，
她说这是国王的旨意，
请她无论如何不要违抗。

婳乌莎听后站立不动，
她觉得其中可能有文章，
她考虑一下回答宫女，
说心情不好不想前往。

宫女对此无可奈何，
只好回去禀报国王，
国王听后怒火中烧，
火气冲到他头顶上。

国王心里暗自在想，
可能女儿识破他的伎俩，
她因此而万分生气，
下决心同自己对抗。

刚才发生的一切，
巴罗也看出其中名堂，
他不想为难乌莎，
打算告别返回故乡。

公主听了巴罗一席话，
觉得合情合理，

但是她舍不得离开巴罗，
她紧紧抓着巴罗的手不放。

"父王非常爱我，
就像爱他的眼珠一般，
我要求他批准这桩婚事，
批准后你再回去又何妨？"

巴罗听完了乌莎的哀求，
只好继续留在乌莎身旁，
他一心一意爱着乌莎，
对其他事情没有多想。

但国王没把他看成未来女婿，
而是把他视为未来的灾难，
国王正在酝酿一个大阴谋，
想把巴罗除掉不留后患。

帕板国王压住满腔怒火，
加紧策划计谋，
他要杀掉对手巴罗，
他忌妒巴罗武艺高强。

"我是个堂堂的大君王，
任何人休想把我阻挡，
天底下只能唯我独尊，
绝不允许有人比我强。

"他天天和我女儿同吃同住，
分明没把老子放在心上，
他花言巧语欺骗我女儿，
用花言巧语向她灌迷魂汤。

"这样的坏人我一定要除掉，
留下他是国家无尽的后患，
我一定要擦亮眼睛，
绝不受骗上当。"

第二十一章

帕板王一意孤行
巴罗迎战帕板王

ဥ သာ ပ ရ္ဂ

傣族英雄史诗

乌莎巴罗

ပူ ဒ် ၂၁ ကြဟ္ၿဖတ္တဘဲၚင်ဝသဟ္ၿ

ပၝျ်ꩻꩻꩻꩻꩻ

话说帕板捧麻典骂了一阵，
依然无法消除胸中的怒火，
心想一个乳臭未干的孩子，
竟然敢如此放肆反抗。

帕板越想越发激动，
气急败坏头昏脑涨，
他跑下王宫擂响战鼓，
咚咚鼓声响遍四方。

鼓声唤来了大臣和武士，
三千多人即刻赶到殿堂，
国王对臣官发号施令，
速速捉拿巴罗关进牢房。

帕板捧麻典历来说一不二，
大臣武士谁也不敢违抗，
三千多武士随即出动，
包围了乌莎那座十二层塔楼。

武士们想生擒活捉巴罗，
以为只是小事一桩，
好像女人捉小鸡一样容易，
根本没把巴罗放在心上。

此时的巴罗王子，
面对突变不慌张，
他告诉嫡乌莎姑娘，
他绝不会抛下她不管。

帕巴罗对此事心中已有数，
三千武士根本不是他的对手，

帕巴罗也不想激化矛盾，
他的做人准则是与人为善，

"天上的神灵之王，
请你保佑我的平安，
我不愿残害生灵，
不愿跟无辜人打仗。"

嫡乌莎听了他的话，
心里头像吃了蜜糖，
她向情人表示敬意，
表示要帮他躲过灾难。

"为了解决这个问题，
妹妹想再次去找父王，
向父王讲清楚道理，
劝他放弃狭隘思想。"

巴罗同意乌莎想法，
赞成乌莎去劝阻父王，
乌莎急忙走出塔楼，
急匆匆走进王宫殿堂。

女儿的话并未引起父亲注意，
女儿的话并未打动父亲心肠，
他认为女儿全是感情用事，
他认为女儿全是儿女情长：

嫡乌莎听后无比心酸，
她闷闷不乐回到塔楼上，
她淌着眼泪哭泣不止，
坐在床上长吁短叹。

帕巴罗靠在她身旁，
她心里头痛苦不堪，
她的苦闷不便发泄，
只好仰首求天神帮忙。

帕巴罗听到她的祈祷，
心里翻滚着感情的波浪，
他理解乌莎此时的心情，
他安慰她不要过分悲伤。

两个年轻人不愿分离，
他俩紧紧拥抱在一起，
娴乌莎搂着帕巴罗，
巴罗把她抱在怀里。

这时帕板捧麻典大王，
苦苦思索着对付主意。
他要宫女去叫来娴乌莎，
说有事商量要她进宫里。

他认为硬的办法不奏效，
处理这桩事要软硬兼施，
父王为着女儿幸福，
他想用眼泪来软化养女。

宫女来到塔楼上，
传达国王的旨意，
宫女心里战战兢兢，
生怕办不好国王会生气：

"国王让奴婢来叫公主，
请公主到宫里有事商议，
公主若不去小的无法交差，
请公主务必快快前去。"

其实公主知道什么事，
事到如今她心里有底，
父王既然固执己见，
晚辈又何必讲礼仪？

"我昨晚没有睡好觉，
精神非常疲惫，

昨晚我下棋通宵达旦，
现在连走路也无力气。

"现在我要补觉，
睡好了我再进宫里，
请你们回去转告父王，
不必等我也不要生气。"

宫女们只好走下塔楼，
垂头丧气返回王宫，
把公主的话禀报国王，
再听国王有什么旨意。

帕板听了宫女的话，
脸色发紫气喘吁吁，
他背着手踱步打转，
传大臣提出新问题：

"我要派人把巴罗抓来，
看有谁敢承担此项重任，
把巴罗捆绑捉到我这里，
我就赏他万两黄金。"

这时有四个大力武士，
在国内算是很有名气，
他们自认为武艺高强，
捉拿帕巴罗没有问题。

对于他们的忠诚卖命，
国王非常满意，
国王拿出大把黄金，
让他们每人先领取一千两。

四武士各带千名打手，
对塔楼形成了包围圈，
然后高声向里面发话，
要帕巴罗快出来投降。

巴罗对此充耳不闻，
仿佛没有听见一样，
弄得四个人非常恼火，
只好加大嗓门高声嚷：

"你这小子不知天高地厚，
睁开你的狗眼往下看，
我们四个都是武功高手，
你想逃脱没那么容易。

"只要你敢走到楼下，
就叫你无法爬回楼上，
老子一定把你抓起来，
押进宫殿去见国王。"

帕巴罗听后有点生气，
他纵身一跳落在四人中间，
四个人把他团团围住，
把他围得如铁桶一般。

他们用绳子把他捆住，
帕巴罗被五花大绑，
他们用尽力气把他勒紧，
生怕他跑掉无法交差。

帕巴罗轻轻吹口气，
那绳索跟着噼啪响，
他只使用小小招数，
那绳索便自动松绑。

虽说这口气吹得不太大，
却把周围的人甩到一边，
四个人痛得叽里呱啦乱叫，
一个个像蟒蛇被打伤一样。

他们只能呻吟喘粗气，
连说话也感到很困难，

他们只好向巴罗求饶，
那样子比丧家犬还难看。

帕巴罗不屑一顾，
若无其事走回塔楼上，
他与嫡乌莎从楼上往下看，
看到四个人很快就要完蛋。

这位如来佛转世的帕巴罗，
他慈悲为怀为人善良，
他不想伤害任何人，
他要救他们生还。

四个人被救活了起来，
揩揩鼻子拍拍屁股就逃窜，
好像被打的狗昏昏沉沉，
好像喝醉酒的人跌跌撞撞。

他们走进王宫，
要向帕板王报告情况，
帕板捧麻典听后心里发慌，
他立即召集大臣商议如何干掉巴罗。

这时有四个弓箭手将官，
自告奋勇挺身请战，
他们决心除掉巴罗，
还要把他的眼睛射穿。

国王给每个将官配了千名士兵，
再把金塔楼包围成铁桶一般，
那些恶如狼狗的武士兵将，
大骂巴罗是大坏蛋。

霎时间所有的弓箭齐发，
射出去的箭如雨点一样，
巴罗手握宝刀轻轻挥动，
样子轻松不慌不忙。

随着他的宝刀挥动，
射来的箭全向后转，
箭头打回在弓身上，
所有弓都被打断。

勐迦湿的这些战刀弓箭，
虽说是当今上等材料，
但敌不过巴罗的天神宝刀，
被打得粉碎往下掉。

帕巴罗使用的宝刀，
一挥动就发出震天巨响，
其实巴罗不想杀死他们，
他只轻轻挥动吓唬对方。

巴罗考虑到他们的妻儿，
想起这些他就心慈手软，
他认为不要因这点小事，
弄得他们惨死家破人亡。

他想让国王的这帮打手，
惧怕之后逃跑回去就完事，
可是国王的打手不服输，
他们还要继续顽抗。

士兵们在将官的指挥下，
继续同巴罗作战，
巴罗不得已只好应付，
用神箭给他们点厉害看。

只见帕巴罗拉动巨弓，
隆隆响声震得地动山摇，
他只射出一支神箭，
国王的兵马就乱成一团。

有的莫明其妙就断了气，
倒在地上无法动弹，

一千名士兵都死于非命，
三千名士兵吓得心惊胆战。

四个弓箭手将官，
曾经身经百战，
曾经指挥千军万马，
此刻也手忙脚乱。

他们已感到不对头，
慌慌张张逃离现场，
他们担心全军覆灭，
进王宫去禀报国王：

"国王啊大事不妙，
小伙子武艺实在高强，
我们同他打了一仗，
全都是他手下败将。"

国王听禀报后很不服气，
他不信世上真有这种人，
他下决心要制服巴罗，
要调来更多的精兵强将。

国王还派人去找阿奴贡盘腊，
要求堂哥来勐迦湿帮忙，
派去的大臣对他哥哥说，
他弟弟的国家遇到灾难。

阿奴贡盘腊听到后，
信以为真但感到突然，
弟弟遇到灭顶之灾，
哥哥哪能袖手旁观。

阿奴贡盘腊到达勐迦湿，
询问弟弟帕板捧麻典，
问他究竟发生了什么事，
干吗落得如此狼狈难堪。

帕板见哥哥大兵已到，
像黑夜里见到红太阳，
有了援兵他心里踏实，
便如实把事情讲端详。

阿奴贡盘腊听后暗暗在笑，
他认为这事情本来很简单，
用不着这样大惊小怪，
被一个毛头小子弄得坐立不安。

"我也认为此事复杂，
输赢不是谁说了算，
只能打到哪步算哪步，
请弟弟你多多原谅。"

阿奴贡盘腊精心谋划，
排兵布阵非同一般，
有的队伍化成大蟒蛇阵，
有的化作飞马势不可当。

有的化作长牙大象，
卷着大鼻子弄得天昏地暗，
有的化作红冠大鸟很吓人，
忽高忽低令人无法躲闪。

有的变作狮子和老虎，
凶猛的模样叫人心惊胆战，
有的还变化成腾飞巨龙，
顷刻间乌云密布翻江倒海。

阿奴贡盘腊的队伍变幻莫测，
地面上的人看得眼花缭乱，
这些兵将手拿飞镖和长矛，
把塔楼围得水泄不通。

那些弓箭手是先头部队，
他们把弓箭瞄准塔楼上，

万箭齐发射向帕巴罗，
飞箭好比暴风雨一般。

这时帕巴罗异常镇静，
故技重演没有新鲜感，
他轻轻挥动手中宝刀，
又拿起神弓射向对方。

巴罗接着飞身跳进敌群，
挥动宝刀向敌人乱砍，
来围剿的阿奴贡盘腊兵马，
被砍死不少乱作一团。

参战的勐迦湿士兵也非常神勇，
见到砍来的宝刀却无法躲藏，
混乱中自己的士兵互相残杀，
大批人马死的死伤的伤。

帕巴罗打退了围剿匪徒，
又飞身回到十二层楼上，
他担心嫡乌莎姑娘受惊，
急忙坐下对她安慰一番。

阿奴贡盘腊并不认输，
他还想继续进攻，
他组织一帮不怕死的士兵，
再次向塔楼发动冲锋。

有的射箭有的投飞镖，
投过来的飞镖闪着火光，
点燃塔楼变成了火海，
塔楼的火光冲上云端。

塔楼里的巴罗吹口仙气，
把塔楼上的大火先熄灭，
然后他举起神弓射击，
只有这样才能解除危难。

他只发射一支神箭，
对方顿时人仰马翻，
士兵死伤有三千人，
那情景着实很悲惨。

他没有再继续发射神箭，
否则对方士兵便全完蛋，
他还想拯救一些人的性命，
留下生灵好积德行善。

他变出千万条长绳，
牢牢捆住老虎和大象，
接着捆住活着的将士，
让他们都无法再动弹。

这些穷凶极恶的将士们，
被捆住后还想挣扎反抗，
有的挣扎掉进大海，
有的掉进老林深山。

被捆绑的士兵直喊救命，
有的扯开嗓门哭爹喊娘，
站在远处的阿奴贡盘腊，
对眼前发生的一切仔细看。

他想破掉帕巴罗的法术，
于是抱着脑袋冥思苦想，
可是总也解不了这个谜，
只好独自逃回营房。

那些勇敢的武士们，
根本不知道领头想法，
更不知道大王已逃跑，
还在那里待命等死亡。

他们都被绳索捆着手脚，
寸步难移心里急得发慌，

好在他们还能够喊救命，
便哀求帕巴罗饶命。

帕巴罗本来不愿杀生，
对平民百姓更有父母心肠，
他给他们松绑放他们回家，
士兵们感激得热泪流淌。

他们跪下向巴罗磕头，
还颂扬他是再生爹娘，
感谢他饶了自己一命，
然后拜别巴罗返家乡。

第二十二章

帕板战败设圈套
乌莎巴罗坐铁牢

ႃ ဘဘႃ ဘ ၼ
傣族英雄史诗

乌莎巴罗

ꪩꪴꪒꪲ ꪚꪚ ꪹꪙꫀꪀꪚꪹꪀꪱꪵꪚꪉꪈꪚꪷꪉ

ꪉꪉꪩꫂꪙꪒꪳꪵꪀꪵꪒꪱꪁꪉꫂꪀꪵꪉꫂꪱ

听吧，缅桂花一样的姑娘，
哥的故事还没有讲完，
哥要顺着上一章脉络，
把巴罗的故事继续讲述。

帕板已经打了几次败仗，
帕巴罗的名声因此大扬，
很多人就把见到的情形，
去禀告给帕板捧麻典王。

帕板听到这些报告，
更加恼怒满脸通红，
他要召集六万位帕雅，
还有臣官们一起商量。

四位大将自告奋勇站出来，
个个都有七头大象的神力，
他们自认为一定能取胜，
就以最快的速度奔向塔楼。

没想那四个人也战败，
跪在帕巴罗脚前求情，
不停向菩萨尊者叩拜，
请求留下性命重新做人。

话说帕板捧麻典送走四将，
以为此次必胜得意洋洋，
他和六万位帕雅以及大臣官，
正在宫里等待喜讯。

四个大将进了宫殿，
都是一副狼狈相，

帕板见后无比惊愕，
弄得他不知该怎么办。

帕雅们此时也开腔，
向帕板捧麻典献出点子；
他们说再派出神箭手，
肯定能把巴罗胸部射穿。

这时有四个人站了出来，
都是射术精湛的神箭手，
不相信巴罗会那么厉害，
自以为比前面四个更强。

他们自愿请命擒拿巴罗，
还挑选六万名神箭手随行，
他们到了嫦乌莎塔楼前，
又把塔楼包围得水泄不通。

但几万名将士也不是巴罗对手，
几个回合下来全部都死光；
没死的不是断手就是断脚，
死去的将士尸体堆积如山。

帕板捧麻典听到这个消息，
狂怒万分肝肠寸断，
看样子他依然不会服输，
他暴跳如雷地大声叫喊。

帕板又召集六万位帕雅，
召集大臣官员们来商量，
商量如何进行这场战争，
他一定要把巴罗抓到。

这时候又有四个武士站出来，
他们自告奋勇自称所向无敌；
他们都有很强的神通法力，
都能跃上一千庹高的空中翱翔。

四个人带领四十万将士，
他们每人都手持弓弩，
还佩戴有锋利的宝剑，
把仙宫包围得如铁桶一般。

帕巴罗见状不慌不忙，
他只是轻轻挥动宝剑，
顿时那四个勇士手发抖，
手中宝剑就全都被削断。

紧接着四勇士人头落地，
他们全都断气身亡，
其他将领依然不认输，
命令士兵把火箭射出。

暴雨般的火箭射了过来，
从四面八方向帕巴罗飞去，
那声音震动了整个勐迦湿，
大地仿佛都摇晃起来。

帕巴罗还是不慌不忙，
他站在那里像座大山，
他抽出锋利的宝刀，
插在自己面前的地上。

任凭敌人射来多少火箭，
到跟前就全部熄灭无火光，
火箭全被宝刀挡住，
紧接着就碎成粉末。

帕巴罗开始使用神箭，
敲击弓身发出震天响，
他向勐迦湿将士发出警告，
先礼后兵才是男子汉。

勐迦湿将士听到响声，
全都被吓得又哭又喊，

他们忙向帕巴罗求饶，
发出撕肝裂肺的哀嚎。

但不是所有人都想投降，
还有十万将士继续抵抗，
他们依然围在那里不动，
还不停对巴罗谩骂叫喊。

帕巴罗不忍心让他们送死，
连续打了三次招呼，
可是他们却不停射箭，
就是不肯退去。

巴罗拉开神弓，
射出一箭顿时震天响，
那响声像雷劈十万次，
十万将士就当场死亡。

那支神箭又自动飞回，
回到帕巴罗的箭囊里，
那些退在一旁的将士，
见到此情形惊恐万状。

十万将士就这样白白丧命，
才眨眼的工夫就全都死光，
投降的人都在庆幸还活着，
称赞帕巴罗神圣伟大。

他们还说帕板应该醒悟，
应该把乌莎许配给巴罗，
他们要去禀报情况，
告诉帕板捧麻典王。

帕板捧麻典听了又气又恼，
心想这种本事并不奇怪，
这样的神通自己就有，
莫非他的本事同自己一样？

他去到婻乌莎的塔楼旁，
站在距离不远的广场上，
他念咒施法让乌云遮住天空，
整个天空变得异常阴暗。

帕板先用神箭敲击弓弦，
发出雷鸣一样的声响，
然后就拉开他的神弓，
把神箭射向帕巴罗。

巴罗用宝刀一挡，
帕板射出的神箭撞上刀刃，
神箭被撞得飞了回去，
又回到帕板的箭囊里。

帕板捧麻典又接连发射，
神箭都无法挨近巴罗身旁，
他用嘴喷出熊熊火焰，
不料巴罗念神咒大雨从天而降。

帕板喷来的烈火被浇灭，
失去威力的帕板一筹莫展，
帕板心里十分沉闷，
只得返回自己的宫殿。

很多人都亲眼目睹这一幕，
如同针尖对着石板，
连帕板都打不过帕巴罗，
大家感到万分惊恐和不安。

于是惊呼声和喊叫声四起，
议论声混在一起响成一片；
真是棋逢对手将遇良才，
一时间整个王城一片混乱。

帕板又心生一计，
是一条假成亲的诡计；

他要变出铁笼牢，
注入秘咒让他俩跑不掉。

帕板捧麻典想好后开始行动，
让四位大国师端着礼盘；
礼盘装有米花鲜花和蜡条，
去到婻乌莎的寝宫塔楼上。

这时纯朴的乌莎姑娘，
以为父王已改变意愿，
让他们如愿地成为夫妻，
同意为他俩拴线祝福。

但是聪明的巴罗另有所想，
觉得国王的转变有些突然，
他对此心里头有些疑虑，
不大放心又只好勉强照办。

不过帕巴罗做两手准备，
要看看国王耍什么手段，
他想将计就计走着瞧，
到时随机应变再做打算。

告知巴罗和乌莎之后，
帕板就下令动工建宫殿，
要在靠近乌莎塔楼的地方，
新建一座华丽的宫殿。

接着帕板国王下达命令，
全勐百姓汇集王城赶摆，
参加王子公主的盛大婚宴，
王城所有官民一道联欢。

到了吉日的那天，
新宫殿里已经布置好，
有饭菜和各种美味食物，
一切摆设同真正婚礼一样。

帕板叫来四位大国师，
带上礼品去请巴罗和乌莎，
他们去到婻乌莎的塔楼，
毕恭毕敬地向他俩叩拜：

"奴的王子和乌莎公主啊，
今天就是大吉大利的好日子，
我们大家来恭请王子公主，
到城中的宫殿里举行婚礼。"

巴罗和乌莎接过礼盘，
非常愉快地接受邀请，
然后就从塔楼下来，
前往城中新宫殿。

然后他们进入新王宫，
两人都非常开心，
乌莎和巴罗携手相伴，
坐在专门备好的宝座上。

各色人物齐聚，
有富裕的商人，
有成群的百姓，
还有帕板和王族。

他们按照古老的规矩，
按照傣家人传统习惯，
准备了各色各样礼品，
装在金银做成的盘子里。

他们把金蜡条摆在圣桌上，
从塔楼上请来了新郎新娘，
帕板国王装出满面的笑容，
当众宣布巴罗为公主的新郎。

帕板捧麻典端坐宝座上，
他装出充满诚意的模样，

不露声色笑容满面，
他的这出戏演得很好看。

首辅大臣和众帕雅臣官，
以及婆罗门大国师，
共同为两人拴线祝福，
祝福他们成为美满夫妻。

盘子端到长老面前，
长老为两位新人拴线，
长老端坐盘起双腿，
开始把拴线词诵念。

所有的仪式都按规矩进行，
婚礼进行得像模像样，
婚礼结束后就接着上新房，
在场的人个个都热情高涨。

在众多文武百官的陪同下，
新郎带着新娘走进了洞房，
成千的宫女随从，
簇拥在新婚夫妇两旁。

仪式自始至终非常热闹，
完全是傣家人古老习惯，
善良的人不知这是阴谋，
整个过程没有任何破绽。

闹新房的人已散尽，
此时天色已经很晚，
两位新人上床睡觉，
一道进入甜蜜梦乡。

此时首辅大臣交代手下武士，
把宫女和佣人都叫到门外，
不准他们进屋倒茶水侍候，
更不准到新房里看守新娘。

只准他们站在外边，
只做出值守的模样，
以此来麻痹其他人，
不惊动新娘和新郎。

目的是让他俩放松警惕，
让新娘新郎以为一切正常，
到了更深人静的时候，
大臣带领武士开始行动。

其实帕巴罗并未入睡，
他早就识破国王伎俩，
他告诉妻子不要害怕，
静下心来看事态发展。

他说完全有能力对付，
不管父王采取什么手段，
他们继续假装入睡，
好像什么事都不知道。

夜已深沉，
金鸡就快拍打翅膀歌唱，
巴罗的警惕性越来越高，
他估计他们要采取行动。

他紧紧握着手中宝刀，
等待与杀手进行较量，
果然不出帕巴罗所料，
帕板正在施行他的方案。

他使用高超的法术，
变出铁牢罩住新房，
铁牢像蜘蛛网，
把楼房罩成个咸菜罐。

突然楼下嘈杂声大响，
不少人在那里手舞足蹈，

他们在那里幸灾乐祸，
说这小两口再也跑不掉。

这时美丽的乌莎姑娘，
听到嘈杂声才明了一切，
娴乌莎跪着告诉夫君，
看来我们只有死路一条。

巴罗轻松地告诉妻子，
这一切他早已经料到，
他要求妻子不要担心，
相信一定会冲破难关。

他现在不急于砸碎铁牢，
是想让他们再继续表演，
让他们产生错觉，
以为他没有逃走的本事。

半夜里两人都觉得肚子饿，
乌莎姑娘就想走出铁牢，
回到塔楼去拿仙食，
给巴罗夫君充饥肠。

可是她试了好几次，
却始终走不出铁牢，
此时她才有些着急，
问帕巴罗该怎么办？

帕巴罗也觉得纳闷，
便试着把铁牢挣开，
但他反复试了几次，
铁牢坚固牢不可破。

他自己也试着走出去，
可是连分身法也失效，
巴罗坐下来冷静琢磨，
想起在雪山林学的一招。

他利用那一招重新试，
结果自己可以走出去，
但依然无法打破铁牢，
他只好自己去取仙食。

巴罗取回美味仙食，
两人一起填饱饥肠，
吃饱后巴罗安慰乌莎，
叫她别急办法慢慢想。

再说那帕板捧麻典王，
坐在王宫里独自高兴，
他看到巴罗已经中计，
对出主意的人猛夸奖。

帕板捧麻典调来千名士兵，
让他们拿上尖刀和长矛，
还带上弓箭和长枪，
去处死巴罗和乌莎姑娘。

千名士兵紧紧围住铁牢，
除了兵器还外加大木棒，
士兵们一个挨着一个，
在铁牢外围成人墙。

他们使用弓弩，
纷纷射向他们夫妻俩，
没想到小两口平安无事，
那些弓箭近不了他们身旁。

帕巴罗好像若无其事，
他轻轻挥动他的宝刀，
来回打掉四周的飞箭，
千万支飞箭都被打断。

帕巴罗又使出了法术，
变出绳索把武士们捆绑，

武士和士兵一个连一个，
他们连成一串无法动弹。

被捆绑的士兵大声喊叫，
叫爹叫娘像要死一样，
他们向帕巴罗求饶，
请求留条生路返回家乡。

帕巴罗动了恻隐之心，
要替他们全部松绑，
他把神奇的宝刀一挥，
士兵身上的绳索全部割断。

这些被放走的士兵武士，
返回王宫里去拜见国王，
把经过从头到尾说一遍，
连细小的情节也没遗忘。

帕板捧麻典听后非常气愤，
他抱着脑袋一筹莫展，
阿奴贡盘腊已经连夜逃跑，
看来要制服他不那么简单。

再说那逃回家的阿奴贡盘腊，
躲在家里失魂落魄，
好在他势头不妙就急忙收兵，
回想起来仍心惊胆战。

第二十三章

腊西奔走为乌莎
帕亨达营救巴罗

ပ္ဎ ၆ ၂၃ ြၵၓ္ဒိတ္တ္လၢၜၕၜုၛ္ႍၜ္ၛၙၟ
ၜ်ၚၢၵဿီၛၚႝ္ႍၜ္လ္ုၵပုၛၟ

听吧，美丽的妹妹啊，
你有泽兰和野姜花的清香，
你像盛开的缅桂花样灿烂，
现在哥要继续把乌莎歌唱。

小两口在牢里受苦，
时间已经有两个月；
这时候的嫦乌莎公主，
困在铁牢里忐忑不安。

嫦乌莎公主心里很难受，
就双手合十面对苍天祈祷，
她用意念去找自己的父亲，
那位神圣的韦术塔腊西。

乌莎向父亲诉说苦衷，
消息马上传到雪山林；
韦术塔能够洞察秋毫，
女儿处境他了如指掌。

帕腊西韦术塔跃入空中，
飞到疆域广阔的勐迦湿，
看见心爱的乌莎和巴罗，
两人都被困在铁牢房里。

帕腊西第一次见到女婿巴罗，
见到久别重逢的乌莎姑娘，
帕腊西仔细观察帕巴罗，
顿时对他产生了好感。

不过他百思不得其解，
帕板为何要为难他们，

并且还想杀死帕巴罗，
这理由究竟是什么？

他喜欢这个英俊的小伙子，
决定接纳他做女儿新郎，
他现身在女儿面前，
把自己的想法对他俩谈。

巴罗和乌莎见到帕腊西，
见到慈善的老父亲，
他俩行合十礼拜谢父亲，
然后满怀激情地对他倾诉。

两个年轻人把详情细述，
帕腊西听后非常伤感，
为了妥善处理这件事，
他安慰女儿和女婿：

"我两个亲爱的孩子啊，
你们没有错不必悲伤，
"你们暂时留在这里，
父亲先去找帕板王。

"我先把这边的事处理完，
再去找帕亨达国王，
请王爷成全这桩婚事，
把你们的终身大事办圆满。"

两人听后非常高兴，
觉得父亲同干爹不一样，
他俩急忙向帕腊西施礼，
眼前现出希望的曙光。

帕腊西又觉得事情不那么简单，
他于是放弃见帕板的想法，
决定先去帕巴罗的故乡，
他很快到了勐达腊迦王城。

帕腊西走进繁华的王城，
直接来到王宫金阁楼旁，
他径直走进宫殿大堂，
到达帕亨达议政的地方。

老王爷见到帕腊西，
很有礼貌地互相寒暄，
老王爷把大师迎进大厅，
铺开坐垫在一起商谈。

帕腊西韦术塔入席坐下，
宫女送来茶水和槟榔，
还端来许多食品，
高规格招待帕腊西。

宾主开始谈正事，
老王爷彬彬有礼很有素养，
他毕恭毕敬向帕腊西施礼，
讲话有板有眼不慌不忙：

"从天上飞来的帕腊西大师啊，
招呼不周的地方请大师原谅，
大师此次远道而来光临寒舍，
不知道有何贵干需要鄙人去办？

"不知道大师缺乏什么东西，
是否缺少钱用，
还是缺乏被子床单？
需要什么不必客气尽管讲。"

帕腊西听了国王的一席话，
知道国王误解了他的来意，
他急忙将自己的心事挑明，
请老王爷理解和帮忙。

接着帕腊西就把事情经过，
讲给帕亨达国王听，

接着他跃上空中飞往勐迦湿，
把情况告诉巴罗和乌莎：

"父亲的爱儿啊，
我已经见到了老王爷，
把情况向他详细禀报，
还告诉了你们的家人。

"老王爷听后义愤填膺，
他不会容忍帕板胡作非为，
他将集中全国精锐部队，
到勐迦湿来营救你俩。"

帕腊西把情况告知女儿女婿，
两个人听后非常高兴，
他俩安慰帕腊西父亲，
目送老人家飞天离开。

听吧，
婀娜多姿的妹妹啊，
故事将顺着脉络往下讲，
讲帕亨达如何营救巴罗。

老王爷听了帕腊西陈述，
得知巴罗孙子被关铁牢，
他虽然非常伤心愤怒，
却从容镇定不露声色。

他立即派大臣到勐邦果王城，
通知巴罗的父亲帕丙比桑，
老王爷要同儿子好好商量，
如何营救孙子巴罗出牢房。

王爷对儿子丙比桑下达旨意，
要儿子立即去把战鼓敲响，
通知大臣和将领立即进宫，
部署全国备战的一切事项。

丙比桑立即到宫门前，
使劲击鼓把群臣召唤，
王爷说出了缘由，
大臣们听得仔细。

"如果我们出兵去营救，
首先要考虑我们的兵力，
我们必须联合所有的勐，
组成强大盟国联军。"

国王听了大家的意见，
认为这是一个好主意，
帕亨达同意这一做法，
各位大臣立即做准备。

盟军从四面八方赶来，
他们服从帕亨达王爷统领，
他们来到勐达腊迦安营扎寨，
所有军队汇集在王城广场。

帕亨达向盟军通报情况，
又将勐迦湿的实力细讲，
俗话说知彼知己百战不殆，
提醒大家不可有轻敌思想。

王爷同时也指出敌方弱点，
他说帕板是个没面子国王，
国家连遭大灾十分穷困，
缺少粮食还发放不了军饷。

他至今还不肯释放巴罗，
也不释放干女儿乌莎姑娘，
剥夺他俩的自由幸福，
帕板王真是丧尽天良。

一百二十一个勐的国王，
得知勐迦湿王如此野蛮，

大家非常愤怒同仇敌忾，
异口同声指责勐迦湿王。

帕亨达看到大家情绪激动，
理解大家的心情，
为让各位国王冷静下来，
他又劝告大家不要动气：

"勐邦果是礼仪之邦，
先礼后兵办事不得鲁莽，
我准备派人先去求情，
以情动人把他们的心扭转。"

王爷的话很有道理，
大家赞成按他的主意办，
如果勐迦湿讲道理，
就不用大动干戈。

帕巴罗的弟弟帕昆代，
得知哥哥被囚心发慌，
他跪下来向爷爷请命，
要求一个人先打前站。

遵照老王爷下达的旨意，
大臣们立即动手写信函，
这封十万火急的信件，
充分表达友好愿望。

送礼的队伍由总大臣率领，
名字叫帕苏念答拉扎老将，
还有帕巴拉韦杂和帕布拉扎，
以及帕巴罗的弟弟昆代等。

两勐之间路途遥远，
走路要两个月时间，
天马行空跑得很快，
七天就来到勐迦湿。

他们来到城外等待，
一直等到太阳下山，
勐迦湿的人来询问，
已是天黑晚上。

大队人马进了王城，
勐迦湿的大臣很傲慢，
勉强接待了他们，
不打招呼也不寒暄。

一直等到第二天的早上，
才获准可以进入王宫，
他们不计较对方的怠慢，
不因小事把大事搞乱。

首辅大臣跟着进入王宫，
手托装着蜡条和帕巾的银盘，
规规矩矩地送上礼品，
请大臣转交勐迦湿王。

现在我要讲帕板捧麻典王，
他看到来的客人非同一般，
他们全是勐邦果的高官大将，
一个个衣着考究像模像样。

来人显得非常有礼貌，
说话轻声细语有涵养，
按照规矩向主人施礼，
非常客气地把来意讲：

"尊敬的勐迦湿国王，
您的形象至高无上，
我们持守五项戒律，
对您无限崇敬。

"现在我们帕亨达王爷，
委派我们几位下官，

到贵国向大王赔礼道歉，
希望能得到大王您的原谅。

"只因王爷孙子年少无知，
对帕板大王您多有冒犯，
帕亨达王爷为此很伤心，
要对巴罗严厉批评教育。

"王爷让我们带来丰厚礼品，
送给大王表示我们的诚意，
请帕板捧麻典王务必笑纳，
也希望两勐矛盾烟消云散。"

国书递交文书官，
文书官呈送帕板王，
帕板王接下了书信，
他打开金色信件认真看。

帕板捧麻典勃然大怒，
断然拒绝使臣的道歉，
也不接受使臣们献上的重礼，
还一把将国书打落地上。

他将国书踩上一脚后，
用脚指头夹着丢回来，
非常狂傲地大发肝火，
像失去理智的疯子一样。

这次同来的有三国的帕雅，
身份都非常尊贵，
听了帕板的狂言非常气愤，
想不到勐迦湿国王如此霸道。

他们的脸涨得通红，
仿佛天塌地陷雷打火烧，
特别是勐罗麻的帕布拉扎，
气得咬牙切齿火冒三丈：

"既然谈判你没有诚意，
再待下去已没有必要，
我勐罗麻不会求你，
要打要和你就看着办。"

勐罗麻的使臣把话说完，
其他的使臣都有同感，
他们不辞而别拂袖而去，
昂首走出了王宫大堂。

他们来到牢房，
把帕巴罗看望，
随团的帕昆代王子，
跟着大臣一道前往。

当他们来到牢房前，
巴罗见到惊喜不已，
亲人对他如此关心，
他激动得热泪盈眶。

他的弟弟帕昆代，
心里头七上八下，
看到哥哥的处境，
有说不完的话。

帕巴罗听了弟弟的话，
亲情暖流在心中涌动；
他说自己的安全没问题，
请他们告诉爷爷别挂念。

领头的首辅大臣，
了解情况后松了口气，
他们告别牢里的巴罗，
准备返回自己的国家。

他们翻身跃上蓝天，
天马行空顺风而去，

他们在空中往下看，
观察勐迦湿的领地。

他们看到勐迦湿坝子，
确实富饶美丽，
有一条大江挡住城门，
发兵攻打不那么容易。

他们向帕亨达王禀报，
详细述说此行的情况，
他们还讲到巴罗夫妻，
都是仙人无生命危险。

帕亨达王听完汇报，
觉得和谈已无希望，
看来非动武力不可，
于是开始调兵遣将。

一百零一个勐的帕雅，
每个帕雅都带着兵将，
而且都是一阿呵的兵力，
以及九百八十万头大象。

所有军队都已经到齐，
都按指定的地方扎营，
他们都做好战斗准备，
只等王爷下达出征命令。

话说帕板捧麻典派出密探，
他是帕板捧麻典的得力干将；
他受了帕板捧麻典王的委派，
到勐邦果刺听军队行动情况。

他探听到勐邦果正在调动兵力，
便飞快返回勐迦湿，
这个密探回到勐迦湿王城，
就迫不及待地去禀报国王。

帕板听了禀报，
看这形势只好立足打仗，
勐邦果准备如此充分，
千万不可有轻敌的思想。

帕板于是传令六万位帕雅，
立刻进宫商讨克敌办法，
准备制订一套作战方案，
调动全国各地兵马。

他立即派人修筑工事，
围绕在王城四周，
工事共有一百二十道，
把整个王城围成圈。

同时他还下达命令，
动员所有军队力量，
调集各勐全部军队，
准备同勐邦果打仗。

他召集六万位帕雅和臣官们，
全部到王宫商量，
让他们派人送信到各勐，
让每个勐的帕雅亲自参战。

每个勐都要派出一阿呵的将士，
将士的数量一个也不能少，
帕雅们接到帕板命令之后，
都赶到勐迦湿王城来集中。

帕板捧麻典还通知兄弟帮忙，
哥哥和弟弟接到信后很慌张；
火速调集国内所有军队，
各调集了一阿呵兵将。

一百零一勐的帕雅都出动，
各勐所出动的兵力都相当，

都有一阿呵兵将，
还有数百万头战象。

勐迦湿王城的兵将，
共有十二阿呵，
有九千八百万头战象，
阵容非常庞大。

帕板捧麻典的军队，
全部都调集在一起，
总数有一百一十三阿呵，
战象有十亿八千万头。

帕板捧麻典开始排兵布阵，
把他们全安排到各工事里，
这些工事有一百二十八个，
让他们守卫勐迦湿王城。

帕板捧麻典坐镇指挥，
他每天守在王宫的宝殿里，
他还安排了三千人来守卫，
做到万无一失防患于未然。

王宫是国家的心脏，
是重点保卫的地方，
那里修筑的碉堡更加牢固，
要攻破很困难。

在那里守卫的军队，
百里挑一武艺高强，
他们忠于帕板捧麻典，
随时保卫国王的安全。

勐迦湿国王帕板捧麻典，
对巴罗恨得要死心发慌，
他发誓要把巴罗宰掉，
拿来祭祀勐神祈求平安。

这时一位战象骑兵头领，
自告奋勇去杀巴罗和乌莎姑娘，
按照国王下达的旨意，
把他俩杀死不让活着。

这个凶狠的战象骑兵头领，
他的力气超过两头大象，
得到国王允许后他立即行动，
带着手下的武士直奔铁牢房。

一个名叫掌山的大力士打头阵，
他第一个冲到铁牢前，
见到巴罗后破口大骂，
宣称要提他的脑袋见国王。

掌山大力士刚伸出手臂，
就被帕巴罗一把扭住不放，
他把掌山大力士使劲一甩，
丢到勐迦湿边境无人的地方。

勐迦湿国王暴跳如雷，
他调来更多武官，
这次足足有三千，
要用乱箭射穿帕巴罗胸膛。

当这三千残暴的武士，
刚刚靠近铁牢房，
就纷纷向帕巴罗射箭，
飞箭仿佛暴雨一般。

帕巴罗挥舞手中宝刀，
射过来的箭全被阻挡，
飞箭被宝刀砍得粉碎，
掉落在地上堆积如山。

巴罗接着拉动弓弦，
神箭狠狠地射向对方，

他射出去一支箭，
敌人就有上千人死亡。

活着的武士纷纷逃窜，
抱着脑袋东躲西藏，
他们知道巴罗的厉害，
再也不敢进行抵抗。

听吧，各位乡亲，
说了勐迦湿的军队总数，
话题又要转回到勐邦果，
说一说勐达腊迦的情况。

勐邦果各勐的军队都已集中，
数量也不比勐迦湿的少，
仅勐达腊迦本勐的军队，
就有十四阿呵兵将。

士兵都配备铁甲铜盔，
还有宝剑弓弩和长矛，
同时配备火箭和箭囊，
装备都比勐迦湿的精良。

帕亨达调兵遣将，
把所有军队分成四部分，
一部分留守勐邦果境内，
预防勐迦湿绕道来偷袭。

境内有四阿呵士兵，
带队的帕雅就有两万，
每个人都持有弓箭，
还配有宝剑和长矛。

第二部分负责打头阵，
带队的帕雅有八万，
士兵也按比例配备，
身体健壮非常勇猛。

第三部分是主力军队，
负责攻打勐迦湿王城，
这部分的数量比较大，
而且装备更加精良。

第四部分的任务负责运送给养，
由十三阿呵士兵和象兵组成，
这部分还配备有牛车和马车，
带队的都是经验丰富的老帕雅。

帕亨达非常注重军队装备，
尤其是负责指挥的王官，
他给每个王官配发神剑，
这些神剑的来历不一般。

神剑来自梵天神家传，
为帕那罗延那所赠送，
名字叫那腊亚加兴宝剑，
给每个王官都配发一把。

还有力气特别大的兵种，
这部分人数有九吷帝八千万，
这些士兵都具有七头大象神力，
给他们全部配发拉布竞弓弩。

勐邦果将士都有标志，
要求打仗之前做准备，
这些标志物全是红色，
避免同敌人军队混淆。

士兵扎上红头巾，
身着红色的服装，
还要戴上红头盔，
车辆还插上红旗。

帕亨达把兵力部署好，
又召来婆罗门国师，

他要选择良辰吉日，
确定起程出兵的日子。

婆罗门国师经过紧张推算，
出征的吉日已经得出答案；
他们毕恭毕敬走到王爷跟前，
说第六天正午出兵最吉祥。

等到出征的这一天，
帕亨达王爷派了臣官；
击鼓通告将士们出发，
顿时王城内外一片沸腾。

帕丙比桑和昆代父子俩，
带领此次出征的先头军队，
雄赳赳气昂昂走在前面，
他们的精神面貌提振了士气。

勐邦果的将士们全部行动，
接二连三地离开了宿营地，
浩浩荡荡的队伍起程出发，
顿时王城内外军旗飘扬。

军旗全部都是红色，
形成了一片红色海洋，
队伍经过的地方，
人声鼎沸尘土飞扬。

帕亨达带着军队殿后，
跟在大军队的后方，
军队离开了勐达腊迦，
向着勐迦湿方向进发。

第二十四章

帕亨达挥师讨伐
勐邦果首战告捷

ᥘᦴ ᥐ ᥑᥛᥴ ᥖᦳᦺᥛᥱ ᥙᦵᥝᥳ ᥑᥲᥝᦲᥴ ᥕᥣᥴᥑᦲᥴ
ᥛᦵᦵᦷᦺᥙᥣᦶᦃᥱᥘᦶᦷᥐᥱᥙᦷ ᥠᦴᥝᦲ

先礼不成只好用兵，
王爷开始调兵遣将；
他认为应该增大兵力，
发动更多的勐来参战。

队伍徐徐离开勐达腊迦王城，
行进在通往勐迦湿的路上，
另有一部分从勐邦果王城出发，
开赴营救帕巴罗的主战场。

无数的战象和亿万傣兵，
沿着指定的道路迅速行进，
天黑了就地驻扎休息，
像黄蜂守巢般搭棚过夜。

大队人马到达勐迦湿，
就在坝子的边上驻下，
休息了三天三夜，
士兵无法平静热闹非凡。

先头军队刚刚驻下来，
后方军队也陆续到达，
帕亨达也到了目的地，
他召集众将领商讨计划。

他们远远看到勐迦湿城，
距离有一由旬，
他们把那里作为目标，
挖壕沟筑堡垒设哨卡。

他们都不敢大意，
预防敌人趁乱袭击，

他们在四周修筑战壕，
防止敌人从中穿插。

他们加紧放哨巡逻，
昼夜值班防止情况变化，
每个碉堡配备有小头目，
确保军队能放心休息。

帕丙比桑和儿子昆代，
将堡垒设在大树下，
他们看到众多的帐篷，
如同山野上盛开的烂漫鲜花。

天神之王帕雅因从天而降，
来到铁牢告诉巴罗和乌莎：
"巴罗和乌莎呀，
告诉你们一个特大喜讯。

你们的帕亨达爷爷，
带着军队已来到勐迦湿，
他们在边境安营扎寨，
修了一百二十八个战壕。

他们受到勐迦湿民众欢迎，
现在军民正在一块联欢，
帕板捧麻典算错了时间，
边境全线失守。

你爷爷旗开得胜，
士气高昂充满信心，
你们可以安心等待捷报，
惩治帕板已为期不远。"

帕巴罗听后非常高兴，
与乌莎一起向天王跪拜谢恩，
他俩心里感到无比温暖，
仿佛冬天里加盖二十床棉被。

帕雅因告诉巴罗后离去，
刹那消失在云海之间，
巴罗送走了天神帕雅因，
夫妻俩一块庆贺乐翻天。

再说勐迦湿的边境哨兵，
他们是守边境的小鱼小虾，
他们的人数仅有三千多，
见到那么多军队吓得丢盔弃甲。

他们向王宫飞奔而去，
进了王宫还吓得说不出话，
过了好久总算冷静下来，
向国王禀报时结结巴巴。

帕板听到军士的禀报，
心里纳闷理不清头绪，
帕板根据提供的情况，
料不到对方会如此神速。

他不知道是帕雅因施法帮助，
导致他一开始就失算，
边境一带没有重兵把守，
让对方长驱直入勐迦湿。

太阳落山后帕板走到晒台，
远远看到坝子边灯火闪闪，
他心中越发酸楚如鲠在喉，
帕板王哭丧着脸愁眉不展。

这天夜里他没睡好觉，
翻来覆去想办法，
终于想出了一条妙计，
第二天天刚亮就起床。

他于是通知武官大臣，
把军队调进王城迎敌，

一时间王城气氛紧张，
战争的乌云铺天盖地。

军队调动忙成一团，
从四面八方会集城里，
他的军队数量不少，
统计起来有一百一十三阿呵。

所有的将领已经全部到齐，
国王把他们召入王宫下达指令，
命令他们停止做其他事情，
集中精力迎击入侵之敌。

国王先对武官进行安排，
警告他们不可麻痹大意，
他对个别人作临时调整，
要他们不许失败只能胜利。

昆扎罕将军负责第一路军队，
这支军队是勐迦湿军队主力，
昆扎罕替代昆空任总头目，
负责安排调动全军的力量。

奔当扎西罕留在国王身边，
保护国王安全寸步不离，
让扎片罕负责另一路军队，
竭尽全力配合大部队作战。

这几员将领都是国王心腹，
他们本领高强多谋善断，
把他们放在重要位置上，
国王对这番安排颇为得意。

帕板王还给他们配备力量，
每个人都配有一阿呵兵力，
帕板王的侍卫队有一千人，
个个都身体健壮身怀绝技。

他随即给四名将领发出令牌，
这四名将领是昆依莱和昆空，
还有昆莫和昆皮曼，
他们都是有神通法力的猛将。

帕板王让他们带领将士，
骑上矫健的骏马迅速出战，
一定要先打掉敌人的锐气，
变被动为主动才能打胜仗。

他还安排一帮人对付巴罗，
都是弓箭手还能飞檐走壁，
这时巴罗还被关押在牢房，
帕板认为要处死他没问题。

待将士出发之后，
帕板派十万士兵，
手持萨哈萨它麻弓，
前去射杀帕巴罗。

他们把铁牢层层包围，
射向巴罗的箭像大雨一般，
巴罗不慌不忙把宝刀一挥，
射向他的箭全被削成粉末。

接着巴罗拿起神弓，
对着那些弓箭手发射，
那神箭发出雷劈一样响声，
十万个士兵随即全部倒毙。

巴罗已忍无可忍，
他要里应外合施展神威，
他原来想上战场参战，
但又担心乌莎的安全。

因为乌莎走不出铁牢，
巴罗担心自己走后乌莎会被杀，

他只好留下来，
他像一只困在笼里的雄狮。

他虽然出不去也没闲着，
要想办法给帕板制造麻烦，
他口念神咒变出火焰，
熊熊火焰迅速点燃。

大火在铁牢外蔓延，
若不扑灭会烧到王宫，
帕板忙派士兵去灭火，
但大火却越烧越旺。

不得已帕板只好亲自上阵，
他施用法术才把火熄灭，
接着巴罗又用神弓射箭，
只发射一箭就产生巨大轰鸣。

霎时间像是天塌地陷，
仿佛天上雷鸣电闪，
电光闪过，
帕板的千名卫兵永远闭上了眼睛。

话说在城外的帕亨达王爷，
听到城中惊天动地雷鸣电闪，
知道是孙子在发射神箭响应，
他意识到这是进攻的时机。

这是里应外合的信号，
这是敌人末日的先兆，
他命令正面军队冲杀过去，
顿时杀得敌军狼狈不堪。

帕亨达王爷足智多谋，
他想诱敌出城逐个歼灭，
此时的帕丙比桑和昆代，
已同大将昆空厮杀决战。

昆依莱将军的军队，
此时也显得非常勇敢，
他们还不知道厉害，
对勐邦果军有轻敌思想。

昆莫大将军，
此时还摸不清情况，
他按照常规打法，
正在忙于调兵遣将。

多谋善断的昆皮曼，
已看出势头不对，
可是由于帕板的压力，
他不敢逃跑退让。

昆依莱将军为了壮胆，
挥舞指挥刀高声呐喊，
他身先士卒冲在前面，
他拉上弓弦射出一箭。

昆扎罕将军手持着火棍，
使劲投掷过去把草木点燃，
昆依莱将军也用天枪射击，
向帕亨达显示威力。

昆皮曼将军也开始动武，
可惜他的弓箭只能弄着玩，
力量不足缺乏杀伤力，
就像是玩耍的工具。

帕亨达王爷挥动宝刀，
动作利索身手不凡，
暴雨般射过来的弓箭，
全被他砍得粉碎。

昆空将军又跃马冲杀过去，
两军开始厮杀乱作一团，

帕昆代急忙保护爷爷，
猝不及防手中的神弓被打烂。

此时昆空和昆依莱包围过来，
他俩口出狂言要活捉帕昆代，
机灵的帕昆代看势头不对，
骑着大象冲出重围。

冲杀中帕昆代身中一箭，
从象背上掉落下来，
勐邦果的士兵见昆代受伤，
立即将昆代救起送往后方。

勐邦果傣医立即抢救，
帕昆代很快转危为安，
傣医的药物特别灵验，
帕昆代伤愈又返回战场。

勐迦湿方面死伤不少，
昆空已经中箭身亡，
士兵们看到将领已死，
纷纷四处逃散。

勐迦湿军队已经大乱，
勐邦果军队追击不放，
没想到就在这个时候，
昆依莱杀了个回马枪。

幸亏被昆代的军队发现，
用弓箭把他射下象鞍，
可怜这位身经百战的将官，
就这样掉下象背死去。

昆依莱死的时候没闭上双眼，
他死得不明不白，
连妻子也来不及去告别，
年轻的寡妇只能独守空房。

勐迦湿的傣兵见状开始逃命，
有的干脆就地缴械投降，
战场上大象战马狂奔乱跑，
尸横遍野景象悲惨。

想不到昆莫还在垂死挣扎，
他用箭射向帕亨达的士兵，
这一箭射死王爷的士兵十万，
令在场的人心惊胆战。

天上的帕那罗延那看见，
就用施过神咒的仙水施救，
仙水洒向被射死的士兵身上，
救活了一部分勐邦果的士兵。

昆代拉开神弩，
迅速射向昆莫军队，
把昆莫和三万士兵一齐射死，
剩下的敌军纷纷逃跑。

勐迦湿的四名大将领，
在第一场战斗中阵亡，
四大将领是昆依莱和昆莫，
还有昆皮曼和昆空。

只有那个昆扎罕将军幸运，
他带着残兵逃回军营，
他是勐迦湿唯一活着的将领，
他躲在军营里老半天不露面。

这场战争勐迦湿伤亡惨重，
光是士兵就死亡六十四万，
勐邦果方面伤亡也不少，
士兵死亡也有四十多万。

昆扎罕将军逃进城里后，
拜见帕板捧麻典国王，

他详细讲述战争经过，
并告知敌军已兵临城下。

帕板捧麻典听完报告，
战斗的决心不受影响，
他又调集了大批人马，
还特地叫来昆香对他说：

"你准备蜡条和米花，
立即去七金山找我的各位伯父，
要他们火速派兵前来援助，
六个国家一个也不能少。"

伯父们来到勐迦湿王城，
目空一切非常傲慢，
对勐邦果军队不屑一顾，
自认为天下无敌战无不胜。

帕本走进勐迦湿王宫，
他若无其事开怀大笑，
他之所以没有立即出兵，
是因为要先搞清楚情况。

当他摸清对方底细，
他才决定出城应战，
他带领属下的军队，
打开城门直冲战场。

他直接与对方刀对刀砍杀，
边打边指挥天上的兵将，
成群的天兵飞奔而下，
要把勐邦果军队消灭光。

但是出乎帕本意料之外，
当他的天兵天将出现时，
对方也出动飞天兵将，
天空成为主战场。

帕本见状不禁纳闷：
这些天兵来自何方，
他们不仅能在地面打，
还能在天上飞翔作战？

就在帕本纳闷的时候，
对方已开声叫喊，
他们向帕本自报家门，
让他清醒别自找麻烦。

对方的话帕本听不进去，
他只讲义气没有是非观念，
他吹出一口仙气，
变成火龙熊熊燃烧。

火龙扑向勐邦果军队，
要把对方士兵烧成木炭，
这时帕那罗延那飞上高空，
变化出滂沱大雨把火熄灭。

强大火龙竟然烧不起来，
连小火星也不复存在，
帕本看到此情此景，
目瞪口呆不知所措。

勐邦果的军队士气高昂，
乘胜追击把敌军打败，
勐迦湿军队失去锐气，
一个个抱头鼠窜自怨自艾。

帕本和帕松以及帕贡盘腊，
带领各自的兵谁也不帮谁，
他们各自逃遁保存实力，
狼狈不堪如同鱼儿离开大海。

帕板捧麻典万万没有想到，
他的伯父帕本输得这样惨，

其他几位伯父也不例外，
只顾自己老命不知逃到何方。

刚刚参战就一败涂地，
活着的士兵全都跑光，
这场战斗出乎他想象，
帕板捧麻典气得破口大骂：

话说那心地善良的帕农板王子，
见妹妹和巴罗被囚禁心急如焚，
他原以为他俩是仙人囚禁不住，
后来得知铁牢被帕板加了秘咒。

为掌握秘咒他千方百计，
可是仍然一筹莫展，
后来找到阿奴贡盘腊才得到秘咒，
农板于是赶回来进行营救。

农板来到囚禁巴罗的地方，
口念秘咒将铁牢打开，
农板担心暴露自己，
只向巴罗使个眼色就跑掉。

巴罗来不及向农板致谢，
农板已消失得无影无踪，
此时帕那罗延那骑着金翅鸟正好赶到，
金翅鸟在铁牢上空来回盘旋。

帕那罗延那是巴罗的外公，
他正要搭救外孙离开这地方，
当他看到巴罗和乌莎逃出铁牢，
便叫他俩爬到金翅鸟的背上。

金翅鸟驮着他们三人，
迅速离开那间铁牢房，
把巴罗夫妇送进乌莎的塔楼，
金翅鸟又拔起塔楼飞奔而去。

塔楼安放在王爷临时宫殿旁，
给王爷的宫殿增添一道风光，
王爷见到巴罗和乌莎，
他热泪盈眶高兴得合不拢嘴。

他见到孙媳如此俏丽迷人，
认为孙子福气实在不浅，
如此美丽的孙媳世上也难找，
王爷越看越喜欢。

"现在福气保佑你们回来，
你们再也不用受苦受难，
你俩从今以后获得自由，
你们的生活充满阳光。"

此后群臣和各勐的帕雅，
包括众多英勇善战的大将，
所有的亲戚朋友和王族，
都忙着为帕巴罗操办婚事。

他们要为他俩举行拴线仪式，
仪式要隆重热烈扩大影响，
他们认为明人不做暗事，
婚姻大事要办得光明正大。

佣人宫女拿来蜡条和金线，
摆放在桌子上的金盘中，
新郎和新娘坐在桌子后面，
让长者把丝线拴在手腕上。

宫女端来装着清水的小盆，
还拿来树枝和绢帕，
长者轻轻向他俩身上洒水，
祝福他俩从此脱离苦难。

接着长辈们也来拴线和滴水，
首先是爷爷帕亨达王爷，

接下来是外公帕那罗延那，
再接着是父亲帕丙比桑王。

弟弟帕昆代王子，
也像大人一样来凑热闹，
他祝愿哥哥嫂嫂新婚快乐，
他祝愿哥哥嫂嫂白头偕老。

所有大臣都轮流前来，
衷心祝福新郎新娘，
仪式持续三天，
天天热闹非凡。

所有文武百官都来祝福，
他们都带着贵重礼品相赠，
来祝福的人数不胜数，
弄得小两口疲惫不堪。

婚礼结束后王爷开始讲话，
他首先感谢各位臣官，
又感谢参加婚礼的士兵，
然后宣布战争结束。

第二十五章

帕农板弃暗投明

帕板王众叛亲离

傣族英雄史诗

乌莎巴罗

ဥ သာၣ ပါ ရူꩻ

လူꩻ ပီ ၂၅ ꧀ ကြင်္ꩻၚ ꩠ လꩻꩡꧡ ပီꩻတꩠꩻ၁

ဟꩠꧠꩡꧠꩡ ꩠꩡꩠꧠꩡꩠꧠꩡꩠ

接下来哥将要讲的故事，
还是围绕帕亨达王爷，
自从巴罗和乌莎被救回，
他把臣官和将士们集合起来。

然后亲切地对巴罗说：
"巴罗呀，
爷爷的好孙子，
仗已打完我们回家乡吧。"

帕巴罗有自己的主见，
他觉得不说出来心里慌，
他向爷爷和父亲施礼，
非常严肃地控诉帕板王：

"勐迦湿王违反天规佛典，
他是只披着人皮的恶狼，
这恶狼不是一般的欺侮人，
他目空一切非常傲慢。

"现在我请求爷爷和父王，
不要急于撤兵返回家乡，
要乘胜追击教训帕板王，
到那时再回去也不晚。"

王爷听了孙子的建议，
觉得义正词严好主张，
他于是放弃返勐邦果计划，
但还想听听大臣们的意见。

丙比桑同意儿子意见，
昆代对哥哥想法也赞赏，

他俩于是向王爷行合十礼，
直截了当表明自己的主张。

帕亨达彻底下了决心，
他要向勐迦湿发动大战，
他要把帕板打得落花流水，
他要树立勐邦果的威望。

帕亨达拿出九百四十万两黄金，
奖励勇敢冲锋在前的将士，
给一阿呵将士作酬金，
鼓励这些将士跟着巴罗打前锋。

接下来老王爷当众宣布，
勐邦果的国王已经归来，
下面这一仗由巴罗总指挥，
后生可畏孙子比自己强。

帕巴罗听了爷爷这样说，
本想谦让又觉得不妥当，
前面两仗打得辛苦，
不忍心再让爷爷上战场。

他为此接下总指挥重任，
但心里头依然忐忑不安，
他心想姜还是老的辣，
便非常认真地对大家讲：

"爷爷德高望重有经验，
巴罗才疏学浅难担重任，
但考虑到爷爷年事已高，
孙儿应为爷爷分挑重担。

"这种战争机会不多，
年轻人应在战争中接受锻炼，
为此巴罗愿意接任总指挥，
同大家一起打垮帕板王。

"不过虽说晚辈接替总指挥，
大的决定会同爷爷和父王商量，
也请各位将官多提建议，
同心同德才能打胜仗。"

帕亨达听完孙子的话，
心里头无比欣慰舒畅，
他认为巴罗成熟稳重，
勐邦果的江山有希望。

接下来巴罗调兵遣将，
他重新制订战斗方案，
右路军保持原有兵力，
左路的大部队要加强。

因为左路军是主力部队，
兵力保持最优势力量，
其他各路军队有十三阿呵，
对勐迦湿形成包围圈。

中路军由巴罗亲自率领，
每一阿呵军队设一名大将领，
每支部队要挖好战壕，
能攻能守才能打胜仗。

巴罗的部署周到，
王爷听后表示赞同，
大家都认同方案可行，
将领和士兵斗志更旺。

帕巴罗对打胜仗信心十足，
要在这场战争中施展才干，
他准备抓紧时机主动出击，
全力歼灭敌人保两翼平安。

巴罗着手组建先锋部队，
他亲自落实将士人选，

选出精兵八阿呵，
还挑选出八名大将领。

这些人接受任务之后，
立即出动打前站，
任务是包围勐迦湿城，
堵住退路防止敌人逃窜。

时间一到大部队行动，
各路军吆喝声响彻四方，
兵马出发各就各位，
每个交通要塞都有人站岗。

勐邦果军队完成部署，
全部行动按计划顺利实施，
帕巴罗一马当先，
率领大部队走在最前方。

他首先逼近勐迦湿王城，
观察城里动静和兵力情况，
他的视力可以穿透墙体，
所有物体他能一目了然。

他发现城里布满军队，
勐迦湿的城堡固若金汤，
武士手里都有弓箭利剑，
有的还握着长矛或刀枪。

帕巴罗立即布置兵力，
堵住可以逃跑的通道，
接着又把主力分成几路，
然后吹响冲锋号角。

霎时间喊杀声震天动地，
大队伍如洪水一样涌向王城，
勐邦果将士骑着战马或战象，
把勐迦湿城包围得水泄不通。

哨兵立即去报告帕板王，
帕板王听后不以为然，
此刻他表现得非常镇静，
只是命令军队出去迎战。

此时各处战斗同时打响，
从城外到乡村硝烟弥漫，
马蹄声喊杀声此起彼伏，
整个国家变成个大战场。

帕板捧麻典走出王宫，
从哨楼向远处观望，
他见到外军已经占领各地，
哈哈大笑一点不慌张。

他从容回到宫内，
钻进坚固的铜板房，
他坐在里面低头沉思，
他不许任何人来扰乱。

就在此时有一个人走进来，
他是帕板的儿子农板，
帕板这个王子还算开明，
能分清是非还有正义感。

刚才农板王子站在城楼上，
看到城外勐邦果部队军旗飘扬，
勐邦果的军队已兵临城下，
他想起婆罗门国师的预言。

婆罗门说再过二十年之后，
勐迦湿将面临一场大灾难，
可能会遭遇灭顶之灾，
而且灾难来势凶猛不可阻挡。

他见到眼前这些情景，
想到二十年期限已到，

不禁一阵阵心寒，
这就是大毁灭的前兆。

他为此去拜见帕板父王，
他面对父亲开口讲：
"奴尊敬的父王啊，
孩儿突然有种不祥预感。

"如今勐邦果已兵临城下，
恐怕我们勐将发生大混乱，
应了国师二十年前的预言，
没准会遭遇大的灾难。

"现在乌莎和巴罗已被救走，
我们应该和他们坐下和谈，
巴罗有罪就叫他拿钱来赔，
然后两勐停战重新和好。"

农板王儿的话推心置腹，
却无法打动父王铁石心肠，
帕板不但不听儿子劝告，
反而暴跳如雷骂儿子背叛。

"你这个败家子，
你想向人家投降，
老子从小把你养大，
想不到你如此黑心肝。

"依我看你该当斩首示众，
只适合当供奉勐神的物品，
老子明天就把你拉出去宰掉，
免得败坏了王家声望。"

帕农板看到父亲火气那么大，
如同发怒的雄狮一般疯狂，
又听到父亲要宰他去祭勐神，
看来让父亲回心转意已无望。

尤其是听到父亲要宰他的话，
他更加心惊胆战，
他很了解父亲的性格，
六亲不认什么事都干得出来。

他不敢再留在父亲身边，
他不想接班当未来的国王，
留下来只会成为祭神物品，
不如早点离开还有生存希望。

他带着妻子嫡西丽婉娜，
以及大象马匹和金银珠宝，
还有奴仆和心腹大将士兵，
在夜深人静时逃出王城。

他毅然决然逃离王宫，
投奔妹妹那里去避难，
他相信妹妹是个好人，
他相信妹夫是好儿郎。

当他来到勐邦果的军营，
卫兵盘问他来自何方，
农板很有礼貌地自报家门，
并说明来意告知情况。

卫兵将他带进军营，
乌莎见到哥哥热泪盈眶，
巴罗对农板也深表同情，
请他住下不必惊慌。

帕农板逃跑的事情，
很快有人禀报国王，
帕板捧麻典更加气愤，
他已处于众叛亲离状况。

帕农板被带去见王爷，
王爷向他了解王宫情况，

王爷问他王宫还有多少人，
还有多少能干的武将？

帕农板有问必答，
对王爷毕恭毕敬，
他真心实意来投靠，
忧国忧民不希望再打仗。

王爷详细了解了情况，
在一旁听的还有丙比桑，
他们同情农板的遭遇，
知道他与他父亲不一样。

何况农板是嫡乌莎哥哥，
还从铁牢中救出巴罗和乌莎，
他们收留他并对他很热情，
巴罗为此感谢爷爷和父王。

帕农板看到王爷很讲理，
没把他同父亲扯在一起，
加上妹夫对他非常热情，
他很感动对父王更生气。

王爷很赏识帕农板，
像他这样的人逗人喜欢，
他随即认农板做干孙子，
要他安心别再思念家乡。

农板一再向王爷请命，
要同妹夫并肩作战。
他自己也有六千兵马，
他要亲自带兵打仗。

王爷批准他的请求，
为让帕农板能专心打仗，
王爷把他的亲属转移后方，
同王族的亲戚们住在一起。

农板成为巴罗手下的将官，
率领众多士兵和战象，
他们都搬到总指挥部，
老王爷在一旁帮助出主意。

帕农板提供的情况很重要，
巴罗据此制订作战方案，
对各方面进行周密筹划，
帕巴罗不敢有轻敌思想。

其实勐迦湿还有一批勇将，
他们的本领和力量不一般，
如果都为帕板捧麻典卖力，
要想打败他们有一定困难。

于是帕农板想出个办法，
要分化瓦解这批大将军，
他在勐迦湿也有号召力，
在将军们心目中很有威望。

他于是分别给他们写信，
要他们离开帕板王，
投奔到勐邦果旗下，
一道讨伐昏庸贼王。

将军们接到王子信函，
不少人作出积极响应，
他们带着自己的士兵，
投奔农板并肩打仗。

投奔过来的将士浩浩荡荡，
计算一下有九百八十万，
农板一下子增加很多人马，
他的力量变得强大。

帕农板已经有八位将领，
他对打败父亲充满信心，

投诚过来的人能跟他走，
说明帕板已经没有威信。

帕丙比桑和帕巴罗父子，
还有加盟的王子帕农板，
三个人住在总部，
对全军进行统一调遣。

帕板捧麻典也积极备战，
勐迦湿还有强大的力量，
他们还有一批能干将领，
他们还有大批勇敢士兵。

他们召集了大批兵马，
调整分配到各路军队，
根据现有士兵的数量，
每个将军统领士兵一阿呵。

战斗终于打响，
双方对峙摆开战场，
他们互相通报名字，
都夸其谈辱骂对方。

这时昆庄将军猛冲过来，
接着双方士兵也动起刀枪，
双方接着对打射箭，
双方的战鼓擂得震天响。

帕丙比桑见昆庄冲过来，
他骑上战象冲过去迎战，
他举起弓向昆庄射箭，
昆庄头一歪箭从耳边飞过。

飞去的箭击中他的部下，
这一箭就有不少士兵伤亡，
救不活的就有一万多人，
活着的士兵吓得鬼哭狼嚎。

昆庄看到这一惨况，
不禁心中有些惊慌，
他立即射出火箭，
他想射死丙比桑王。

丙比桑反应敏捷，
手握宝刀把火箭砍断，
昆庄看到丙比桑宝刀，
金光闪闪令人心寒。

丙比桑还有一帮得力将官，
他们配合默契打得很漂亮，
他们跟着老国王勇敢冲杀，
打得昆庄的军队人仰马翻。

勐迦湿的士兵看势头不妙，
心惊胆战纷纷逃离了战场，
昆庄看到这状况只好后退，
若再打下去只有自取灭亡。

接着昆野将军率兵冲过来，
帕巴罗亲自带军队迎战，
昆野将军举起神力火箭，
瞄准帕巴罗拉个满弦。

这箭射出去变成火海，
被巴罗一刀砍成两半，
火箭被砍断没了威力，
昆野见到后心惊胆战。

双方士兵紧接着打起来，
刀光剑影令人眼花缭乱，
一个个人头在地上滚动，
死伤的士兵多达几十万。

帕巴罗举起神弓射箭，
昆野立刻歪过头躲闪，

这一箭没射中昆野将军，
吓得他魂魄丢掉一半。

昆野正庆幸没被射中，
不料那箭出现怪象，
它飞来飞去寻找目标，
发出地动山摇隆隆巨响。

整个战场顿时一片恐慌，
昆野士兵被杀得七零八落，
他们哭哭啼啼乱了方阵，
一下被射死好几十万人。

一箭就射死那么多人，
昆野不得已急忙逃离战场，
那溃败的样子非常狼狈，
活着的士兵跟着抱头鼠窜。

这时轮到昆辛冲上来，
他挥舞战刀骑着大象，
大象踩死了不少士兵，
那凶猛劲像倒塌的石墙。

他举起弓箭要射农板王子，
帕农板挥动宝刀相斗，
他用宝刀拦截飞来的箭，
飞箭被一刀砍成两段。

农板王子有高超法术，
他的纳来箭有神奇力量，
他把纳来箭轻轻一吹，
昆辛被射中当场死亡。

昆辛的战象也被打死，
昆辛的部下一片混乱，
昆辛的士兵纷纷逃跑，
农板王子紧追不放。

慌乱中的士兵互相践踏，
昆辛的士兵死了三百万，
活着的人也都鼻青脸肿，
整个军队变成残兵败将。

昆列号称是铁王大将军，
是一个玩弄女人的混蛋，
不过他也掌握一些法术，
既能玩女人也能够打仗。

他的军队与布塔碰头，
双方一见面不宣而战，
昆列想先发制人占主动，
向布塔发射闪光弹。

布塔立即进行拦截，
一刀就把闪光弹砍得稀巴烂，
布塔顺手发射弓箭，
一箭就把昆列送上黄泉路。

这一箭杀伤力非常强，
昆列手下士兵死了十多万，
活着的士兵纷纷逃命，
都成了一群无头苍蝇。

昆乌龙将军想一显身手，
他拉起闪电箭射向对方，
昆乌龙与坦麻对阵，
双方一交手展开了激战。

坦麻拦截了闪电箭，
箭被打偏射中碉堡顶端，
碉堡顿时变成一片火海，
碉堡的碎片飞向四面八方。

坦麻也射出神箭，
顿时整个天空产生轰鸣，

神箭射中了昆乌龙大将军，
他从此离开他美丽的婆娘。

昆乌龙的士兵死伤惨重，
活着的士兵也人心大乱，
士兵们各顾各没命奔逃，
整个部队溃不成军。

昆扎罕看到这种惨状，
想挽救败局继续顽抗，
他举起神弓拉开弓弦，
瞄准桑卡就发射。

桑卡眼明手快，
立即伏下躲闪，
同时挥动魔棍拦截，
不让神箭打在士兵身上。

桑卡举起神弓发射，
一箭射中昆扎罕将军，
昆扎罕从象背上掉下，
也从此离开了他的婆娘。

丙巴扎想做垂死挣扎，
他挥戈上阵拼命顽抗，
他向纳林答射出一箭，
纳林答挥宝刀拦截。

射出的箭被一刀砍断，
没发挥作用就掉在地上，
纳林答乘机发射一箭，
把丙巴扎的胸脯射穿。

丙巴扎差点被射成两段，
他从象背上掉下把命丧，
士兵们看到后纷纷逃跑，
在这次战斗中死伤一百万。

后来昆庄又冲上来对战，
他把昆塔来雅作为对象，
两位强将用战刀拼杀，
彼此武功高强旗鼓相当。

这时农板王子也赶过来，
他的武功更高力量更强，
他的动作非常敏捷，
他左右开弓横冲直撞。

结果昆庄头颅被他砍下，
那头颅滚在地上就像南瓜，
昆庄的头滚得很远，
一直滚到十庹远的地方。

领头一死手下就乱了阵脚，
士兵们害怕得拼命逃跑，
这个号称国魂的将官被打死，
勐迦湿又失去一员主将。

勐迦湿只剩下最后一名将领，
这个名叫昆野的还不肯投降，
他硬着头皮冲杀过来，
妄想同帕巴罗决一死战。

昆野是有名的肉搏战将军，
他看不起这个年轻人，
他骑着大象手握大刀，
一边冲杀一边狂喊。

帕巴罗沉着应战，
他手握宝刀不慌不忙，
他手起刀落砍将过去，
想一刀就让昆野完蛋。

这个昆野算是有两下子，
他躲过这一刀没把命丧，

他纵身一跃朝天上飞奔，
不敢同帕巴罗再较量。

帕巴罗飞上高空紧追不放，
用宝刀猛砍昆野的胸膛，
昆野东藏西躲想逃命，
还是被一刀砍断了肚肠。

昆野的尸体掉落下来，
砸到地上粉身碎骨，
他的士兵见状吓得魂不附体，
纷纷逃离战场。

败兵们也难逃劫数，
一刀一个全被杀光，
勐迦湿七个高级将领，
这一仗全部命丧沙场。

逃得快的残兵败将，
跑回城里还魂飞魄散，
那些跑不动的残兵，
只好乖乖举手投降。

勐迦湿在战争中伤亡惨重，
士兵死去多达四阿呵，
受伤的将士不计其数，
断手断腿的样子很悲惨。

勐邦果这边也有损失，
死伤也将近有一千万，
这些死伤的全是士兵，
没有损失一员大将。

帕那罗延那亲自到战场，
清点人数察看死伤情况，
其他年老国王也跟着来，
分别到各个战场去察看。

他们先为伤兵进行医治，
不让他们受痛苦煎熬，
特别是那些缺胳膊少腿的人，
他们的状况更加悲惨。

出发时勐邦果带了许多傣药，
傣家神药有特殊疗效，
特别是火伤和跌打损伤，
药到病除伤员很快恢复健康。

这次勐迦湿损失惨重，
有数百万人向勐邦果投降，
跑回城的都吓得魂不附体，
削弱了勐迦湿的有生力量。

话说勐迦湿的残兵败将，
逃回王城去见帕板国王，
他们报告了将官的战死，
还汇报了战争的详细情况。

帕板听完了将士禀报，
他心情沉重惶恐不安，
想到牺牲那么多将领，
更是心痛得肝肠寸断。

勐迦湿败得非常惨，
他们还想继续顽抗，
帕板经过深思熟虑，
想起一位有名大将。

这位大将名字叫昆达来，
他是勐迦湿最得力大将，
他号称常胜将军，
从来没有打过败仗。

帕板捧麻典想如果把他起用，
没准可以转败为胜，

他的手下有士兵四阿呵，
他还是法术高强的健将。

帕板捧麻典任命他为总指挥，
出征讨伐勐邦果盟军，
他相信昆达来能打败敌军，
为勐迦湿扭转惨败的局面。

昆达来除了有众多士兵，
还有许多杂牌军队加盟，
这些杂牌军也由他统领，
他有更加强大的力量。

帕板下达战斗命令，
昆达来领了军令状，
他出征前鸣放礼炮，
隆隆炮声震荡四方。

这一天的勐迦湿城郊，
战争的乌云翻滚，
乌云笼罩城镇乡村，
笼罩坝子山冈。

此时王城里人山人海，
出征的部队浩浩荡荡，
大道上扬起滚滚尘埃，
昆达来威风凛凛骑着大象。

消息传到勐邦果军营，
勐邦果方面也积极备战，
王爷叫来帕农板王子，
向他了解昆达来的情况。

帕农板急忙向王爷施礼，
向老王爷报告真实情况，
他对昆达来很了解，
他说切不可有轻敌思想。

"即便把昆达来砍成两半，
他的身体也会自动复合，
还是完整的躯体，
没受任何伤害。"

王爷听到后频频点头，
他边听边在心里盘算，
他要巴罗重新部署兵力，
要认真应付这员猛虎大将。

巴罗叫来几个大将领，
一道商议对付的方案，
要求想尽一切办法，
千方百计制服这名大将。

他们来到前沿阵地，
先为自己助威壮胆；
帕巴罗高声辱骂，
让帕板坐立不安。

巴罗语重心长教育对方，
之后他着重教训指挥官；
他觉得应提醒那位大将，
不要目空一切太狂妄。

勐迦湿方面也作出反响，
回答的是昆达来指挥官；
对帕巴罗的话他不在乎，
他不忘把自己标榜一番。

这边帕农板也放大声喊，
他看不惯昆达来那模样；
要昆达来撒泡尿照自己，
他臭骂他狂妄太不自量。

昆达来想显示自己武艺，
他抓起弓弩射向帕农板，

在旁的帕巴罗眼疾手快，
接住射来的箭一折两段。

飞箭没有射中帕农板，
帕农板飞身跃上大象，
他挥动手中的宝刀，
冲过去同昆达来大战。

两个人使用宝刀对打，
两头大象的力气相当，
两位大将都是非凡人物，
两人相互拼杀各不相让。

他俩打了几个回合，
谁也没有砍中对方，
有时只是两象打斗，
两对象牙撞得咯咯响。

两头战象打得很凶猛，
最后昆达来战象的牙被打断，
它失去了战斗武器，
就掉头逃出战场。

昆达来眼看形势不利，
就放弃战象飞到高空，
他这一飞非同小可，
引起惊天动地的巨响。

雷鸣般的响声回荡天宇，
显示出昆达来武功高强，
见到昆达来飞上高空，
帕农板也飞上去紧追不放。

两人挥动着宝刀，
两把宝刀在空中闪亮，
两把宝刀碰撞出火花，
两人都无法砍着对方。

后来昆达来又回到地面，
帕农板也落地把他追上，
他俩又在地面上厮杀，
打得难解难分尘土飞扬。

在一旁的帕巴罗见状，
认为再打下去也难决胜负，
他拉开他的神弓，
对准昆达来射出一箭。

巨大的轰鸣声像天塌下来，
这一箭射中了昆达来心脏，
他的身体被抛出去很远，
飞到了二十多庹的地方。

眼看着昆达来命归黄泉，
想不到他又复活过来，
他站了起来大喊大叫，
像发疯的公牛气焰嚣张。

昆达来举起火箭神弓，
瞄准帕农板把弓弦拉满，
嗖的一声火箭飞将过来，
霎时划出一道闪烁的亮光。

帕农板不慌不忙，
他挥宝刀拦腰一斩，
火箭被宝刀砍断，
失去效力没造成伤害。

帕农板早就了解昆达来，
他的几招农板了如指掌，
帕农板可以制服昆达来，
昆达来必定是手下败将。

帕农板见时机已经成熟，
他拿出制服昆达来的绝招，

他用绳子套住昆达来脖子，
就像拴住一头公牛一样。

这时丙比桑举弩射击，
弩箭的威力能把盾牌射穿，
帕农板也同时举弩射击，
两支弩箭来自两个方向。

两支箭同时射中昆达来，
把昆达来还魂后路截断，
此时才真正将昆达来击毙，
昆达来再也没有复活希望。

帕农板割下他的头颅，
把它狠狠砸在石头上，
然后又把它丢进江里，
送去给大鱼当美餐。

昆达来被射死以后，
他手下官兵继续打仗，
他们用长矛和大刀，
同勐邦果军队混战。

双方有时用弓箭射击，
官兵都有不少死伤，
战场上尸横遍野，
那情景惨不忍睹。

勐迦湿的兵力不少，
射出弓箭如暴雨一样，
密集的弓箭铺天盖地，
遮住了天上的太阳光。

战斗打得非常激烈，
光线阴暗分不清敌我，
巴罗见到这混乱局面，
急忙射出照明弹。

照明弹划破黑暗天空，
把弥漫的尘埃驱散，
可惜亮度持续不久，
万箭齐发时又恢复阴暗。

巴罗只好不断发射照明弹，
乘着光亮杀向对方，
如此反反复复来回对打，
双方越打越激烈互不相让。

勐迦湿军多次发起冲锋，
士兵喊叫的声音像老虎吼叫，
勐迦湿士兵好像不怕死，
每次冲锋都死伤大半。

尸横遍野血流成河，
活着的人好像疯子一样，
他们一个个只顾冲锋，
前面的倒下后面又跟上。

昆达来大将被击毙，
已经没有复活的希望，
他们不相信这是事实，
个个脑子里都是谜团。

一旦知道大将真的战死，
士兵们开始逃亡，
有些躲到深山野林，
有些逃回城禀报帕板。

帕板听到这个消息，
痛苦万分仰天长叹，
他想不到不死的昆达来，
也会落得这样悲惨下场。

帕板不甘心失败，
又派昆香和昆占出战，

结果两员大将又战死，
勐迦湿的士兵惊慌失措。

帕板听到这个坏消息，
如同输光钱的赌徒一般，
此时的帕板已黔驴技穷，
帕板王仰天号啕大哭。

帕板还是不甘心失败，
又把剩下的几员大将叫来，
他们是因答巴、昆松和昆宝，
帕板王让他们带着八阿呵士兵出战。

因答巴等三人骑上战象，
奉命带着将士们进入战场，
他们都手持着弓弩和战刀，
毫无信心出征打仗。

勐迦湿又是一败涂地，
士兵跑回禀报帕板国王；
他们说这场战况非常糟糕，
三员大将全阵亡。

第二十六章

帕巴罗战胜敌顽
帕板王哭祭亡灵

ၒ သသၢ ပၷ ၼ္ၺ
傣族英雄史诗
乌莎巴罗

လူ ဝိ ၂၆ ပၼ္ၺၷင်ဒၢ်ဖၵၤေၡၡေၧၢ်
ၢၵၷၷင်ႃၵသ်ၢသ္ၺၡၡၽႅၵၽ

回顾上章的最后片段，
更看出帕板黔驴技穷；
能用的将领都已死了，
此时他更加一筹莫展。

帕板捧麻典下达命令，
要三位侍卫官出战，
他们是昆依念达和昆轰，
第三位是昆高大将。

三位将领不敢讲价钱，
还得装出有信心很勇敢，
大部队走出王城，
前呼后拥浩浩荡荡。

勐邦果方得知消息，
随即进行调兵遣将，
帕巴罗亲自上阵，
父亲丙比桑也参战。

父子俩统领大部队打主力，
另有两位将军配合作战，
他俩是昆塔来雅和纳林答，
他俩充当左右手紧跟后方。

农板布塔和帕约三位大将，
心痒痒也主动要求出战，
这次出动兵力也很强大，
几支军队加起来有十阿呵。

且说昆高将军的军队，
一出王城就遇到麻烦，

他迎头就碰上了帕巴罗，
只好硬着头皮大声呐喊。

帕巴罗听后哈哈大笑，
笑他们口气太大不自量，
眼看勐迦湿败局已定，
死到临头还在夸夸其谈。

经过一番激烈的舌战，
谁也没能够骂倒对方，
对骂解决不了问题，
便开始动武比试刀枪。

勐迦湿损兵又折将，
很快就死伤一大半，
只剩下昆依念达一员大将，
他还要进行最后顽抗。

帕巴罗射出奔冠神箭，
隆隆的轰鸣声地动山摇，
这一箭击中昆依念达头部，
他滚下象背摔了一大跤。

昆依念达还没有死去，
他垂死挣扎还想逃掉，
帕巴罗冲向前去，
对着他的脑袋补上一刀。

勐迦湿的三位将领，
至此全部被杀光，
他们参战的军队官兵，
总共有四阿呵死伤。

勐迦湿在战争中再度失利，
派出的三员大将无一生还，
剩下的士兵就像无王的蜂子，
四散逃命溃不成军。

逃进王城的败兵直奔王宫，
上气不接下气禀报国王，
士兵禀报将军的死讯，
还详细描述失败的惨状。

帕板捧麻典惊恐万状，
他全身发抖坐立不安，
他立即传令几个兄弟，
这是他最后一根救命稻草。

兄长巴拉迭瓦了解了战况，
意识到局势非同一般，
如今已没有退路，
兄弟几个只好亲自出战。

巴拉迭瓦要亲自上阵，
四个兄弟一致赞同，
计划各自亲率十万亿傣兵，
上前线捉拿敌方指挥官。

兄弟们经过一番谋划，
五个兄弟披挂上战场，
帕板留守王宫当总指挥，
协调前方作战和后备力量。

大队人马开始出发，
骑兵在前步兵在后，
部队像蚂蚁一样开出城外，
一路上尘土飞扬。

帕板向兄弟们送行，
祝愿他们旗开得胜打败对方，
他在王宫里准备庆功酒，
等待兄弟们回到王宫殿堂。

话说勐邦果统帅帕巴罗，
得知帕板国王又在调兵遣将，

此次帕板国王做垂死挣扎，
要预防他们狗急跳墙。

此时的敌人最狠毒，
帕巴罗不敢大意小看，
他们也在认真做准备，
坚决打击不甘失败的敌人。

巴罗下令军队出发上前线，
把勐迦湿城围成铁桶一般，
密集的兵力比砂粒还要多，
王城外好比节日的赶摆场。

他们出动所有的军队，
包括所有的战马和战象，
他们对军队进行分工，
四个将领为一个阵营。

第一个碰上勐迦湿军的，
是昆嘎拉南瓦的阵营，
勐迦湿军来势汹汹，
冲锋陷阵如狼似虎。

这回勐迦湿也倾巢而出，
他们的兵将如野蜂群一样，
每个士兵都佩带有弓弩，
发射时像狂风暴雨从天而降。

众多的兵马如山洪暴发，
直冲勐邦果的兵将，
他们边冲边射火龙箭，
勐邦果的大批士兵被烧成木炭。

帕丙比桑看到这阵势，
示意两个儿子一道行动，
父子三人包围了巴拉迭瓦，
巴拉迭瓦三面受敌一筹莫展。

巴拉迭瓦拔出宝刀左右挥动，
他想杀开血路把形势扭转，
他奋力厮杀拼出了老命，
可惜打错算盘没有作用。

丙比桑并非等闲之辈，
他手握宝刀上前就砍，
他的两个儿子也冲上来，
三个将领与巴拉迭瓦决战。

巴拉迭瓦左防右打奋力拼杀，
他被三面围攻进退两难，
他的体力越来越无法支撑，
可是又不愿意举手投降。

此时巴罗挥动宝刀，
从巴拉迭瓦的背后包抄，
那寒光闪闪的宝刀，
朝巴拉迭瓦背后砍进去。

巴拉迭瓦的胖脸顿时铁青，
巴拉迭瓦的眼睛火星乱冒，
巴拉迭瓦终于支撑不住，
他的性命就此葬送。

这位勐迦湿的有名大将，
终于离开他的家族王朝，
勐迦湿方得知消息，
都为之惋惜和心痛。

迭文答见此情况，
心里非常紧张害怕，
他手举神弩进行反击，
要为大哥报仇把战局扭转。

他的火龙箭射向巴罗，
却被巴罗用宝刀砍掉，

巴罗动作敏捷，
他的眼睛明察秋毫。

巴罗立即回敬一箭，
这一箭非常地厉害，
箭的名字叫吉腊别，
一般人遇到它死路一条。

这一箭直射迭文答将军，
这位将军并非草包，
他迅速将身体躲开，
成功避过这一遭。

捧麻扎嘎也拿出神弩，
瞄准他要射击的目标，
他的箭叫奔迈哥害龙，
直直飞向帕昆代的后脑。

昆代头一偏躲过飞箭，
脸不变色心不跳，
捧麻扎嘎又举弩进行射击，
这支箭也被打掉。

射过去的箭全被昆代接下，
一根根都被砍断，
任何武功高强的将领，
都无法在他面前逞强。

勐邦果盟军步调一致，
打起仗来秩序井然，
虽说有时无法一击奏效，
却能形成合力打败敌方。

纳林答瞄准捧麻扎嘎，
放出一箭射他的胸膛，
没想到捧麻扎嘎眼快，
避开飞箭安然无恙。

那飞箭从他身边擦过，
射中他手下的士兵和大象，
士兵死伤不计其数，
这一箭威力令人惊叹。

勐迦湿士兵大批伤亡，
他们顽强抵抗不愿投降，
勐邦果方面也死伤不少，
双方打得天昏地暗。

布塔又射出神箭，
奇拉密神箭声音很响，
巨大的轰鸣声呼啸飞去，
不少士兵吓得伏在地上。

沙嘎拉晚那避开飞箭，
死的又是大批士兵，
双方将领都训练有素，
战场上能攻也能防。

沙嘎拉晚那反射一箭，
这支箭带着火焰，
箭头直指布塔将军，
企图一箭叫他完蛋。

布塔将军不慌不忙，
用宝刀把火箭砍断，
沙嘎拉晚那见到大为恼火，
他对勐邦果盟军一筹莫展。

沙嘎拉晚那气得咬牙切齿，
恨不得把敌人一口吃掉，
他破口大骂勐邦果盟军，
仇恨的怒火熊熊燃烧。

帕巴罗听后哈哈大笑，
他笑他实在太狂妄，

死到临头还夸海口，
目空一切太不自量。

丙拔扎嘎和萨哈嘎帝，
拉弓放箭射向对方，
箭矢只射中士兵，
双方士兵又大批死伤。

捧麻扎嘎看到这种情况，
心里头极度悲伤，
他的军队伤亡惨重，
总共死了三百多万。

他举起神弩猛射过去，
这箭直射加拉韦扎大将，
加拉韦扎功夫好躲得快，
连皮毛也没有擦伤。

这箭叫奔星宰嘎威，
威力之大世上罕见，
这一箭射中了士兵们，
大批士兵倒地死亡。

纳林答将军拉弓放箭，
直射沙嘎拉晚那，
这箭名叫奔巴阿维吉亚，
在沙嘎拉晚那的身旁爆炸。

沙嘎拉晚那幸亏先念了咒语，
成功避开没被炸伤，
尘土被炸飞很高，
撒在沙嘎拉晚那的衣服上。

沙嘎拉晚那举起弓弩，
直射萨哈嘎帝大将，
箭名叫做塔来罗，
弩箭如雷击电闪。

萨哈嘎帝挥动手中宝剑，
粉碎了沙嘎拉晚那的梦想，
射过去的这一箭又落空，
沙嘎拉晚那为此更加心烦。

随后阿皮伦将军发射神箭，
他想打掉敌人的嚣张气焰，
这箭名叫阿皮罗龙，
目标对准迭文答大将。

迭文答见了赶紧躲开，
动作很快没被射中，
将领们都有防身的一套，
要射中对方实在很难。

勐迦湿军虽然寡不敌众，
四位将领不慌不乱，
他们不会就此服输，
骄傲气焰依然不减。

双方用箭对射之后，
又用刀对打展开了肉搏战，
激烈的搏斗惊天动地，
像要把勐迦湿大地掀翻。

念达辛将军开始出场，
他是位脾气暴躁的大王，
他射出去的箭威力很大，
发出惊天动地的巨响。

丙拔扎嘎闪身想躲开，
不料一箭穿心把命丧，
还有大批士兵被射死，
他们死得真太冤。

迭文答又举弓射箭，
这个箭的名字叫火焰，

帕亨达王爷此时也出战，
他挥动宝刀熄灭了火焰。

丙比桑射出纳拉雅箭，
终于射中迭文答胸膛，
他从象背上滚下来，
喘了一会粗气就不再动弹。

沙嘎拉晚那眼见三哥五哥都阵亡，
气得捶胸跺脚全身颤抖，
这一箭不仅射死迭文答，
同时被射死的士兵有四十万。

沙嘎拉晚那气得要发狂，
他拉开弓箭猛射敌方，
他射出的箭名叫别索，
这箭专门射向丙比桑王。

丙比桑立即用刀拦截，
飞来的箭全部被砍断，
他不但没有被射着，
连周围士兵也没受伤。

帕昆代王子也举弓射箭，
这种箭名叫奔冠很难防，
飞箭击中了沙嘎拉晚那，
他随即滚下象背去见阎王。

勐迦湿士兵大批死伤，
大将只剩下捧麻扎嘎，
他看势头不好转身逃跑，
他脸色发青神情沮丧。

他想逃回勐迦湿王城，
保住老命去见老婆，
他已失去出征时的威风，
他知道打下去只会全军覆没。

此时形势不如他所想，
他想逃跑不那么简单，
勐邦果军队前堵后追，
捧麻扎嘎进退两难。

他的军队被团团围住，
他四面受敌退路已断，
对方向捧麻扎嘎喊话，
叫他放下武器来投降。

捧麻扎嘎听后心凉如霜，
他想不到落得如此下场，
他想保住自己的老命，
又羞于启齿左右为难。

起初他说了那么多大话，
如今这面子往哪里放？
与其跪着生不如站着死，
此时他的抉择生死攸关。

想来想去他要孤注一掷，
他挥动宝刀疯狂抵抗，
他把生死置之度外，
他准备战死沙场上。

他抓起一颗火星弹，
冲进勐邦果的军队中间，
他左右环顾寻找目标，
想同丙比桑王决一死战。

勐邦果方面看穿他的阴谋，
念达辛将军对他紧追不放，
加拉韦扎将军堵住他的去路，
前后夹攻他无法逞强。

随后又来四五位大将，
与捧麻扎嘎展开肉搏战，

索利瓦将军手握大刀冲杀，
对准捧麻扎嘎奋力一砍。

这一刀着实厉害，
把捧麻扎嘎头颅砍成两半，
捧麻扎嘎一命呜呼，
掉下象背无法动弹。

俗话说树倒猢狲散，
捧麻扎嘎手下乱作一团，
他们失去理智互相残杀，
疯疯癫癫四处逃窜。

勐邦果的军队乘胜追击，
砍脑袋就像切西瓜一样，
捧麻扎嘎死后不一会儿，
他手下四百万大军全完蛋。

勐迦湿军只剩下残兵，
此时已经失去领头大将，
像蜜蜂失去蜂王到处乱窜，
个个心慌乱作一团。

将领一死军心就大乱，
士兵们各顾各大逃亡，
丢下弓弩刀枪数不清，
战死的尸体堆成山冈。

勐邦果方面一鼓作气，
乘胜前进紧追不放，
凡是投降的手下留情，
对继续顽抗的只能杀掉。

被俘虏的士兵非常幸运，
给他们饭吃给他们治伤，
那些药物非常神奇，
药到病除很快恢复健康。

他们向勐邦果谢恩，
磕头作揖态度诚恳，
纷纷表示投奔对方，
要同帕板王一刀两断。

勐迦湿也有顽固分子，
死心塌地跟随帕板王，
他们逃进王城之后，
向帕板报告前线战况。

帕板王好像心情尚好，
看不出有半点紧张，
面带微笑自我安慰，
仿佛这次打了胜仗。

帕板的微笑时间不长，
装出的笑脸很快露馅，
他突然放声痛哭起来，
这时的样子实在凄凉。

"我的十六名大将军啊，
你们是勐迦湿的栋梁，
你们就这样离我而去，
你们死得何等冤枉。

"你们丢下了自家的儿子，
你们丢下了心爱的婆娘，
孩子们全都变成了孤儿，
婆娘变寡妇在家守空房。

"我的命啊为何这样苦，
孤家寡人无人来陪伴，
今后谁来保卫这疆土，
没有大臣哪有国王？

"苍天啊请为我做主，
大地啊请开恩行善，
我已经落到如此地步，
我还有何面目活在这世上？

"昆辛和昆松将军已离我而去，
丢下美丽的家空空荡荡，
丢下他们如花似玉的妻子，
不知今后会变成谁的婆娘？

"还有可怜的昆占和昆香将军，
他们也在战场上阵亡，
他们身中万箭死得悲壮，
撒手而去回不了家乡。

"他们上有父母下有儿女，
还有那年轻美丽的婆娘，
死的时候没有见上一面，
如同做了一场噩梦一样。

"还有英勇善战的昆轰将军，
他离开家乡来替我作战，
他是一个很了不起的人，
他令我惋惜和伤心。

"他抛下他的国家勐帕迪亚，
空留着他那温暖的金床，
丢下美丽的王后嫡西丽，
这位年轻的寡妇怎么办？

"妻子知道丈夫很勇敢，
从未想过他会打败仗，
在家等着丈夫凯旋，
万没想到丈夫已经遇难。

"让我惋惜的人还有很多，
昆达来是一员大将，
他是一个很有才能的军人，
没料到也战死在战场。

"从此他抛下了幸福的家庭，
丢下美丽温柔的妻子章罕，
如今她也变成了一个寡妇，
再也不能与丈夫共枕同眠。

"还有那位叫昆庄的将军，
他的国家勐金在海边上，
他从此也回不去当君主，
他的臣民也见不到国王。

"他死的时候没有生病，
他的身体非常结实健壮，
他死在勐邦果的军刀下，
他丢下年轻爱妻婻慕香。

"可惜啊还有昆宝将军，
他丢下了勐安提亚江山，
这个勐找不回它的主子，
他妻子守寡的时间不知有多长？

"可惜那位昆野大将军，
想不到他也战死沙场，
他的爱妻名叫婻晚娜，
她腰身细细胸脯丰满。

"她那迷人的好身材，
令多少男人口水流淌，
如今昆野已撒手而去，
他老婆不知同谁上床？

"蜜蜂飞来为了采花蜜，
多少男人会围着她转，
谁有本事就能抢到她，
没丈夫的寡妇真可怜。

"寡妇们从此无依靠，
她们失去了美满家庭，

她们还要抚养孩子们，
还要经受野男人的蹂躏。

"可怜啊我的威武大将军，
你的名字叫昆依莱，
你也战死离开了我，
被勐邦果军队射中胸膛。

"你死时没留下一句话，
你死得是那样的悲壮，
你丢下了勐阿利拔国，
你再也回不去当国王。

"你的爱妻叫婻杰西尼，
她非常美丽又善良，
你死后她一定很伤心，
她红颜薄命从此守空房。

"还有那肥沃的国土，
今后不知由谁来治理，
为了争夺国王这个宝座，
没准还会引发内乱。

"哎呀你们为什么那么倒霉，
为什么会落得如此的下场，
莫非你们妻子在家不检点，
偷男人染霉气才带来祸殃？

"因为你们都带有护身符，
护身符能为主人保平安，
难道这些护身符不显灵，
我想这里面必定有名堂。

"而且你们出征前都净身，
你们都洗了澡一尘不染，
洗澡后才穿上你们的战服，
还用蛇藤水洗头把魂安。

"蛇藤水是万能圣水，
能刀枪不入保安康，
难道这圣水也不灵验，
导致你们一去不复返？

"所以我才会怀疑你们的老婆，
她们在家不守妇道偷情郎，
老婆偷情男人就会染霉气，
中了霉气你们必定打败仗。

"那些没有死的将士们，
家里必定有个好婆娘，
不会同人乱搞守贞节，
野汉子上不了她们的床。

"她们的丈夫没有霉气，
打起仗来必定很勇敢，
而且还能够打胜仗，
不像你们轻易就死去。

"可怜你们都中了邪，
年纪轻轻就把命丧，
来不及告别妻子儿女，
我也为你们惋惜悲伤。

"你们离开了自己的勐，
你们的勐失去自己的国王，
众多大臣和宫女，
都将为此而悲伤。

"你们的大大小小婆娘，
你们的儿子还有姑娘，
还有年老的父王母后，
都将经受痛苦和磨难。

"你们都纷纷离我而去，
今后去哪找这样的大将，

你们机智勇敢无限忠诚，
你们是顶天立地男子汉。

"我真可怜因达巴兄弟，
他灵敏聪明如天神下凡，
可惜他也离我而去，
不能幸免也战死沙场。

"他丢下了圆脸的美丽妻子，
她再不能打扮得花枝招展，
她穿着紧身上衣宽大筒裙，
可惜再美丽也是个寡妇娘。

"可惜啊还有巴拉迓瓦国王，
他是我的哥哥也战死沙场，
福气并未保住大哥的性命，
年纪轻轻就永别他的故乡。

"他的国家叫做勐萨嘎拉，
国王的宝座如今空荡荡，
他抛下了婻苏敏达嫂嫂，
让她守在宽阔的宫房。

"婻苏敏达活活守寡怎么过，
她肯定泪水洗脸愁眉不展，
即使她是天下最美的女子，
如此伤心再也显不出漂亮。

"美女啊守空房心情很惆怅，
再英俊的小伙也无法令她舒畅，
如同一块闪光的翡翠宝石，
她将永远失去灿烂的光芒。

"迭文答啊我的王弟，
你也死得是那样地冤，
你的头被敌人砍下来，
尸首分家更加悲惨。

"你是我最贴心的弟弟，
你也逃不了死神纠缠，
你为国捐躯死而无悔，
我们哥弟俩再不能诉衷肠。

"你已经离开了幸福的家庭，
丢下弟媳嫡韦舒提多可怜，
从此她不能与你同床共枕，
孤零零一人在王宫守空房。

"还有我的弟弟捧麻扎嘎，
你是坚持到最后的大将，
你完全可以投降保性命，
但你为哥哥我拼死奋战。

"还有丙拔扎嘎和沙嘎拉晚那，
我的两位小弟死得是那样悲壮，
为保卫勐迦湿的国土，
你们视死如归英勇顽强。

"真可惜啊我的十六位大将军，
你们全是大名鼎鼎男子汉，
你们全部成了敌人刀下鬼，
不知你们灵魂如今在何方？

"造成今天这种局面，
完全为了帮我的忙，
这场无情的战争啊，
使多少生灵遭涂炭。

"死去的不论是军人百姓，
也不管是小伙子还是姑娘，
他们都是无辜的生命啊，
完全没理由把生命葬送。

"如今我已没有高级将领，
剩下的只是一般将官，

我已变成孤家寡人，
成了一个无力量的国王。"

帕板捧麻典召见官员，
首先来晋见的是财务官，
他叫财务大臣拨出金银，
抚恤战死官员的亲属遗孀。

帕板要求财务大臣，
做这件事要有感情，
不能漏掉一户一人，
更不能有半点错乱。

除了发给抚恤金之外，
还要为死者诵经送葬，
赕佛的供品要早做准备，
一样不能少并且要新鲜。

要有稻秆扎的花束，
要有蜡条和金箔片，
还要有年糕和粽子，
每人要有一套瓢盆和绢帕。

这种赕佛诵经的方式，
是傣家人祭奠死者亡灵，
要为死难者祝福祈祷，
把供品挂在桂花树上。

给死者送去生活用品，
送金钱给死者当盘缠，
送粮食五谷给他们吃，
送布匹给死者做衣穿。

帕板捧麻典为死者默哀，
那表情显得特别悲伤，
他脸上布满深深的皱纹，
泪水顺着皱纹往下淌。

ဠာ သာ ပါ ရွှ
傣族英雄史诗
乌莎巴罗

ဠ ၆ ၂၇ မွေ့ကာသီမွိုင်မင်ဖင်သ

ကြိဟ္ဝဖတ္တ ့ဓဝဟ့ုဒဟ္လဲတျ

现在我要继续吟唱的歌，
是关于战争故事的续章，
那个帕板捧麻典并不死心，
这战争的故事就没个完。

话说勐邦果这边的人，
已经打了大胜仗，
他们把敌人赶进王城，
并对王城形成包围圈。

勐邦果是个礼仪之邦，
帕巴罗是个菩萨心肠，
他想给帕板留条活路，
没想让他们全部完蛋。

他写了一封书信，
派人进城交给帕板王，
他表明自己的诚意，
给他一线生的希望。

信中向他通报情况
敦促他及早投降；
挽救受苦受难国民，
挽救投诚的将士和农板。

这个帕板捧麻典国王，
听了来人宣读的信函，
他不仅未受半点感动，
竟拍案而起怒火万丈。

当他冷静下来的时候，
听到城外杀声震天响，

那杀声响了一阵子后，
突然变成另一种声响。

帕板捧麻典侧耳细听，
结果更令他肝肠寸断，
飘进他耳朵里的不再是杀声，
而是快乐嬉笑的联欢声。

敌人在欢呼胜利，
敌人在庆功领赏，
歌声欢呼声此起彼伏，
喜庆气氛在城外回荡。

"老天爷呀你张开慧眼，
看他们用的什么手段，
他们这是杀人不用刀，
他们要气死我不用武器。"

帕板在宫里来回踱步，
帕板心里已乱作一团，
城里老百姓垂头丧气，
宫内臣官望天兴叹。

国王手下的所有人，
想齐心协力渡难关，
帮助国王摆脱困境，
为他寻找出路求生存。

大家你一言来我一语，
大家聚在一块拿主张，
唯一办法是让他出家，
到森林里修行当腊西。

老老实实拜帕腊西为师，
持守五戒八戒弃恶从善，
整天拜佛念经净化灵魂，
这样才能躲过这场灾难。

众婆罗门斗胆觐见国王，
向国王表明他们主张，
指出在九个月之内，
霉气临身祸害接二连三。

可是国王固执己见，
把大家的劝告抛一边，
好像没长耳朵的聋子，
好话坏话混为一谈。

他根本听不进婆罗门国师的劝告，
只相信自己是至高无上的国王，
他认为只有武力才能挽回失败，
丢掉权力等于丧失了大好江山。

事到如今帕板仍不甘心失败，
强词夺理为自己辩护一番，
他说婆罗门的话是胡言乱语，
他从来不会做错事引来祸殃。

官员们战战兢兢进王宫，
听候国王发号施令去打仗，
他们原先都是留守军队，
国王要他们全部上前方。

帕板下达战令之后，
又转入另一事项，
他指着信使官员，
要他立即起程去办：

"你到天庭报告帕雅因，
说勐邦果实在太猖狂，
他们出动大兵攻打我勐，
勐迦湿危在旦夕面临灭亡。

"你再转告勐邦果军队将领，
不要得寸进尺太狂妄，

如果再不撤退就等着瞧，
过三天老子亲自上战场。

"本王说话算数说到做到，
三天后我亲自上战场，
不想要命的就留下来，
我要把这批蠢猪全杀光。"

信使不敢违抗国王命令，
穿上飞行鞋腾空进云端，
他飞到九天的天庭里，
把国王狂言禀告帕雅因。

他又飞到敌军宿营地，
把帕板的话告诉帕巴罗大王，
转述的话一字不漏，
连同他讲话的神态也说端详。

信使回到勐迦湿王宫，
他精疲力竭极度沮丧，
他到王宫后低头不语，
心情沉闷什么话也没讲。

勐邦果方面的几位将领，
已经明白帕板的心态，
既然他已经死心塌地，
想和平解决已没有希望。

帕巴罗马上禀报王爷，
问王爷我们该怎么办？
王爷要他召集各位将军，
大家在一块好好商量。

将军们在王爷和巴罗统率下，
个个都咬牙切齿摩拳擦掌，
他们决心打垮帕板捧麻典，
要在这场战斗中立功受奖。

他们聚在一块商量，
详细制订作战方案，
并加固碉堡和战壕，
从各个方面加强防范。

他们还准备弓弩和箭矢，
把战刀磨得锋利锃亮，
他们不敢停下来休息，
个个准备做最后决战。

再说帕板捧麻典，
他虽说狂妄却没有轻敌，
他把大臣们召集在一起，
也在谋划着对付勐邦果。

国王任命乌巴迦拉将军，
作为前线的总指挥，
任命毕扎迭瓦将军为副官，
他希望这两位将军能把败局扭转。

除此帕板还任命了几位助手，
他们是梭拉罗和巴拉丢瓦，
术腊哟塔和巴拉哟塔这四位将官，
组成一个前方指挥部。

他赋予这些人特殊的权力，
前方作战可替国王下达指令，
不论遇到什么情况，
他们可自行处理不用请示。

总指挥官听罢国王的话，
马上开始调兵遣将，
大部队已经集中待命，
乌巴迦拉把情况报告国王。

巴罗已掌握情报，
他对敌方动向了如指掌，

他找来农板王子，
进一步了解对方情况。

帕巴罗请王爷一块倾听，
交谈前王爷先安慰农板，
因为打起仗是你死我活，
担心农板到时情绪动荡：

"亲爱的帕农板王子啊，
我必须把心里话向你讲，
打起仗来不是在开玩笑，
可能你父王会死在战场。

"他实在太不明智，
不行仁义走极端，
他这次行动太盲目，
这就注定他的灭亡。"

帕农板憎恨自己的父王，
他也相信勐邦果兵力强大，
但对于父亲有多大能耐，
恐怕老王爷还不够了解。

虽然勐邦果已稳操胜券，
但千万不可有轻敌思想，
有必要提醒王爷和巴罗，
便把父亲绝招对他们讲：

"奴的父亲可不一般，
他是个杀不死的十头王，
他的法术超过正常人，
爷爷和巴罗不可小看他。

"你砍掉他一个头他会变出两个头，
砍掉他两个头他便变出四个头，
他是个难以制服的怪人，
砍得越多只会增加数量。"

帕农板的提示非常重要，
巴罗反省了轻敌的思想，
如果对帕板用常规打法，
勐邦果最后恐怕吃败仗。

巴罗心情十分沉重，
意识到这是场硬仗，
他要提高百倍警惕，
他在心里琢磨方案。

帕那罗延那的法术高超，
他已看出外孙巴罗的心思，
他认为帕农板讲得有道理，
要攻其不备才能取胜。

他同王爷和巴罗谈了想法，
主动提出由他先施行法术，
他口中念念有词向苍天祈祷，
顿时乌云滚滚遮住了太阳。

乌云随即变成滂沱大雨，
雨点坚硬能把房子打穿，
大雨全都集中在王城上空，
向着勐迦湿王城倾泻而降。

帕那罗延那又变出一只死螃蟹，
那只死螃蟹巨大无比八脚朝天，
端端正正地躺在勐迦湿城门旁，
散发出浓烈的冲天臭气。

同时坚硬雨点也发出臭味，
霎时间整座王城臭气熏天，
这臭气比大粪还难闻，
足以使人畜呼吸困难。

臭雨降落之后，
全城一片混乱，

人们无法再待下去，
毫无目的东躲西窜。

一时间城里的人呕吐不止，
咳嗽声此起彼伏，
整个王城哀号声惊天动地，
所有人泪水和鼻涕流满脸。

男女老少抱头鼠窜，
吵吵闹闹沸沸扬扬，
走起路来东倒西歪，
人人觉得头晕恶心。

住在王宫里的帕板国王，
也被臭气熏得坐立不安，
他已意识到情况很不妙，
便决定提前发动进攻战。

他一声令下准备出兵，
官员权贵只好跟他上，
国王的命令谁敢不从，
大臣们捂着鼻子不敢开腔。

帕板捧麻典已经骑上长鼻大象，
那威风劲头已失去了一半，
臭气呛得帕板连打喷嚏，
他硬撑着装出没事模样。

他尽量向手下人打气，
但自己也没完没了地呕吐，
他呕吐过后又接连打喷嚏，
那狼狈的样子实在很难看。

不少臣官实在支持不住，
跪下求情要他推迟出兵，
大臣的态度很诚恳，
认为硬撑着去必然打败。

大臣的请求他充耳不闻，
好像他没长耳朵一样，
他继续吆喝大家准备，
国王的状态很不正常。

这时王后和王妃也赶来，
后面还跟着宫女六万，
她们跪下来向他请求，
劝说国王暂时别去打仗。

两位妻子边说还边撒娇，
说大王走后她们睡不着觉，
宫里冷冷清清她们害怕，
担心有人来调戏对付不了。

帕板捧麻典服软不服硬，
两位妻子的话令他不安，
但江山易改本性难移，
他的脾气令众人失望。

大臣的劝说他听不进，
婆娘的撒娇也白搭一场，
谁都无法改变他的主意，
他一意孤行我行我素。

臭气依然没有散去，
乌云密布全城黑暗，
宽广的王城看不到人影，
人们拿着火炬把路照亮。

所有的人用布捂着鼻子，
只听到打喷嚏声音不断，
军队在艰难地向前行进，
走路东倒西歪跌跌撞撞。

军队终于来到战场，
分成十二部分准备打仗，

士兵们还不断喘着粗气，
战鼓却擂得震天响。

帕巴罗看到敌军来到，
短兵相接沉着应战，
他成竹在胸庄严喊话，
鼓舞士气震慑敌方。

帕巴罗向敌军大声喊话，
他的士兵举箭射击，
射箭的声音隆隆巨响，
飞出的箭如雷鸣电闪。

那箭飞过茫茫林海，
林海如遭遇暴风雨一样，
那箭飞临高耸大山，
山峰被震得摇摇晃晃。

那威力之大令人咋舌，
好像帕雅因神王下凡，
那威力之大惊天动地，
仿佛要把大地劈成两半。

帕板听到对方的响声，
仍满不在乎不以为然，
他轻轻挥动手中宝刀，
寒光闪闪把天空照亮。

帕巴罗见到这一举动，
看不惯帕板如此傲慢，
他想教训帕板捧麻典，
就举起神弓射出一箭。

帕板捧麻典动作敏捷，
把头一歪没有受伤，
他紧接着进行反击，
两位首领开始较量。

帕巴罗口念咒语，
那飞箭一下子不知去向，
紧接着眼前出现美丽鲜花，
弄得在场的人眼花缭乱。

帕丙比桑接着也拉弓放箭，
箭头直指嘎西嘎拉大将，
嘎西嘎拉还算是有两下子，
迅速挡开了飞箭安然无恙。

箭飞到对方象群中间，
立即爆炸把大象炸成肉片，
这一箭在敌方引起骚动，
很多人见到心惊胆战。

战斗打响后很有规律，
兵对兵将对将国王对国王，
有的使用弓弩和大刀，
有的使用宝剑和镖枪。

有的手握闪光弹掷过去，
被照着的人变成瞎子，
有的使用刀剑冲锋拼杀，
被砍死的将士堆积如山。

功夫好的拼杀时间长，
分不出输赢互不相让，
有的首领战败被杀死，
手下士兵便纷纷逃窜。

战斗从天亮打到了天黑，
天黑后便撤回各自碉堡，
第二天天一亮又发动冲锋，
战斗又再次打响。

勐邦果方面分工明细，
他们都瞄准各自对象，

对敌方武艺高强的将领，
就安排三人对一员大将。

帕亨达和丙比桑父子俩，
都是武艺高强的国王，
巴罗也是能干的小伙子，
爷孙仨专门对付帕板王。

帕昆代和纳林答大将，
两人的武艺都非同一般，
加上布塔将军三人，
专门对付嘎西嘎拉虎将。

坦麻和帕罗还有念达辛，
他们三人合成一股力量，
专门对付摩诃巴列将军，
三面夹攻以强胜弱。

桑卡和昆宰约，
再加上西里万将军三人，
负责消灭乌巴迦拉大将，
并将其部下士兵消灭光。

阿皮伦和加拉韦扎，
还有萨哈嘎帝大将，
三人联手互相合作，
要消灭嘎腊哈嫡万大将。

昆维他和皮瓦沙，
还有哈帝雅三人对付毕扎迭瓦大将，
帕雅多马和阿滚腊，
还有帕雅索拉三人对付昆罗大将。

这些将领来自盟国，
他们都是大名鼎鼎的武将，
为确保取得战斗胜利，
以三倍的优势力量来打敌人。

战斗打响的时候，
他们各就各位，
帕雅阿滚腊等三人直扑昆罗，
昆罗招架不住转身逃窜。

三个人打一个人，
昆罗不战已心寒，
只打了几个回合，
昆罗的头颅便被砍掉。

士兵们见到头目已死，
纷纷逃命投靠其他将官，
勐邦果军跟踪追击，
跑不掉的人只好举手投降。

昆约看到昆罗已死，
他手下的兵乱成一团，
昆约想制止他们逃跑，
文里将军已举刀向他砍去。

他只好急忙应战，
拼杀一阵摆脱了危险，
帕雅苏举弩向他射击，
一箭击中昆约的后脑。

昆约从象背滚了下来，
跟昆罗一起去见阎王，
勐迦湿已损失两员大将，
刚开战就损兵折将。

帕雅多马和阿滚腊，
骑着战象追杀逃兵，
途中遇上巴拉丢瓦，
二对一厮打对砍。

帕雅多马掷出闪光炸弹，
击伤巴拉丢瓦一条臂膀，

阿滚腊立即补上一箭，
把巴拉丢瓦射成两段。

巴拉丢瓦从象背滚下，
丢了老命告别了婆娘，
勐迦湿军队大惊失色，
自家又痛失一员大将。

死了三个将军之后，
勐迦湿军队开始混乱，
勐邦果军队愈战愈勇，
一鼓作气追歼逃兵。

帕板捧麻典看在眼里，
心情沉重又气又心烦，
为了尽快挽救败局，
他急忙把法术施展。

他的法术名叫西腊念，
变成一阵风把敌人吹散，
这样一来逃兵得救，
保护了部分残兵败将。

帕板同时举起弓弩射击，
勐邦果大批士兵死伤，
帕板一箭就能射死五名将领，
士兵则倒下了一大片。

勐邦果第一次受到重大损失，
巴罗对此气愤难当，
帕那罗延那立即用仙水施救，
死去的将士又全部复活。

第二十八章

帕农板泄露天机
十头王命赴黄泉

傣族英雄史诗

乌莎巴罗

ပူ ၆ ၂ဒ ကြﺎ့ၵ၃ချ়ုၵ်ုကို
ကျ়သ်ုၵ်ုတ့ုၵၵ္ဌၗ၌ၗၗ

勐迦湿有一名将军叫昆枫，
他是一个邮差官，
他看到敌军死而复活，
气得牙齿咬得咯咯响。

他想杀死帕巴罗，
除掉敌人核心人物，
他经过细致分析，
决定了行动方案。

昆枫穿上神奇的仙鞋，
跃身飞上高高的天空，
他想居高临下突袭巴罗，
尽早结果他的性命。

没想到阴谋被巴罗识破，
帕巴罗也腾空飞翔，
他拦截昆枫射来的飞箭，
一刀将飞箭砍成两段。

两人在高空上对打，
宝刀相击冒出火光，
一来一往互不相让，
像金燕追赶乌鸦一般。

巴罗像金色的小燕子，
动作敏捷形态自然，
昆枫如同一只黑乌鸦，
动作笨拙样子难看。

帕巴罗像天上神灵，
他福星高照洪福齐天，

他是个常胜将军，
昆枫不知底细竟敢挑战。

两人才打一会儿，
昆枫就眼睛失灵动作混乱，
帕巴罗看时机已到，
一刀把昆枫拦腰砍断。

可怜这个邮差官，
平时独来独往，
他自认为很有一套，
却不知巴罗本领更高强。

嫡窝也是一位虎将，
在勐迦湿有点名望，
他同文里将军对打，
两人打了好一阵不分高下。

索来亚加入战斗，
为文里将军增加一份力量，
嫡窝一对二打得激烈，
胜负难分刀锋不锩。

刀剑碰撞的声音像打铁，
碰出的火花四处乱溅，
看来嫡窝还有两下子，
左右开弓未露半点破绽。

帕雅西典达见此状况，
急忙赶过来帮忙，
他拉开神弩箭射过去，
将嫡窝的肋部射穿。

嫡窝来不及防备，
从象背滚落地上，
文里冲过去补上一刀，
将嫡窝最后一口气砍断。

勐迦湿大将一个个阵亡，
帕板捧麻典见后非常心酸，
眼看败局已无可挽回，
他急忙使用法术帮忙。

只见他张开血盆大口，
熊熊火龙直冲向敌方，
火焰在勐邦果军中燃烧，
燎原之势不可阻挡。

这火龙实在厉害，
连石头碉堡也能燃烧，
困在碉堡里的勐邦果军队，
无法出来参战。

龙王观看战况，
看不惯帕板的猖狂，
见到勐邦果军被困，
冲出水面跑来救援。

龙王骑着老鹰飞上天空，
将大水洒向人间，
大水直洒向火焰，
火焰由大变小很快熄灭。

可怜文里将军被大火烧死，
肥胖的身躯被烧成木炭，
他从象背上滚了下来，
身上的油不停往外淌。

阿滚腊见后飞奔过去，
将文里抱起来撤回后方，
帕那罗延那立即过来抢救，
用仙水洒在文里的头顶上。

文里将军立即复活，
还治好身上的烧伤，

文里身上的油脂被烧掉，
他的身体比原来更强壮。

帕那罗延那又救治其他伤兵，
被烧伤的将士全部恢复了健康，
帕板捧麻典这场大火等于白烧，
勐邦果军未受损失士气更高昂。

双方又继续大战，
彼此都表现勇敢，
一次次发动冲锋，
任何一方都不退让。

双方都有重大损失，
各有四百万人员死伤，
让帕板捧麻典伤脑筋的是，
勐邦果死的是士兵没有大将。

勐邦果死伤的大将，
全被仙水救治死而复生，
而勐迦湿死去的将领，
没有复活的机会。

帕板又想出新的花招，
他叫来婆罗门祭神灵，
他想请天上神灵帮助，
让他们惩治帕巴罗。

婆罗门准备祭神供品，
有床垫被子和绢帕，
供品准备了四份，
四方神灵都一样。

他还杀掉白牛白猪，
红白相克留着会作乱，
供品准备完备，
吃的用的一样不少。

随后叫来四位绝代美女，
是勐迦湿最漂亮的姑娘，
他们让美女坐在供桌边，
祈盼一切顺心实现美好愿望。

婆罗门开始祈祷神灵，
首先祈求神灵保平安，
其次祈求神灵保佑胜利，
将帕巴罗灵魂收回天堂。

他祈求神灵惩治帕巴罗，
让其灵魂离开身体不能打仗，
再让他失去智慧变成傻子，
最后结束他的生命和能量。

帕板捧麻典这一招非常歹毒，
帕那罗延那发现他的坏心肠，
帕那罗延那想制止他这一招，
摇身一变成为一只金翅鸟王。

这只金翅鸟王大得像座高山，
飞上天空拍打翅膀，
刮起狂风卷走四位美女，
把她们送回城池关在房里。

他使用法术让供品飞散，
连同锅碗瓢盆一个也不剩，
供神活动无法如愿进行，
众婆罗门目瞪口呆只好收摊。

狂风没有卷走帕板，
他坐在原地不动弹，
他呆坐在那里发愣，
凶吉未卜不知怎么办。

帕亨达王爷头脑清醒，
同帕那罗延那配合默契，

他要再一次提醒帕板捧麻典，
要他及早收敛回头是岸。

帕板捧麻典听到喊话，
对帕亨达的话不以为然，
他无论如何拉不下面子，
事到如今嘴巴仍硬如铁板。

帕昆代王子听到后，
心中怒火熊熊燃烧，
他气愤得拉开弓箭，
对着帕板劈头就射。

帕板捧麻典不当回事，
他镇定自若不慌不忙，
他用宝刀轻轻一打，
飞箭就被打到身旁。

武艺高强的人打仗，
高深莫测手法不断变换，
他们不一定靠力气，
用智慧和法术进行较量。

帕板打掉飞箭之后，
接着玩出了新花样，
他拉开神弓射出一箭，
变出一万头大老虎。

虎群扑向对方，
士兵们纷纷逃命，
虎群紧追不放，
整个军队一片混乱。

巴罗见到这一状况，
岂能容许老虎逞凶狂，
他迅速射出一支神箭，
变出十万头大象。

象群扑向虎群，
虎象展开了大战，
十头象对一头老虎，
老虎寡不敌众被大象全部踩死。

帕板捧麻典又射出神箭，
变出无数蛟龙腾空滚翻，
蛟龙扑向象群，
企图咬死大象。

帕亨达见到之后，
他也射出神箭，
神箭变成万根铁索，
把蛟龙捆绑连成一串。

蛟龙无法再逞威，
被大象牙戳得遍体鳞伤，
大象又用脚踩踏，
蛟龙被踩得哇哇叫喊。

帕板立刻射出神箭，
神箭变成熊熊火焰，
火焰烧向铁索，
企图将铁索烧断。

帕巴罗懂得这种法术，
又射一箭变成海水，
海水滔滔，
扑灭帕板捧麻典的火焰。

帕板捧麻典接着射出蛇箭，
变出无数毒蛇，
无数毒蛇冲将过来，
喷出毒气使人晕头转向。

帕亨达见后射出鹰箭，
无数的老鹰展翅飞翔，

老鹰对准毒蛇扑去，
将数万条毒蛇全叼光。

双方互相变法术，
进行神力的较量，
法术变了一次又一次，
互相攻击各有死伤。

帕板捧麻典又射出许多长矛箭，
这些箭全变成锋利的长矛，
长矛追赶着士兵刺杀，
士兵们不敢冲向前方。

巴罗见后射出飓风箭，
变出飓风卷走长矛，
帕板捧麻典又射出神箭，
破坏对方的神力使长矛复原。

帕亨达和巴罗爷孙俩，
还有一种神箭杀伤力很强，
再硬的物体也可以射穿，
被射中的人必定手断腿残。

他们用这种箭射向帕板，
帕板两条手臂随即折断，
但这一招对他不仅无害，
反而帮了他一个大忙。

帕板的两条手臂变成四条，
四条手臂都能打仗，
四只手握四把快刀，
更加疯狂地砍杀对方。

他的四只手都能射箭，
射出的箭比原来更有力量，
他瞄准丙比桑王射去，
幸亏丙比桑王手疾眼快用刀抵挡。

帕昆代和纳林答两位将军，
也在奋勇杀敌，
他俩用神箭射向敌人，
但都被对方挡掉。

帕亨达对付帕板捧麻典，
一箭把他的头颅射断，
帕板捧麻典一时成为无头人，
但很快出现变化。

无头的躯体霎时间变出两个头颅，
正好与四只手搭配上，
一个帕板变成两个帕板，
力量也翻了一番。

在场的人以为他已完蛋，
可是定睛一看却不然，
两个帕板捧麻典互相配合，
打起仗来更加毒辣疯狂。

帕板捧麻典更加得意，
他是个死不掉的坏蛋，
人们再也不敢伤害他，
以免杀他不死反而帮倒忙。

帕板更加肆无忌惮，
无人敢同他较量，
他挥动宝刀杀人如麻，
无辜的生灵惨遭涂炭。

此时帕亨达心急如焚，
岂能让帕板捧麻典如此猖狂，
他一定要制服帕板捧麻典，
于是大声喊话先制止他作乱：

"希望你能听我的劝告，
快放下屠刀弃恶从善，

做好事人们不会忘记你，
做坏事死后要进油汤锅。"

听完帕亨达王爷喊话，
帕板误认为帕亨达心慌，
心中害怕还在说大话，
不认输还劝别人投降。

"从脚底下到头上的天庭，
谁不认识我帕板捧麻典王，
我从来不认识投降二字，
用不着你这老倌瞎嚷嚷。"

帕板捧麻典说完之后，
开怀大笑前仰后合，
他随后又拉弓射箭，
飞箭变成无数快刀。

此时帕巴罗飞回来，
看到帕板在夸夸其谈，
帕巴罗迅速拉弓射箭，
用石头箭把快刀箭砸断。

他这一箭由小石头变大石块，
大石块又变成一座石头山，
石山挡住帕板捧麻典的快刀箭，
帕板捧麻典的法术无从施展。

帕板捧麻典当然不会认输，
尽管他无法跨越石山屏障，
他有四只手握住两把刀，
他要攻打勐邦果的本土。

他手握尼罗神箭，
他要摧毁勐邦果联邦，
帕板跃身飞上高空，
向勐邦果的方向飞翔。

他飞上高空哈哈大笑，
摆出不可一世的模样，
他边飞边大声叫喊：
"我要你们勐邦果灭亡！"

帕那罗延那见帕板如此得意，
气得咬牙切齿双眼冒出火光，
帕那罗延那立即施展法术，
随即变出一块巨大红铜厚板。

铜板遮挡住勐邦果境内，
挡住任何力量的攻击，
无论帕板用什么神箭射击，
都无法把厚铜板射穿。

厚厚的铜板无比坚硬，
箭头射在上面像鸡蛋碰石头，
全被碰得粉碎，
帕板被弄得一筹莫展。

帕巴罗跃上高空飞过去，
追击帕板到勐邦果边境，
他见到帕板正在发淫威，
拉开神弓向他猛烈射箭。

神箭击碎帕板捧麻典的头颅，
两个爆开后又变出四个头颅，
四个头颅一样大小，
每个头颅都五官俱全。

帕板捧麻典不仅没被打死，
还变得比原来更加疯狂，
四个头又长出相应的肢体，
帕板挥动宝刀边杀边嚷：

"你们这帮蠢货，
什么时候才会开窍，

我永远也不会死，
现在你们该知道。"

帕板边喊边往回飞，
又飞回到大部队营地，
此时他显得更得意，
自认为天下无敌。

勐邦果军队随后赶到，
王爷想弄清其中奥妙，
他叫来帕农板王子，
问他有无制胜绝招：

"帕农板孙子啊，
你应该知道你父亲底细，
要怎样才能破他的再生术，
真正置他于死地？

"只有你的父亲死了以后，
这场残酷的战争才能结束，
你才能当上勐迦湿国王，
不再受你父亲欺侮。"

帕农板觉得爷爷的话有道理，
他也想处死父亲迎合民意，
怎奈他也没有那个本事，
他紧锁眉头心里干着急：

"我的父亲有极高的本领，
他的再生法术谁也没有破解秘方，
他是个可以再生的大恶魔，
要处死他实在非常难。

"千万把宝刀砍不死他，
千万张神弓也使不上力，
只有一个办法可以试一试，
用他贴身的两把刀去杀他。

"那两把刀名叫腊猪宰，
跟随他出生永不分离，
他任何时候都会随身带，
这可能是唯一有效武器。"

帕亨达听后有所醒悟，
入夜后便指使占卜师做准备，
占卜师领会了意思，
很快把东西备齐。

他们准备了四个祭台，
准备四份供品祭天地，
杀了四头白猪和白水牛，
摆放在桌子上当酒席。

此外摘来七份棕树果，
再加七十万枚贝币，
用于供奉四方神灵，
与白猪白牛合在一起。

他们还准备七节芭蕉芯茎，
芭蕉芯茎全部剥掉皮，
还有七面旗幡插在桌上，
旗幡迎风招展。

接下来占卜师口念咒语，
变出七位迷人的美女，
这七位美女会勾人灵魂，
任何男人见了都会入迷。

美女坐在各自的位置上，
守着供品听候主人旨意，
接下来由婆罗门叫魂，
这一举一动仿佛在演戏。

就在这夜深人静之际，
睡梦中的帕板灵魂与身体分离，

他的灵魂游到供桌旁，
见到七个妖娆的美女。

占卜师急忙摇铃叫魂，
那灵魂对姑娘越来越入迷，
他边搂美女边吃供品，
竟然把什么事情全忘记。

占卜师边叫魂边滴水，
四方神灵集中过来显神力，
帕板捧麻典的灵魂越陷越深，
他的真身也飘过来合二为一。

这时的帕板捧麻典如同饿狼，
淫欲发作搂紧七位大美女，
他一个接一个同美女做爱，
最后精疲力竭气喘吁吁。

虽然帕板捧麻典处于这种境地，
但八只手上的宝剑紧握不放，
寒光闪闪杀气腾腾，
那凶恶的样子令人见了心寒。

帕亨达沉着应对不慌张，
随即下令儿孙三人和纳林答，
让他们同时发射神箭，
对准十头王帕板捧麻典射去。

顿时天空变得更加昏暗，
使帕板阵营的人都辨不清方向，
此时帕那罗延那也配合行动，
让天空变得如山洞一般黑暗。

此时巴罗和昆代两兄弟施障眼法，
悄无声息走进敌人阵营寻找十头王，
他们看到十头王正坐在宝座上，
正自言自语说天空为何变得这样黑暗。

巴罗就走到十头王卧榻旁，
拿走了十头王的两把宝刀，
他把一把宝刀拿给弟弟昆代，
兄弟俩随即离开十头王卧榻。

神刀先砍芭蕉芯茎，
把芭蕉芯茎砍成三四节丢弃，
接着又砍死七个美女，
这七个美女带着帕板的精气。

姑娘一死帕板精气也尽，
他的灵魂也随之离开肉体，
失去灵魂的帕板捧麻典，
如行尸走肉失去了记忆。

占卜师紧接着念咒语，
咒语一句接一句没停息，
咒语句句都很灵验，
每句咒语都产生效力。

占卜师祷告完毕，
向王爷禀告，
说七个美女已死，
帕板捧麻典已经魂不附体。

帕亨达王爷召集将领，
下达总决战的动员令，
所有军队跳出堡垒，
组成人墙密不透风。

面对穷凶极恶的帕板，
将士们依然心有余悸，
为了替大家壮胆助威，
将领们带头发誓鼓舞士气。

这时帕亨达王爷大声宣告，
今天要让帕板人头落地，

帕板捧麻典的气数已尽，
昨晚死去灵魂今晚死去身躯。

此时帕板捧麻典如梦初醒，
失去灵魂的他并不服气，
听了帕亨达的话，
帕板仍然非常得意。

帕亨达听帕板捧麻典嚎叫，
故意让他耗尽残存的气力，
帕板捧麻典本来还想再讲，
帕亨达不耐烦再听他吹牛皮。

帕亨达发射那腊亚神箭，
射中了帕板捧麻典的四个头，
那四个头被射断滚落下去，
却又重新长出十个头来。

这时帕板捧麻典大声喊叫道：
"勐邦果的大笨蛋啊，
莫非你们还不知道我是十头王，
想要砍掉它们不那么容易。"

帕板伸手去拿宝剑，
可是此时身边空荡荡，
他又伸手去拿神箭，
神箭也不知道去向。

这时天空更加昏暗，
乌云滚滚压向大地，
里里外外全失去光芒，
肉眼看不清任何物体。

此时水下龙王腾空而上，
在空中洒落催泪雨，
雨水滴落在勐迦湿军方堡垒，
十头王和士兵全昏睡过去。

巴罗和昆代兄弟俩，
立即变幻出神狮，
这神狮直捣帕板捧麻典营地，
此时帕板捧麻典还昏睡不醒。

巴罗手握帕板宝刀冲进去，
帕昆代也紧跟哥哥身后，
巴罗砍下帕板捧麻典头颅，
帕昆代将帕板王拦腰砍断。

刚砍掉的头颅又自动接合，
砍成两截的腰身又恢复原样，
不过被砍断的躯体只是接上，
并不像以往那样长出十个头。

巴罗手起刀落再次将头颅砍断，
此时的帕板捧麻典才真正断气，
帕板两只眼睛从此失去亮光，
巴罗抱起头颅飞到天庭交给神王。

帕雅因令龙王拿到海里，
把它放到海洋最深处，
浸泡在水里不许复生，
让它永世见不到阳光。

巴罗兄弟俩拿走帕板的神物，
大摇大摆走出哨所营房，
帕巴罗把神物献给爷爷，
帕亨达立即叫来帕农板：

"孩子啊你听着，
爷爷说过的话要兑现，
你的父亲现在已死去，
遗产和王位由你继承。"

帕农板听后很激动，
他的心里也很矛盾，

父亲已经离开人世，
他确实伤心悲痛。

但想到父亲的专横，
想到他犯下的罪过，
他又恨得咬牙切齿，
认为处死他不为过。

为了老百姓的利益，
为了国家的长治久安，
他必须负起这一重任，
继任新的勐迦湿国王。

他感谢父亲养育之恩，
他痛恨父亲残忍傲慢，
他为父亲默默祈祷，
决心把国家建设富强。

帕亨达看出帕农板的心情，
认为他深明大义聪明善良，
这种品德的人是个好苗子，
相信他一定能成为英明国王。

这时帕农板有些醒悟，
他总算摆脱了痛苦和悲伤，
他抹干泪水双膝跪下，
接受爷爷册封当国王。

故事到此告一个段落，
但还有尾声未唱完，
因为处死的是帕板捧麻典，
他手下的官兵究竟怎么样？

话说到了第二天早晨，
官兵们醒来后一片茫然，
当他们发现帕板王已死，
人人心里非常恐慌。

帕板国王尚且如此，
我等又有多大能耐，
事到如今得赶快逃命，
千万不能继续打仗。

想到这里大家撒腿就跑，
官兵们边跑边嚷嚷，
叙说帕板捧麻典惨死场面，
把勐邦果军队说成神兵天将。

话说王后和王妃得知消息，
这好比晴天霹雳，
西丽韦扎和甘扎提拉不敢相信，
众多的宫女们更是将信将疑。

之后大家号啕大哭，
悲伤的泪水像波涛汹涌的海洋，
又像被风吹摇摆着的树叶，
摇摇欲坠满树一片枯黄。

大臣按照王后的旨意，
抬来一块硕大的金板，
把国王的尸体放在上面，
再放入金轿里抬回王城。

他们为国王尸体洗浴，
然后拿出白色绸缎，
对国王尸体进行包扎，
一层又一层包得稳稳当当。

此时国王尸体已经腐化，
包扎时腥臭令人头昏脑涨，
不少人边包扎边恶心呕吐，
折腾了好长时间才包扎完。

绸缎足足裹了一百层，
金匠们抬来一口金棺，
将包扎好的尸体装进金棺里，
再用仙草把清水滴洒在灵柩上。

灵柩两旁插着布条旗幡，
同时还建了一座祭宫①，
将金棺放在祭宫里面，
表示国王已经寿终正寝。

王后和宫女为国王守灵，
七天后举行隆重国葬，
葬礼之后王宫恢复平静，
人们的生活转入正常。

---

①祭宫：傣族传统习俗，送葬时专门用来盛放棺木的宫殿形状的塔楼。

傣族英雄史诗

乌莎巴罗

第二十九章

农板王子当国王

举行葬礼尽孝心

ꪩꪴ ꪐꪲ ꪉꪱ ꪊꪉꪸꪒꪳꪙꪉꪲꪚꪱꪉꪉꪴ

ꪎꪴꪒꪶꪊꪴꪄꪳꪚꪱꪹꪎꪉ ꪎ ꪀ ꪉꪴ

战争的乌云已经驱散，
我的歌声更加嘹亮，
下面我要继续讲的故事，
是歌颂战后的和平时光。

自从消灭帕板捧麻典国王，
消除了亿万人心头隐患，
敌对双方自觉收起武器，
战争的阴影不驱自散。

勐邦果盟国的军队，
人人脸上喜气洋洋，
人们欢呼战争胜利，
人们欢呼消灭大魔王。

帕亨达喜形于色，
他决定欢庆一番，
他召见盟军的各位帕雅，
对参战人员加封奖赏。

勐邦果联军一派欢腾，
厨师忙于杀猪宰羊，
各军队大摆宴席，
气氛热烈喜气洋洋。

军民一块载歌载舞，
象脚鼓敲得咚咚响，
姑娘们跳起孔雀舞，
军民举行大联欢。

当联欢活动结束的时候，
帕亨达召集各盟军的大将，

他是一百二十四国的盟主，
他召集大家畅谈感想。

参加这次开会的大将，
共有一百二十八位将官，
大家一致赞成王爷意见，
要勐迦湿签订战败国条款。

随后请来文臣大官，
草拟各项协议，
呈报帕亨达亲自审定，
再呈巴罗签名送达对方。

文官们写好协定文本，
又写了邀请信函，
派出信使骑上战马，
来到城楼大门前。

他们大声向城楼上喊话，
把来意通知守门官，
守门士兵脸色铁青，
不得已只好下楼接信函。

守门官接到信函之后，
又将信件转呈首辅大臣，
首辅大臣接下函件，
看完后低头沉思一番。

他对其他的大臣讲，
看来战争还没真正结束，
勐邦果派人送来信件，
叫我们派人前往谈判。

他们已拟好谈判方案，
要我们派出十名官员，
去签订有关停战协议，
谈判的官员明天出发。

勐邦果有严格的规定，
限定时间赶到指定地方，
谈判代表不准带武器，
要有权力当场作出决断。

勐邦果方也派十名代表，
同样不带武器，
双方都要准备资料文件，
保证谈判顺利进行。

他们强迫我们接受条件，
否则明天就把战火重燃，
如今他们已兵临城下，
这不是恐吓是实话实讲。

首辅大臣传达了信函内容，
勐迦湿官员听后坐立不安，
他们已饱尝战争的痛苦，
听到要攻城都吓破了胆。

他们立即进行商量，
认真研究分析情况，
按照国家法典规定，
对方所为顺理成章。

他们自认是战败国，
完全丧失战斗能力，
对抗绝没有出路，
只好接受提出的条件。

他们按规定派出十员大官，
第二天天不亮就出城谈判，
他们赶到指定的地点，
双方如约见面没有寒暄。

谈判完全按外交规矩，
地点设在一条界河边上，

首先由勐邦果方面发话，
质问勐迦湿的使臣：

"我们想走和平道路，
实现两勐之间友好交往，
我们不了解你们在想什么，
是否有诚意实现这一愿望。"

勐迦湿首辅大臣叫罕冷，
他头脑灵敏能言善辩，
他认真细听对方的话，
慢条斯理地把观点细谈：

"你们讲到建立邦交的事，
这件事似乎比较困难；
为此我们正在想办法，
如何把此事处理圆满。"

勐邦果盟军很讲道理，
认为他们想法理所当然，
一个称雄一时的大国，
要放下架子一时有困难。

他们讲出来说明态度诚恳，
对此勐邦果方面能够体谅，
他们的谈判代表念达辛，
讲了符合对方利益的主张：

"如果你们接受投降，
又愿意同我们建立友邦，
我们倒有一个好办法，
让农板继位勐迦湿君王。"

双方约定好再会时间，
这次谈判宣告休会；
散会后各自回去，
向各自帕雅汇报谈判情况。

勐迦湿谈判代表回去后，
意识到问题很严重，
他们召集所有帕雅王官，
进宫商讨对策议定方案。

这些人都是帕雅和富翁，
包括住在宫内和宫外的大官，
全部集中在大堂里，
听首辅大臣报告谈判情况。

核心是帕农板回国继位的事，
因为牵涉到国家由谁来当王，
对这个事意见不相同，
有的同意有的反对。

此时国王的两个遗孀，
她们是帕农板的母亲，
她们无限想念自己的儿子，
听到大家争论两眼泪汪汪。

在会上她们也发表意见，
她们的意见让在场的人动情，
可能出于亲情的关系，
王后的意见打动人们的心肠。

王后的话刚一说完，
有四位帕雅接着讲，
他们精通国家政事，
他们最懂得古老的规章。

帕雅坚决支持王子回国继位，
大臣们交头接耳说个没完，
一致认为帕雅的话有道理，
决定按照这个意见办。

第二天天刚蒙蒙亮，
一切工作已准备妥当，

王宫外擂响了大鼓，
把各方头人召集到广场。

首辅大臣发表重要讲话，
代表王宫宣布重大事项，
国家不能一日无主，
无主的国家会发生内乱。

"现在我代表王宫正式宣布，
我们将把王子请回家乡，
请帕农板回来接替王位，
担任勐迦湿的新国王。"

首辅大臣宣布完之后，
引起了热烈反响，
大家拥护王宫决定，
欢迎帕农板回来当国王。

随后王宫内的帕雅和臣官，
立即准备迎接帕农板，
老百姓也主动捐献物品，
用行动表明心中的愿望。

迎接帕农板是件大事，
其中还有很多事要办，
要向战胜国表示歉意，
消除过去的一切仇怨。

另一方面是迎接新任国王，
要按傣家人的礼仪习惯，
其中要有礼品和金银，
礼物的种类要上百样。

还要向战胜国赔偿战争损失，
金钱数额不能少，
迎接王子要盛大隆重，
除了物品还要有很多旗幡。

准备工作紧张进行，
大臣们分头筹集募捐，
有的到村寨采购牛马，
有的从国库提取金银。

一切都准备妥当后，
迎接的队伍还要进行操练，
经过首辅大臣检阅之后，
才起程去赔礼和迎接农板回乡。

首辅大臣安排觐见人员，
首先是嫡甘扎提拉王后，
她带领群臣和各位帕雅，
慢慢走近大碉堡门槛。

国王遗孀率领百官代表，
端上礼物拜见帕亨达王爷，
首先向王爷请安问候，
祝福王爷吉祥安康。

国王遗孀讲完之后，
三鞠躬再次表示道歉，
接着首辅大臣亲自出马，
端着盛满礼品的圣盘。

群臣跟随其后，
把各种礼品一份份送上，
送礼品的仪式很隆重，
一个跟一个队伍很长。

这些礼品价值连城，
按黄金折算有好几千万两，
送礼人恭恭敬敬，
双手捧着高举头上。

他们把礼品呈递给王爷，
表示诚意求得原谅，

帕亨达王爷接下礼品，
也接下了对方良好愿望。

其实此举也是王爷本意，
他从心底里大加赞赏，
这场战争实在迫于无奈，
他早就想结束战争。

帕亨达王爷历来与人为善，
他要架设两勐友谊桥梁，
他不想霸占勐迦湿国，
他希望勐迦湿繁荣富强。

双方停战问题解决之后，
他们把议程转入第二项，
解决请回王子问题，
首辅大臣又高举第二个圣盘。

给王子的礼品全部由民间筹集，
它的意义更为深长，
它代表老百姓的心意，
是万众无声的呼唤。

帕农板王子走上前来，
看到母后顿时两眼泪汪汪，
母子分别已经数月，
此时此刻有千言万语要诉说。

帕农板心里非常矛盾，
他的本意不想回家乡，
因为父王已把他的心伤透，
他的心意一下子不易回转。

他迟迟不接礼品，
把大臣们急得心慌，
他们跪下千求万请，
母后也劝他回心转意。

经大臣们反复请求，
又看在母亲的情分上，
帕农板终于答应回国，
大臣们终于露出笑脸。

两项礼仪都已完毕，
帕亨达王爷脸上焕发容光，
他想好事应该做到底，
把孙子巴罗叫到身旁：

"如今两勐已经和好，
不久我们将返回家乡，
现在该考虑你的事情，
你马上去接来乌莎姑娘。

帕巴罗听了爷爷吩咐，
高兴得如蹦跳的小羊，
他立即骑上神马，
飞上蔚蓝的天空。

三天的路程瞬间就到，
到达了仙女居住地方，
他把事情全告诉妻子，
乌莎听后心里喜洋洋。

嫦乌莎立即整装动身，
跟着丈夫来到碉堡旁，
他俩共骑一匹神马，
妻子紧紧搂着丈夫腰身。

他们一会儿来到碉堡旁，
见到日夜思念的母后娘娘，
嫦乌莎含着泪水合掌施礼，
悲喜交加两眼泪水汪汪。

干妈立即迎向前去，
高兴得紧紧搂着她不放，

自从嫦乌莎被关进铁牢，
母女俩就天各一方。

她将干女儿抱着亲吻，
对着干女儿左右端详，
女儿亲热地依偎在母亲怀里，
仿佛孤舟驶进了避风港。

天黑下来大家就地休息，
一夜好睡迎来翌日曙光，
天刚一亮帕亨达就起身，
召见了儿子丙比桑。

王爷还叫来孙子巴罗，
并派人唤来纳林答大将，
同时还叫来孙子昆代，
他把四个人叫来一起商量。

他对四个人委以重任，
要他们护送王子帕农板，
并作为勐邦果的代表，
参加农板登基大典。

四人带上大臣及随从，
午饭后动身起程前往，
为了欢送帕农板回宫，
一路上还敲锣打鼓。

勐迦湿官员来时没精打采，
如今要回去个个精神焕发，
返回时队伍非常整齐，
宫内的大臣走在前方。

王宫里早已接到通报，
王城大门披上节日盛装，
留守大臣和宫女来到城门外，
欢迎帕农板回到故乡。

仪式进行的这一天，
主持人请王子进入殿堂，
大臣们尾随其后，
宫女们端着金色圣盘。

众人簇拥着帕农板，
王子面带笑容坐上金床，
他正式宣告继承王位，
他将掌握大权叱咤风云。

阿沾老长辈已经到场，
他负责吟诵祝词，
他要用傣家人最美的诗句，
表达傣家人美好的期望。

阿沾老长辈念完祝词，
官员们把礼品献给国王，
富翁们也跟着敬献心意，
鲜花和礼品堆积如山。

邻国嘉宾也来祝贺，
城里客栈全都爆满，
气氛热烈熙熙攘攘，
举国上下一片欢乐。

国王登基大典结束，
新国王颁布治国方针，
他是一个开明的君主，
他的治国方针同先父不一样。

他的政策得到百姓拥护，
人们安居乐业国泰民安，
他对待盟国主张睦邻友好，
消除了过去国与国的紧张关系。

过去先王执政时期，
勐迦湿经常发生战乱，

邻国鸡犬之声相闻，
但相互之间极少往来。

自从同邻国重修和好，
国家很快繁荣富强，
彼此走亲访友，
在一块赶摆交换物品。

帕农板吸取先王教训，
国事同大臣们商量，
对百姓减少税赋，
各行业都减少负担。

帕农板当国王也有阻力，
不怀好意的人多方作难，
对他的治国方略乱挑刺，
还散布谣言对他诽谤。

有的说他是个叛徒，
投靠敌人把祖宗背叛，
这些话蒙蔽了很多人，
以此削弱帕农板威望。

有的还说得更厉害，
说他亲手谋杀父王，
把他说成千古罪人，
说他不配当国王。

帕农板听到这些谣言，
心里头感到无限悲伤，
他为了澄清事实，
花很大精力消除谣言。

他向人们详细解释，
请大家分清是非界限，
他列举先王的暴行，
揭露他践踏傣家规章。

帕农板的解释发挥作用，
人们回心转意拥护他当王，
扫除了人们心中的障碍，
帕农板得以牢牢掌权。

帕农板有个爷爷捧麻典，
他同帕板捧麻典不一样，
他知道儿子的品行，
也了解孙子帕农板。

捧麻典很爱自己的孙子，
他对孙子寄予厚望，
他对孙子谆谆教导，
指出当国王应注意的事项。

捧麻典不住王城，
他住在一个边境古堡里，
他教导孙子后准备返回，
帕农板大摆盛宴为爷爷送别。

帕农板有尊老的美德，
对爷爷特别敬仰，
爷爷的话他句句记心中，
作为今后行动的指南。

他盛宴款待爷爷之后，
又送很多礼物孝敬老人，
他还请爷爷带去特产，
慰问守卫边境的士兵长官。

爷爷收下孙子的礼品，
喜在心里笑在脸上，
他觉得孙子很懂事，
这心意表明孙子心地善良。

捧麻典带上随从，
乘坐孙子送的金鞍大象，

离开勐迦湿王城，
回到他居住的地方。

农板王子继承了王位，
他准备再次举行盛大典礼；
要为亡父举行祭奠仪式，
以告慰九泉下的父王。

他召集全勐的大臣帕雅，
把心事向他们讲述，
要求他们着手筹备，
由六位高官具体负责。

大臣们经过一番忙碌，
把大厅布置得富丽堂皇。
到处挂满鲜花彩带，
还装饰了大量珍珠宝石。

这些摆设都很显眼，
然后抬来父王的金棺，
他要重新为亡父守灵，
以表达孝子的心愿。

在帕农板的率领之下，
仪式全部按程序进行，
各位大臣跟随其后，
还请来两位母后。

两位母后站在左右两边，
为国王守灵通宵达旦，
官员和百姓到灵柩前献花，
活动进行到翌日天亮。

天亮后他们抬上国王金棺，
按照傣家人的习俗丧葬，
他们在郊外举行火化仪式，
仪式隆重盛况空前。

火化时周围站满了人，
那情景庄严肃穆，
人们号啕恸哭，
如同田野里青蛙鸣叫。

随后人们围着国王的灵柩，
绕行三圈后回到原地，
他们向君王的亡灵跪拜，
求得国王的原谅。

农板国王与母后一起，
带着一万六千名宫女，
端起金盘和银盘，
去帕板父王的灵柩前跪拜。

盘里盛上鲜花和金银蜡条，
帕农板把它高高举过头顶，
他虔诚地向父王灵柩三鞠躬，
然后向父王灵柩祭拜请求原谅。

帕农板说完之后，
就放声大哭起来，
他伤心痛哭的情景，
感动了周围的亲人。

接着农板国王下令，
派人去找来檀香木，
堆放在墓坑的旁边，
土堆上搭成火葬架。

送葬的时辰一到，
农板国王就带着众帕雅，
还有大臣官员和婻西丽婉娜，
婻安杂提拉和婻乌莎及宫女。

他们一起为老国王送葬，
众人各就各位后葬火才点燃，

火化的烈焰熊熊燃烧，
檀香木的香味向四处扩散。

遗体火化结束之后，
又用金盒将骨灰装好，
还为父王建了座墓穴，
将骨灰进行埋葬。

墓坑深有两庹，
五庹长五庹宽，
墓穴规模庞大，
气势雄伟壮观。

墓穴用砖头层层往上砌，
四周也用砖砌全都一样，
像一座金光闪耀的塔，
高高地耸立在坝子中央。

墓冢的表面用三合土抹匀，
使其光滑而又美观，
最后用漆和金粉涂在上面，
再镶嵌红色的宝石。

一切都做得很完美，
年轻的国王这才心安，
带着随员返回王宫，
去准备翌日要做的事项。

第二天清晨起来之后，
农板与母后和王太妃又行动，
带着侍从和貌美的宫女，
一起准备布施品与资具。

备好的资具有八种，
还备好了丰盛食物，
八桌的食物备好后，
就带到父王的墓前祭拜。

他们邀请八位僧侣，
为帕板国王滴水做布施，
为死去的父王超度，
场面极为庄严隆重。

僧侣们接受了布施品，
转送给帕板捧麻典先王；
然后告别了帕农板，
回到各自寺院去了。

亡父的后事至此办完，
帕农板总算还了心愿，
他觉得对得起列祖列宗，
他在民众中有更高大形象。

帕农板办完父亲后事，
集中精力制订治国大政方针，
他召集王宫里的官员，
聚到一块共同商量。

乘着帕丙比桑客人未走，
他们先修订对外交往方案，
对外一定要建立友好关系，
这是他的指导思想。

他们在和睦气氛中商量，
彼此都能互相谅解，
经过一番商谈之后，
达成了永久合作的条款。

为了加深彼此友谊，
他们还决定定期互访，
亲戚越走越亲，
化解矛盾才有安定边境。

帕丙比桑完成任务，
准备起程返回家乡，

他对帕农板施政很满意，
同他建立了友好关系。

第三十章

帕巴罗迎娶乌莎
帕亨达奏凯而归

ဥ ဿာ ဆ ၵ္ဒ္
傣族英雄史诗
乌莎巴罗

ပွု ဒိ ၃၀ ဥဿာၐၸၵ္ဒ္ဏ္ဝိဝါဟ

ၾကံဒိတ္တၐတ္ၐရူဏကၼၠေၵ့ၐ

话说帕丙比桑老国王，
他办事精明又能干，
他参加完帕农板登基大典，
想起一桩大事也要办。

他想到勐邦果距这里很遥远，
要来一次非常困难，
他的儿子巴罗，
同乌莎已结成夫妻。

但是按照傣家的规矩，
婚礼也应在女方家办，
以前由于帕板王反对，
这婚事未能随心所愿。

如今障碍已经扫除，
娘家的拴线仪式理应补办，
他于是同帕农板商量，
双方达成共识把大事办完。

他们于是向帕亨达王爷禀报，
将要补办巴罗与乌莎的婚礼庆典，
他是家族的长老，
请他主持婚礼仪式。

丙比桑王在回乡之前，
又为儿子的婚事奔忙，
他首先请农板主办婚礼，
请他派人着手准备有关事项。

各项事宜布置妥当，
还准备了一批姑娘的嫁妆，

所有拴线仪式上的用品，
一样不少准备齐全。

包括金色的蜡条，
还有挑选出来的六万美女，
以及六万英俊小伙子，
少男少女全都是伴郎伴娘。

头人及官员已备好物品，
还邀请各地嘉宾参加仪式，
帕农板和丙比桑亲自前往，
迎请帕亨达王爷参加婚礼。

帕亨达王爷听后起身，
用手点了包扎着蜡条的绢帕，
他愉快地接受邀请，
准备动身参加婚礼盛宴。

于是文武百官开始行动，
把彩带和金鞍摆上象背，
引路的官员也做了准备，
武官率领的武士们手持旗幡。

军队从勐邦果军营出发，
向着勐迦湿王城方向走来，
军队到达王城城门外，
迎接王爷的官民人山人海。

主人把王爷迎进王城，
接到王宫金色的宫殿，
殿堂里张灯结彩，
地上铺着红色地毯。

王爷顺着地毯走向上座，
坐在所有位子的最上端，
他坐下之后向众人招手，
其他人便依次入座下方。

宫女和佣人端来佳肴，
丰盛的食物摆满桌子上，
来自四面八方的来宾，
翘首等待新郎新娘。

听到婚礼的司仪喊话，
宾客们把眼睛睁得又大又圆，
新郎新娘双双走了进来，
啧啧的赞美声连续不断。

新郎新娘向长老合掌鞠躬，
彬彬有礼落落大方，
长老接着为他们拴线，
祝福他俩婚姻美满。

长老拴线祝福之后，
仪式进入第二项，
来宾敬送礼品，
各种礼品琳琅满目堆放成山。

来宾送礼完毕之后，
轮到了两位母后，
她俩为两位孩子拴线，
把两颗心拴在一起永不分离。

此时此刻的婻乌莎，
这位初为人妇的新娘，
喜笑颜开美艳无比，
她的脸像一朵绽放的鲜花。

此时此刻的帕巴罗，
幸福的感觉在心中流动，
娶到婻乌莎为妻，
实现了他梦寐以求的理想。

他俩走到母后跟前，
接受两位长辈的祝愿，

当丝线拴住两人的手腕，
幸福暖流涌进两人的心房。

婻甘扎提拉为女儿女婿拴好线，
王后拿出金银和珠宝，
还有手镯项链和金耳环，
赠与帕巴罗和婻乌莎夫妻俩。

他俩接着来到丙比桑父王面前，
请父王为他们拴线，
丝线拴住两颗滚烫的心，
也注入父亲美好的期盼。

他俩最后来到爷爷面前，
向爷爷下跪叩拜请安，
两位年轻人心情异常激动，
双双流下热泪两行。

他们深知能有幸福的今天，
全凭爷爷为之奋斗使然，
今天的幸福来之不易，
爷爷的功德无量。

帕亨达王爷也很激动，
爷孙的亲情深似海，
为了孙子的幸福生活，
他可以用自己的生命来交换。

老王爷看着心爱的孙子，
看着如花似玉的乌莎姑娘，
此刻千言万语涌上心头，
说出了他心中最美好的祝愿：

帕亨达王爷边说边拴线，
孙子的幸福就是他的心愿，
为了实现这美好的愿望，
他的心血没有白白流淌。

隆重婚礼大功告成，
宾主又在一块热闹一番，
大家尽情欢乐之后，
盛会至此宣布结束。

客人先后告别而去，
帕亨达王爷也准备班师回国，
他向帕农板辞行之后，
下达了开拔回乡命令。

帕丙比桑开始行动，
纳林答将军也开始行动，
各个大将军分头传令，
撤军的号令传到各个兵营。

新郎新娘惜别两位母后，
他们似乎还有千言万语要讲，
他们含着热泪欲言无语，
无声的泪水胜过千言万语。

勐迦湿举行告别仪式，
冤家变亲家仿佛游戏一场，
往日的仇怨如流水逝去，
噩梦醒来已是美好春光。

帕农板会同两位母后，
带着勐迦湿的文武百官，
他们一道给王爷送行，
再次把心迹表露：

"从今以后我们相距遥远，
所有的罪孽一去不再复返，
祈望长辈们宽恕我们，
让仇恨之火永不复燃。"

帕亨达王爷也当场作出回应，
宣布宽恕他们的过失和莽撞，

相互间的仇恨从此不复存在，
两勐之间架起友谊的桥梁。

王爷用手搭在干孙子头上，
用慈爱的目光看着帕农板，
他对帕农板无限信任，
对他治理国家寄予厚望。

随后帕农板率领群臣，
还有成千上万的民众，
组成盛大的欢送队伍，
护送王爷一行回驻地营房。

庞大的欢送队伍来到勐邦果营地，
两勐官兵又在这里联欢，
留守官兵走出碉堡，
双方再次汇集在昨日的战场。

昨日他们在这里刀枪拼杀，
今日握手言和仇人变朋友，
昨日的阴影已全部散尽，
今日载歌载舞共庆吉祥。

为了消除积淀心头的怨恨，
官兵们把赞歌唱得很响亮，
歌声鼓声锣声此起彼伏，
联欢会高潮迭起通宵达旦。

联欢晚会结束之后，
帕亨达让农板在总部休息，
还有护送来的四十万将士，
安置在外面的营房里小住。

到了第二天清晨天刚亮，
勐邦果联军准备起程，
他们要返回勐邦果家乡，
帕亨达下令击鼓发出号令。

将士们听到鼓声，
迅速集合准备出发，
帕巴罗带着爱妻乌莎，
同骑一匹神马在最前面。

各路军队各就各位，
全体官兵整装待发，
一百二十八阿呵的傣兵，
集合成整齐队形非常壮观。

欢送的锣鼓接着敲响，
大部队雄赳赳气昂昂，
他们听着长官的口令，
迈着整齐步伐离开战场。

天神提着乌莎的塔楼，
如同拿着一朵莲花一样，
飞翔在大部队上空，
飞向勐邦果方向。

大部队离开勐迦湿，
走过坝子越过山川，
穿过莽莽的原始森林，
行进在返乡的路途上。

大部队马不停蹄前进，
终于到达王城广场，
官员们和百姓隆重迎接，
欢迎帕亨达王爷凯旋。

此次离家一年零四个月，
此次征战打了大胜仗，
将士们虽然吃了不少苦头，
回来后个个容光焕发。

欢迎仪式非常隆重，
人们给英雄佩戴花环，

人们向将士们抛撒鲜花，
赞美的颂歌特别嘹亮。

王爷走上金色的王宫大礼台，
顿时欢呼声惊天动地，
王爷接受各方参拜，
凯旋军队无限风光。

巴罗与乌莎向王太后请安，
王太后对孙媳妇从心里喜欢，
她甜甜地亲了孙媳妇额头，
抚摸着她的秀发夸个没完。

嫡苏塔尼提娜奶奶很想念王爷，
王爷凯旋她整夜未眠盼到天亮，
老夫妻分别已经一年多，
想念王爷想到心里发慌。

王太后来拜见王爷的时候，
一万六千名宫女紧跟身旁，
王太后见到帕亨达王爷，
激动得流下热泪两行。

接着是丙比桑老国王的王后，
她的心情同母后一样，
见到丙比桑王也非常激动，
恨不得一下子扑到他身上。

帕昆代的王后也来迎接丈夫，
上千名宫女为她摇扇，
她慢步走到丈夫面前，
彬彬有礼落落大方。

帕巴罗带着新婚妻子乌莎，
不像父王和爷爷紧张，
而他家里的四位仙妻，
心情同他完全不一样。

丈夫离开她们那么长时间，
她们日夜思念望眼欲穿，
虽然丈夫又娶了位新老婆，
但彼此的夫妻感情没有影响。

嫡乌莎公主是盖世美女，
她的姿容比前四位更漂亮，
丈夫能娶到这样美貌的女子，
四位妻子都认为是理所当然。

她们一起来拜见帕巴罗，
面带笑容没给丈夫难看，
她们亲热地拉着乌莎的手，
热情地嘘寒问暖。

紧接着是众帕雅和官员们，
他们也来参拜老王爷，
来参拜的还有大小富翁，
以及各寨的头人们。

参拜的人络绎不绝，
人员来自四面八方，
参拜王爷和各国国王之后，
人们又去慰问战士和军官。

慰问活动接连几天，
慰问的礼品堆积如山，
慰问后又举行庆功大会，
军民共享胜利欢乐。

庆功会非常隆重，
数十万军民汇集大广场，
歌颂帕亨达王爷凯旋，
歌颂帕亨达王爷功德无量。

在这庆功大会上，
帕亨达王爷兴奋异常，

他向众人讲述战争经过，
连每个战役的情节也讲到。

各方人士听了王爷讲述，
都由衷佩服王爷的才干，
人们为有这样的老王爷而骄傲，
身为他的臣民都深感荣幸。

接着帕亨达王爷庄严宣布，
举国上下举行大联欢，
他交代手下大臣传达命令，
大臣猛击大鼓咚咚响。

联欢后还让民众参观战利品，
画师还绘制战争图让人观看，
用实物教育官员和百姓，
让人们感受战争的残酷。

歌舞的幕布徐徐降落，
王爷宣布联欢会收场，
参加联欢的人准备返回，
胜利的喜悦依然未散。

乘着余兴未消之际，
帕巴罗国王重新划分地盘，
他重新设立二十八个区域，
并委派官员分管。

又新建了一座金色宫殿，
宫殿建成塔楼的式样，
用以纪念帕亨达王爷的功绩，
也是永久的战争纪念馆。

经过紧张施工，
纪念馆很快建成向民众开放，
这一举措意义重大，
得到民众的高度赞扬。

一切活动结束之后，
各国国王告辞回乡，
临行前接受帕亨达的祷告，
他用最美好的话表达愿望。

王爷还向各位将领发奖励品，
奖励品也论功劳行赏；
功劳大的得到的就多，
功劳小的也得到一定分量。

发奖品时场面很热闹，
由美丽的宫女奉送给各位将领，
参战人员每人都有一份，
每个人脸上都喜气洋洋。

王爷对将领进行褒奖，
将领把功劳归于帕亨达王爷，
众人说胜利全托王爷的福分，
有了王爷的福分才能打胜仗。

随后经过王爷批准，
巴罗对军队重新整编，
把一百二十八阿呵的傣兵，
分为一百二十八支军队。

傣兵在将军的率领下，
回到各自的家乡，
家乡人民热烈欢迎，
将士们脸上无限荣光。

家乡人民迎来凯旋军队，
老百姓也激发出自豪感，
将士们回到各自的勐，
也分别举行大联欢。

按照王城联欢的方式，
各勐的联欢也是通宵达旦，

联欢长达七天七夜，
人们尽情表达胜利的喜悦。

臣民们向他们的国王和将领，
歌功颂德以表达心中敬仰，
人们还把战斗故事编成傣戏，
现编现演向民众广为宣传。

各勐的父老乡亲们，
还慰问国王和大将，
联欢会上人山人海，
人们载歌载舞尽情欢乐。

话说勐邦果老国王丙比桑，
也带着儿子和儿媳回家乡，
他们离开勐达腊迦的时候，
王爷依依不舍为儿孙们送行。

巴罗和父亲回到勐邦果，
欢迎的官民成千上万，
首辅大臣将他们迎进王宫，
扶他们坐到松软的金床上。

温柔善良的王后坐在他们身旁，
成千上万的宫女簇拥着父子俩，
宫女们给新老国王送茶递水，
有的给新老国王端来红槟榔。

宫女们对新老国王服侍周到，
有的为新老国王摇金扇纳凉，
纳凉的金扇做工非常精美，
给新老国王送去阵阵凉爽。

一部分宫女侍候帕巴罗，
还有的侍候着婻乌莎，
把他们迎进金色的宫楼，
这是专为新婚建造的楼房。

帕巴罗的前四位妻子，
也到宫楼同他们做伴，
服侍他们夫妻的宫女，
多达一万六千名姑娘。

六个人在宫楼里亲密无间，
朗朗的笑语把宫楼装满，
五个妻子都想博得丈夫开心，
五个妻子帕巴罗都喜欢。

丙比桑老国王接受参拜之后，
滔滔不绝讲述打仗的情况，
他讲述战争中动人的故事，
讲述他在战场上救死扶伤。

他描绘战场上的战斗经过，
他的讲述绘声绘色动人心弦，
特别是帕板捧麻典被击毙的经过，
每个细节都讲得十分生动。

官员们听了老国王讲述，
仿佛亲自上了战场，
他们情不自禁鼓掌欢呼，
老国王的讲述经常被掌声打断。

勐邦果也举行七天大联欢，
联欢会盛况空前，
人们欢呼战争取得胜利，
欢呼天下太平充满阳光。

天神运送婻乌莎的塔楼，
与大部队同时来到勐邦果，
塔楼安放在王城广场，
天神完成使命返回梵天界。

第三十一章

帕农板求爱公主
婻乌莎灌顶加冕

傣族英雄史诗

乌莎巴罗

ဥ သ ၊ ၛ ၛ

လ္ဒ ငိ ၃၁ ၃ ဥ ၊ ၊ ဒ ၏ ဘ္ ၊

ၾ ၼ ၃ ၌ ၼ ၌ ၼ ၼ ၊ ၊ ၊

请听吧，妹妹啊，
你就像那绿叶下的花朵，
整天喜笑颜开尽情怒放，
没有任何忧愁和困惑。

现在哥要继续把故事讲述，
让人们都知晓古老传说，
让这个古老故事代代相传，
像湄南荒河水长流不辍。

丙比桑还要办一件事，
准备为婳乌莎公主加冕，
加冕仪式在娘家办还不完整，
夫家举办后才能算正式夫妻。

丙比桑要让她做巴罗的王后，
他吩咐大臣们抓紧去筹办，
为巴罗同婳乌莎拴线成婚，
还要他们快去把王爷请来。

帕亨达王爷听后很开心，
帕巴罗是他心爱孙儿，
他做了一番准备之后，
坐上他的吉祥大象前往。

大臣们还吩咐使者，
要写信去通知所有亲戚，
请一百零一个勐的王亲，
都来参加加冕大典。

八方宾客涌进王城，
只为祝福巴罗迎娶婳乌莎，

帕亨达请来婆罗门国师们，
要他们推算吉祥日。

婆罗门国师们经过一番推算后，
找到了一个吉利的好日子，
他们选定的日子最吉祥，
正是月亮转到大星宿之位。

到了吉日的那一天，
帕亨达亲自指挥，
他带领王公大臣进入大堂，
举行隆重的加冕典礼。

为乌莎仙女灌顶加冕，
册封她为正宫王后，
这是老王爷的主意，
四位仙女都很开心。

众帕雅和大臣官员，
还有婆罗门和富翁，
都敬献了带来的礼物，
诚心诚意献给两位王者。

加冕仪式结束之后，
帕亨达随即发布命令，
举行隆重的庆祝活动，
让所有的人都来参加。

庆祝活动进行七天才结束，
人们互相告别回家返；
帕亨达也告别儿孙们，
回勐达腊迦王城去了。

庆祝活动结束之后，
亲人们都回到各自的勐，
王宫里只有巴罗和父王，
还有美丽的五个仙女。

五个仙女日夜不断轮换，
侍奉帕巴罗丈夫大君王；
仙妻们都感到非常幸福，
彼此间和睦相处从不争吵。

请听吧，面颊粉红的妹妹，
哥哥要把故事往下讲；
话说勐迦湿国王帕农板，
登基后办事稳妥国家兴旺。

转眼到了傣历新年，
农板非常惦记帕亨达王爷，
他准备去看望干爷爷，
向他禀报治理国家的情况。

帕农板到达勐达腊迦王城，
受到王爷臣官的热烈欢迎，
帕亨达王爷亲切接见帕农板，
帕农板献上盛满礼品的圣盘。

这时帕巴罗的妹妹，
也正好前来看望爷爷，
妹妹名叫婻西丽芭都玛，
她长相秀丽举止端庄。

帕农板看到这位美丽少女，
不由自主地看傻了眼，
他忘了自己正在献礼，
目不转睛心潮荡漾。

帕农板与她没见过面，
一下子被迷得神魂颠倒，
帕农板献礼后走出宫殿，
心里总忘不掉这位姑娘。

帕农板回到了勐迦湿家乡，
他日夜想念婻西丽芭都玛，

她像一朵盛开的美丽荷花，
在帕农板的心里绽放。

帕农板每时每刻想着她，
想得如痴如醉吃饭不香，
帕农板每时每刻都想见到她，
想得彻夜未眠望眼欲穿。

婻西丽芭都玛心地善良，
她的心软得像团棉花，
她的脸像一朵红玫瑰，
她细小的腰身像柳条一般。

婻西丽芭都玛有美丽的风姿，
她的胸脯像香蕉一样饱满，
她的眼眸像闪光的珍珠，
她走路像金蝴蝶在飞翔。

婻西丽芭都玛说话轻声细语，
语调如同用金二胡拉奏乐章，
她的鼻梁高高耸立，
如同刚出土的金笋一样。

婻西丽芭都玛的皮肤嫩白，
她的手臂就像芭蕉芯茎，
她的大腿像天上的白云，
她的手指像纤细的金葱。

婻西丽芭都玛的脚板也很洁白，
她像水晶石一样好看，
她的两片嘴唇红彤彤，
好像两片玫瑰花瓣。

婻西丽芭都玛的牙齿很整齐，
好像打磨过的钻石一样平整，
她的脖颈像白鹭一样迷人，
她不愧是天上的仙女下凡。

思念姑娘的心难以平静，
农板的灵魂已飞到她身旁，
帕农板已无心思办事，
上朝理政他手忙脚乱。

帕农板整天心神不定，
帕农板整天坐立不安，
嫦西丽芭都玛令他入迷，
芭都玛成为他生命一半。

他想娶她做王后，
他要同她同床共枕，
他要同她朝夕相处，
他要与她形影不离永相伴。

他突然想出一个办法，
拿起金笔写了一封信函，
他还绘制一幅图画，
用图画表白自己愿望。

这幅画中有一对龙凤，
双双栖息在一棵桂花树上，
龙凤躲在一个窝巢里，
龙凤深情地对视凝望。

画中还画了他自己，
又画了嫦西丽芭都玛姑娘，
两人紧紧地搂在一起，
一块欢乐地躺在床上。

帕农板思念姑娘的心，
起初只敢在心里埋藏，
思念的次数日渐增多，
心里秘密便浮现在脸上。

帕农板叫来大臣，
把心里话对他们讲，

他想请他们出主意，
他要大臣们帮忙。

众大臣听了国王的话，
纷纷发表自己的主张，
他们绞尽脑汁地想计策，
最后大家统一了思想。

"国王有这种想法很正常，
娶芭都玛为王后是好事一桩，
国王应给她写一封信，
表明爱心把她试探。"

大臣们的意见符合帕农板的本意，
一锤定音不用再商量，
大臣们的话才一出口，
他就迫不及待地把话接上：

"对对对这是个好主意，
本王就按这个意见办，
要主动向她求婚，
这才像个男子汉。"

他立即动笔画了一幅画，
画他和嫦西丽芭都玛姑娘，
他俩深情对视，
依偎着坐在金床上。

他画好后装上镜框，
还用金色线条贴在画旁，
镜框做得很精致，
还用红绸布铺垫。

他还准备了贵重礼物，
挑选几位大臣为求婚使团，
礼品中有纯金制作的镯子，
总价值高达黄金十万两。

礼品中还有钻石戒指，
有纯金制作的项链，
有纯金制作的耳环，
还有镶着金丝银线的花筒裙。

大臣们带着礼物礼金，
随同前往的还有美女三千，
提亲的人都精心打扮，
还在家里进行训练。

他们来到勐邦果王城，
先在客栈里住一晚，
长途跋涉很劳累，
休整后才有精神见国王。

马帮卸下贵重的礼物，
美女们梳妆打扮，
准备好后才通报首辅大臣，
表明要亲自求见国王。

勐邦果大臣出来迎接，
宾主见面后寒暄一番，
他们按礼仪欢迎贵宾，
使客人有宾至如归之感。

使臣全都训练有素，
他们把礼品摆上圣盘，
美女们端着圣盘慢步前行，
大臣走上前拜见丙比桑老国王。

按照礼节向大王合掌致意，
献上的圣盘摆着金蜡条两双，
这些礼品全是提亲的规矩，
主人一看就知道客人来意。

大臣先请求老国王宽恕，
再将来意向老国王讲，

他们期望能得到老国王支持，
让有情人结成良缘。

老国王直言快语，
他从不隐瞒自己的意见，
男大当婚女大当嫁，
青年人有缘分不能拆散。

"要是情况果真如此的话，
我当然不会棒打鸳鸯，
各位使臣可以带上礼物，
去见小公主看她有何打算。"

机灵的使臣听完国王的话，
向国王施礼后走出王宫殿堂，
回到他们住宿的客栈，
商量下一步的行动方案。

年老干练的使臣，
主动把任务承担，
他带上见面礼物，
去到公主塔楼求见。

此时的嫡西丽芭都玛公主，
正与宫女们在玩耍，
老臣见到美丽的公主，
不禁赞叹她的美貌。

本来是很机灵的大臣，
此时也看傻了眼，
待他猛醒过来的时候，
已经有失体面出了洋相。

他突然意识到重任在肩，
才急忙送上圣盘，
他双手递上蜡条，
还有帕农板的求婚信函。

使臣按照帕农板的交代，
将他的情况向公主介绍，
希望能得到公主的喜欢，
成全帕农板国王的心愿。

嫡西丽芭都玛落落大方，
不像大家闺秀那样腼腆，
她很有礼貌地请老臣坐下，
向他了解有关情况：

"你们国王今年岁数多大，
从画面上看挺年轻，
他怎会把我画在他身边，
我弄不清其中的含意？"

老臣听后急忙施礼，
他明白这是说话的时机，
能否成功要看他的本事，
他立即回答公主提出的问题：

"我们的国王帕农板，
年龄同帕巴罗相仿，
正好十八岁零三个月，
比令兄大一岁多一点。

"帕农板大王品行优良，
奴等的大王非常聪明；
也爱戴他的黎民百姓，
所以人们对他评价很高。"

嫡西丽芭都玛听后微笑，
对老臣提亲不置可否，
其实她心中已经有数，
故意推说自己不能做主。

随后她领着众多女仆，
走下宫楼到王宫找父王，

她向父母跪下合掌施礼，
把农板求婚事禀告。

她说完后跪着不动，
全神贯注静听二老意见，
看父母对这桩婚事的态度，
自己才可以做出决断。

父王和母后没有立即回答，
女儿的婚姻大事非同小可，
那不是赶摆做买卖，
他们要全面考虑细细思量。

丙比桑王沉思片刻，
把佣人叫到身旁，
让他去叫帕巴罗，
要他过来一道商谈。

巴罗是嫡西丽芭都玛大哥，
他看问题历来很有主见，
他对帕农板又比较了解，
对这桩婚事他有发言权。

帕巴罗来到父王住处，
他已知道父王叫他的意图，
按照傣家人的古老习惯，
他向父母表明自己主张：

"帕农板也是一个国王，
他堂堂仪表气度不凡；
这门婚事可以考虑，
让小妹去当王后很合算。"

丙比桑王做事非常细致，
征求儿子意见后又想起父王，
王爷是长辈更有经验，
应该听听他老人家的意见。

此时他心中已有数，
让女儿去做王后是大好事，
这样的好事不应阻拦，
但禀报王爷也理所当然。

他把想法告诉帕巴罗，
叫他到勐达腊迦跑一趟，
老人做事比晚辈稳妥，
由王爷最后做决断。

巴罗接受父王交给的任务，
他骑上神马向勐达腊迦飞翔，
不一会就到达爷爷的王宫，
叩拜王爷后把来意细讲。

帕亨达王爷听完之后，
认为这是一桩美事，
女的是他疼爱的亲孙女，
男的是他疼爱的干孙子。

帕巴罗听爷爷如此表态，
大家看法完全一致，
妹妹的婚事大功告成，
他心情舒畅替妹妹高兴。

他接着又征求昆代的意见，
弟弟也说是大好事一桩，
大臣们也都附和赞同，
他此行办事非常圆满。

帕巴罗心里高兴，
和昆代一起把家还，
兄弟俩骑的都是神马，
腾云驾雾快如闪电。

回到勐邦果之后，
兄弟俩一道拜见父王，

帕巴罗先作禀报，
把爷爷的态度细谈。

帕昆代作补充说明，
兄弟俩一唱一和相得益彰，
全家人都同意这门婚事，
婻西丽芭都玛不禁春心荡漾。

她腼腆地用手掩着小嘴，
满脸通红像开放的玫瑰花，
根据父王母后的意见，
她返回宫楼给客人回话。

见到勐迦湿使臣，
她把情况作了说明，
并请客人给予原谅，
让他们在客厅里久等了。

她大方地收下使臣礼品，
使臣顿时满心高兴，
他们圆满完成任务，
国王即将梦想成真。

婻西丽芭都玛拿来一块布帛，
包扎成很好的造型，
这块布帛非常珍贵，
价值高达十万两黄金。

她在布帛上写下情书，
密封后交给使臣，
这情书是无价之宝，
倾注姑娘的满腔热情。

帕农板派出的使臣，
明白婻西丽芭都玛的心情；
他们保证不会丢失，
请公主尽管放心。

ဉ သာ ပါ လွ့
傣族英雄史诗
乌莎巴罗

第三十二章

帕农板喜得娇妻

勐邦果永远强盛

ယ့် ၆ ၃၂ ခြိၵ�100ၵ့်ၿၵၚ့်ၿေၠၠ

ၿေ့ဘ၁ၵေၢ၁ၵသ့ွ၁သၢ

话说使臣带着公主信物，
急忙赶路回勐迦湿王城；
使臣们回到了勐迦湿，
把成功的喜信禀报国王。

他接着拿出公主帛信，
呈献到国王面前，
他说公主一再吩咐，
要国王亲手接下才放心。

帕农板打开帛信，
所有爱心全在里面，
帕农板认真细读，
一字一句目不转睛。

国王看完帛信，
心里甜蜜如饮甘泉，
他仿佛自己在做梦，
全身轻飘飘心神不定。

过会儿他猛醒过来，
才意识到要赶快办事情，
他召来首辅大臣，
要他筹办婚礼事项。

帕农板亲自布置，
礼品的名称由他定，
他要用重礼表达诚意，
他要让嫡西丽芭都玛开心。

官员按照国王的旨意，
一件一件地照着去办，

勐迦湿的资金不缺，
全都是先王留下的遗产。

为了迎娶嫡西丽芭都玛姑娘，
帕农板更加讲究美观，
他要求王宫内外重新装修，
把王城打扮得更加漂亮。

此后他又写信通知各勐，
通知一百零一个勐的国王，
要他们届时来参加婚礼，
到王城为国王好好捧场。

接下来是择日迎亲，
迎娶的日子讲吉祥；
占卜师按照国王意图，
推算出大象日阳光最灿烂。

良辰吉日找好以后，
王宫的大鼓又咚咚响，
这次的鼓声抑扬有序，
这样的鼓声意味深长。

鼓声告知所有大臣头人，
包括掌权的宫内外大官，
大象日帕农板国王要出发，
要去迎娶美丽的新娘。

这消息传到全国各地，
一直传到二十天路程的地方，
传到了各地方的官府，
告诉人们国王要当新郎。

勐邦果国路途遥远，
走路去会累得腰腿酸痛，
终于到达勐达腊迦边界，
他们在边界处又住一晚。

第二天帕农板率领人马，
进王宫拜见帕亨达王；
他向王爷跪下拜礼，
说明了此行之来意。

帕亨达王爷听后高兴，
投去了理解和信任的目光，
他用长辈特有的温和口气，
和干孙子农板倾谈。

他在勐达腊迦住了三天，
他们才前往勐邦果；
大队人马开始出发，
浩浩荡荡非常壮观。

首辅大臣先到王宫拜见国王，
此时嫡迪芭玛丽王后也在场，
国王和王后早有准备，
热情欢迎勐迦湿使团。

帕农板派出的大臣，
彬彬有礼拜见国王，
他双手合十跪在地上，
向国王和王后请安。

帕农板的首辅大臣向前施礼，
他代表勐迦湿把话讲；
他陈述了此行的意图，
引出话题事情才好办。

这时丙比桑国王和王后，
心里甜蜜像吃了蜜糖，
因为女儿要成家立业，
实现了父母亲的愿望。

国王收下了客人的礼物，
脸上现出了幸福的容光，

他俩高兴得合不拢嘴，
轻声细语同客人笑谈。

国王向客人问寒问暖，
使客人有一种亲切感，
大臣回到高级客栈，
向帕农板禀报情况。

帕农板听后很高兴，
办事程序进入第二项，
他派大臣去见公主，
把礼物送给心爱的姑娘。

首辅大臣来到宫楼，
公主也在里面等候，
大臣按照傣家规矩，
先施礼再把礼物献上。

公主伸出白嫩的双手，
脸上泛出粉红的容光，
公主含笑收下了礼物，
幸福在她心里荡漾。

按照傣家的古老规矩，
该行的礼节已经做完，
接下来是国王与公主见面，
此时的国王显得紧张。

帕农板把自己精心打扮，
将国王的礼服穿在身上，
他本来就英俊潇洒，
这下更显得气派非凡。

他走进了公主的房间，
仿佛眼前闪出一道亮光，
他一眼看到嫡西丽芭都玛公主，
顿时手足无措心里发慌。

公主那美丽的风姿，
令帕农板神志混乱，
公主那双珍珠一样的明眸，
令帕农板脸上发烫。

嫦西丽芭都玛公主实在太美，
普天下男人都为之倾倒，
如今帕农板美梦成真，
他的心激动得怦怦直跳。

公主不熟悉帕农板，
那天见面时她没细看，
上次大臣前来提亲时，
她见到的只是一张画像。

今天终于要见面了，
她的心同帕农板一样，
当见到这位英俊的小伙子，
她以为见到了天上的帕雅因。

公主不相信自己的眼睛，
她深情地对他细细端详，
公主仿佛做梦似的，
梦醒时国王已到她身旁。

此时她也慌了手脚，
害羞得满脸红光，
她急忙低下了头，
不敢再对着他看。

她腼腆地伸出白嫩的手，
温顺地送给帕农板国王，
随后公主在前面引路，
牵着帕农板双双进洞房。

众多宾客看到这一幕，
一个个投去羡慕的目光，

大家向这对新人祝福，
大家为这对新人祈祷。

人们开始闹新房，
欢声笑语把宫楼震荡，
主宾在一起开怀畅饮，
把婚礼推向新的高潮。

在洞房中的帕农板国王，
已经沉浸在幸福的海洋，
他与新婚妻子情意绵绵，
他把肺腑之言向妻子讲。

嫦西丽芭都玛听了夫君的话，
如同甘泉流进心房，
她此时此刻的心啊，
也有许多知心话要讲。

两个恋人互诉思念之情，
两个恋人都春心荡漾；
嫦西丽芭都玛紧盯着农板，
帕农板呆望着公主不放。

公主把女佣叫过来，
让她们端来水果礼盘；
公主热情款待丈夫，
两人边吃边闲谈。

他俩吃了仙食又吃水果，
吃了水果又嚼槟榔，
两人一直谈到深夜，
从深夜又谈到天亮。

到了第二天天亮时，
帕农板才离开洞房，
他回到原来的住处，
还带回水果给大臣品尝。

帕农板同妻子住了一夜，
好像吃了一夜的蜜糖，
他心里总是甜滋滋，
回来后还念念不忘。

话说丙比桑老国王，
第二天一大早就奔忙，
他吩咐大臣们做准备，
要为女儿结婚来拴线。

勐邦果要举行婚庆，
各勐都当成自己的事来办；
头人们急忙准备礼物，
祝贺公主新婚幸福美满。

此时的帕亨达王爷啊，
他骑上吉祥的大白象，
大白象挂上五颜六色的彩带，
还配上金色的象鞍。

他来参加孙女的婚礼，
老人家心里无比高兴，
他又那样喜欢干孙子，
他俩结成一对最合他心意。

此时的帕丙比桑国王，
他精心准备拴线用品，
还准备了许多嫁妆，
每样都备足一百件。

丙比桑老国王爱惜自己的子女，
视儿子和女儿为宝贝心肝，
他从来不偏爱儿子或女儿，
一视同仁手背手心都一样。

在分配财产的时候，
儿子和女儿各一半，

他给女儿备嫁妆的时候，
分给儿子的也都一样。

女儿即将出嫁，
从此离开父母身旁，
该送她的东西一次备齐，
分财产就像竹筒倒豆子。

分给儿女每人金银各十四亿两，
王室其他亲戚每人一亿两，
除此以外还有布匹等物品，
全都是高贵值钱的家当。

除了父母送给的陪嫁，
哥哥嫂嫂也有礼品，
他们送给妹妹的礼品，
都是贵重物品非同一般。

经过帕亨达王爷批准，
举国上下举行大联欢，
全国放假七天，
参加公主的新婚大典。

在大庆日子里，
人们尽情欢乐，
娱乐活动如百花盛开，
全国各地都是舞台。

接下来是新郎大送礼，
把庆典活动推向新高潮，
帕农板吩咐手下大臣承办，
大臣们早有准备不慌不忙。

他们按照预定的份数，
抬到女方的亲戚面前，
每位亲戚都有一份，
每样物品都有一百件。

珍贵的礼物共二十份，
二十家王亲国戚各一份，
帕农板国王早已准备周全，
一家不缺皆大欢喜。

接下来是最隆重的一项，
为新郎新娘拴线结成双，
帕亨达王爷是族长，
双方的亲戚都围着他转。

全勐其他长老也到齐，
这也是傣家的老习惯，
办重大喜事官民平等，
长老在此时地位特别高。

长老们很熟悉老规矩，
老阿沾最会这一套，
他能够熟练地背诵颂词，
念起来抑扬顿挫不间断。

老阿沾念完祝福词后，
开始为新郎新娘拴线，
拴魂线分金丝线和银丝线，
拴在哪只手也有规定。

长辈为农板和公主拴线，
把金丝线拴在他们左手腕上，
然后拿出银丝线来拴魂，
拴在农板和公主的右手腕上。

拴线仪式结束之后，
以帕亨达为首的王亲国戚，
带着农板和嫡西丽芭都玛，
双双登上庄严的加冕圣殿。

王爷先用圣水为他们灌顶，
接着举行庄重的加冕仪式，

使公主真正成为农板的王后，
使农板真正成为勐邦果的驸马。

加冕仪式结束之后，
宾客们向他俩滴水贺吉祥，
此时歌声欢呼声四起，
众人簇拥新郎新娘进新房。

乐器声和欢呼声交相呼应，
欢送农板和嫡西丽芭都玛，
把他俩送到新王宫里去，
祝福他俩新婚幸福美满。

来宾纷纷向他们送礼品，
边送礼品边祝福，
祝福他们新婚幸福，
祝福他们身体健康。

新郎新娘盛装打扮，
两个人都像天神一样，
他们向父王母后鞠躬，
感谢父母的养育之恩。

他们祝福父母健康长寿，
疾病远离身旁，
就像老王爷那样晚年安乐，
无忧无虑从不心烦。

夫妻双双向父母叩拜之后，
又转身向来宾点头致意，
在大臣宫女陪同下走出殿堂，
新郎新娘即将返回勐迦湿。

根据爷爷的安排和交待，
巴罗和昆代护送妹妹回勐迦湿；
丙比桑王还调遣大部队，
陪伴女儿和女婿回家。

之后勐邦果倾城而动，
欢送农板和王后回家；
象脚鼓和芒锣咚咚敲响，
欢送的队伍开始出发。

大部队出发浩浩荡荡，
前呼后拥非常壮观；
经过两个月长途跋涉，
终于到达勐迦湿。

勐迦湿方面得到消息，
倾城而出迎接大队人马，
他们敲锣打鼓吹号角，
载歌载舞唱赞歌。

士兵住在临时搭建的帐篷，
大臣头人住进客栈的客房，
客栈也分成不同等级，
最高级客栈住的是大官。

帕巴罗应邀坐在金床上，
昆代坐在他身旁，
勐迦湿的高官与他亲切会见，
双方谈笑风生气氛不寻常。

随后勐迦湿又举行仪式，
为新郎和新娘拴线，
拴线仪式很隆重，
仅勐迦湿就有六万高官参加。

全体官员都出席庆典，
六万位帕雅跪在地上，
天上的神灵也表示祝福，
金雨银雨从天而降。

勐迦湿的每一个角落，
不论是王城或是小村庄，

到处都是金银宝石，
黄金白银堆得像大山。

勐迦湿的长寿老人，
有的已达一百二十岁高寿，
他们都说从未见过这种奇观，
他们对国家未来充满希望。

人们为之议论纷纷，
都在议论嫡西丽芭都玛，
公主拥有这般洪大福气，
她把福气惠及勐迦湿。

于是大家都赞颂公主，
举国上下都颂扬她的恩惠，
这个消息如春风化雨，
很快传播到世间各地。

世间民众都很羡慕，
盛赞帕农板有福气，
继承王位成家立业，
娶了如此美丽仙妻。

勐迦湿的所有百姓，
非常拥护爱戴王后，
认为国王娶了好王后，
福荫勐迦湿繁荣富强。

随后国王发布命令，
全勐放假七天，
举行联欢活动，
举国上下大摆宴席。

婚庆活动结束后，
客人要返回勐邦果，
国内参加联欢的官员，
也都分批返回各地。

一百零一国的嘉宾，
高高兴兴地返家园，
他们回到家乡之后，
盛赞勐迦湿有福气。

人们赞美嫦西丽芭都玛公主，
说她是当今世上第一美女，
人们颂扬帕农板国王，
说他福星高照娶到仙妻。

嫦西丽芭都玛是大美女，
人们颂扬她的美德和风姿，
不论是老人或是小孩，
看到她都会痴呆入迷。

巴罗看到这种情景，
心里满足脸上有光，
他们都是娘家的人，
妹妹受到尊崇也是福气。

但他们无论如何不能久住，
国内很多事等他们回去处理，
两位哥哥要辞别妹妹妹夫，
免得父王母后在家等得心急。

随后嫦西丽芭都玛和帕农板，
向两位哥哥行跪合十礼，
庄重地向哥哥拜别，
此时两个人都热泪盈眶。

外面大队伍整装待发，
等待巴罗兄弟俩，
他们礼毕后走出王城，
浩浩荡荡返回勐邦果故乡。

他们穿过林海渡过江河，
一路欢乐一路歌，

他们忘记了劳累，
用不了多久就回到勐邦果。

送别了两个哥哥，
国王和王后返回王宫，
王后认真配合国王，
协助他治理勐迦湿国。

他俩虔诚地求神赎佛，
诚心祈求佛祖保佑，
他们不停地修行积德，
为国家和民众避灾减难。

从此以后全勐人民，
重新建设美好山河，
国泰民安五谷丰登，
民众的日子越过越好。

话说巴罗和昆代兄弟俩，
不久回到了勐邦果家乡；
他们各自回到亲人身边，
同久别的亲人欢聚一堂。

帕巴罗的五位仙妻，
见到了自己的丈夫，
她们全都非常高兴，
都围着丈夫团团转。

从此以后他们幸福快乐，
过上无虑无忧的生活，
帕巴罗为了更多人都幸福，
请来工匠修建六个亭子。

这六个亭子很讲究，
分布在六个方位上，
他每天带着五位妻子，
在六个亭子里做布施。

他拿出上千亿的财物做布施，
这些都是仙界的财物，
他每天拿出六十万两金，
还有六十万两银布施给穷人。

施舍给那些要饭的穷人们，
仙界财物取之不尽用不竭；
天神们对他此举非常欣赏，
都说行善积德来世有报应。

除了在勐邦果布施之外，
帕巴罗还派人到其他勐，
送信给整个赡部洲帕雅，
要求所有的帕雅都效仿。

他告诉所有穷苦人，
如果有困难就来找他，
谁想要得到金银财物，
他都可以满足要求。

想要得到遮体避寒的衣服，
可以直接到住所去找他，
他无偿送给他们，
不求任何回报。

官员们纷纷仿效巴罗，
也都带着礼品来参加，
把礼品敬献给帕巴罗，
把财富布施给穷人家。

人们接受了布施后，
对巴罗和王后王妃们感激不尽，
他们都行跪合十礼，
祈祷祝福他们。

整个南赡部洲的人们，
都知道了这个消息，

每天去勐邦果的人川流不息，
都来讨要粮食和财物。

每日都不间断布施，
菩萨尊者从不用休息，
他和妻子们日复一日，
长年不停地做布施。

帕巴罗遵照长辈教诲，
用十王道治理勐邦果；
勐邦果在他的治理下，
保持繁荣昌盛富强。

勐邦果的王位代代相传，
全都是王族后裔继承，
一百二十一个勐也是这样，
王族的血脉从没间断。

后记

傣族英雄史诗

乌莎巴罗

2008年8月，深圳市委宣传部王京生部长对落实《乌莎巴罗》项目作了重要批示。随后，在深圳市委宣传部的指导下，我社启动了《乌莎巴罗》项目的调研工作。调研工作主要有四个方面：（一）古代文献记载；（二）对作品的价值论证；（三）对版本的研究鉴定；（四）对内容的安全保障。

在云南省西双版纳傣族自治州政府、云南大学贝叶文化中心、西双版纳傣族自治州少数民族研究所的大力支持下，经过近两年时间，我社完成了调研工作，落实了项目立项的有关前置条件。2010年10月我社向深圳市委宣传部递交了调研报告。

2011年，《乌莎巴罗》项目获得了国家出版基金和深圳市宣传文化基金的资助，作品的翻译整理工作全面展开。

《乌莎巴罗》的诗歌唱本，目前被挖掘到的只有大勐龙版本和勐遮版本。经专家研究鉴定，大勐龙版本更忠实于佛教典籍的故事情节。因此，作品的翻译整理工作以大勐龙版本为底本，同时也参照比较勐遮版本，吸纳其中的优点。现在呈现给读者的作品，是综合了两个诗歌唱本的优点而形成的。

本作品的整理工作，遵循中国民间文艺家协会对口头文学整理提出的"忠实记录，慎重整理"原则，保持作品的本来面目、主题和基本情节不变；只是对明显的逻辑混乱和不合理情节，在不改变作品原有的故事情节的前提下，做了必要的加工处理，使作品尽可能完美。

《乌莎巴罗》是傣族民间赞哈艺人的口头文学作品，有着鲜明生动的口头文学特征。我们要求对作品的翻译整理要注意处理好口头文学传统与书面文学传统的关系，注意从口头文学的创编、表演和传承的特殊性和规律出发，在进行口头文学到书面文学的转换过程中，保持和体现口头文学的基本特征。

西双版纳最后一代傣王、我国著名傣语专家刀世勋教授抱病为我们主审了作品；中国佛教协会副会长、西双版纳总佛寺住持祜巴龙庄勐长老，也在繁忙的教务之余为我们主审了作品。我们对两位主审深表谢意并致以崇高的敬意！

云南大学贝叶文化中心研究员、知名傣族文学研究专家秦家华，云南大学教授、中国民间文化遗产抢救工程专家委员会委员李子贤，原云南省民族文学研究所所长、教授赵世林等专家，对我们的工作给予了大力支持，我们在此一并表示感谢！

西双版纳傣族自治州民族宗教事务局在《乌莎巴罗》付梓之前，对全书内容进行了审读，在民族问题、宗教问题上审定把关，以确保作品内容完全符合国家的民族政策和宗教政策。对此，我们感到欣慰并表示感谢！

我们的工作难免存在不足的地方，请广大读者批评指正。

2011年12月